Lo que sabe la señorita Kim

Cho Nam-joo

Lo que sabe
la señorita Kim

Traducción del coreano de Joo Hasun

Título original: 우리가 쓴 것 (URIGA SSEUN GEOTMISS)
Primera edición: enero de 2024

© 2021, 조남주 (Cho Nam-joo)
Edición publicada según acuerdo con Cho Nam-joo c/o Minumsa Publishing Co., Ltd. en asociación
con The Grayhawk Agency Ltd. a través de International Editors y Yañez' Co.
Todos los derechos reservados. Publicado originalmente en Corea por Minumsa Publishing Co., Ltd., Seúl
© 2024, Penguin Random House Grupo Editorial, S. A. U.
Travessera de Gràcia, 47-49. 08021 Barcelona
© 2024, Joo Hasun, por la traducción

Printed in Spain – Impreso en España

ISBN: 978-84-204-7680-3
Depósito legal: B-17863-2023

Compuesto en Arca Edinet, S. L.
Impreso en Unigraf, Móstoles (Madrid)

AL76803

Índice

Bajo el ciruelo

Saco el botiquín del aparador. Dentro están mis antihipertensivos para los próximos tres meses, varios colirios, la pomada que me recetó el doctor para calmar los picores que he empezado a tener, una crema para la quemadura que me hice en primavera, un paquete de antiácidos, analgésicos y otros medicamentos de primeros auxilios como antisépticos y parches para el dolor. Pensaba tirar dos de los colirios y la crema para las quemaduras, pero sigo aplazando esa tarea. Mi nuera vino a casa no hace mucho y hurgó en el botiquín porque necesitaba pomada cicatrizante. Seguro que se dio cuenta de que había productos caducados, aunque no me comentó nada. Preferiría desentenderse, supongo.

Las gotas del colirio amarillo tengo que ponérmelas dos veces al día y las del celeste, cuatro. Cojo el celeste y me echo una gota en cada ojo. Durante unos segundos no puedo abrirlos bien. El oculista al que voy, que tiene la consulta delante de la parada del metro, no me parece que sea demasiado bueno, y las enfermeras son de todo menos amables. Pero no es motivo para cambiar de oculista, porque lo que me gusta no es la profesionalidad del médico o la amabilidad del personal que lo asiste, sino la simpática farmacéutica que hay en el primer piso de ese edificio. Me acuerdo bien de la sorpresa y expectación que sentí cuando abrió el local una mujer mayor que llevaba el pelo canoso sin teñir recogido en una cola de caballo.

Ese día, la boticaria sacó de una caja pequeña dos tipos de botes de plástico con gotas para los ojos. En las etiquetas, escribió «Dos veces al día» y «Cuatro veces al día» y, agitando el de color celeste, dijo:

—Puede que, cuando se ponga las gotas, le parezca que le arden los ojos, pero son muy efectivas. Yo también las utilizo en los cambios de estación. De todos modos, como no se recomienda usarlas mucho tiempo, si pasada una semana le siguen escociendo, vuelva.

Tras esta recomendación, metió las gotas en una bolsa de papel junto con las indicaciones farmacológicas y dobló una esquina en forma de triángulo. Me encanta cuando los boticarios hacen eso. En realidad es un gesto sin sentido, ya que ni cierra del todo la bolsa ni hace que sea más fácil sujetarla. Es más como una breve despedida, como si confirmase que ha cumplido la misión de meter los medicamentos en la bolsa y de dar las indicaciones sobre cómo tomarlos, y así el cliente puede volver a casa tranquilo. Pero sobre todo me gusta esa forma triangular, que recuerda a las orejas de un cachorro.

Parpadeo varias veces y unas gotas gruesas me ruedan por las mejillas. Acabo de desperdiciarlas, aunque mientras me seco con la manga me digo que lo que corre por mis mejillas quizá no sean las gotas que me he puesto, sino lágrimas de verdad. Pienso que una no llora porque esté triste, sino que se siente triste cuando llora. Las ramas secas al otro lado de la ventana de la cocina tiemblan de forma sutil mecidas por el viento.

En la planta baja de la residencia para ancianos con demencia en la que está internada mi hermana mayor hay un amplio espacio de uso común que sirve como sala de descanso. La mayoría de las ventanas del edificio son pequeñas, y los cristales están cubiertos con vinilos, de modo que en todos los espacios reina una atmósfera sofocante, salvo en la sala de descanso. Allí una de las paredes es un ventanal desde el que puede verse el paisaje de fuera, donde se erige un ciruelo. Cada vez que voy a visitar a mi hermana, me siento con ella frente a esa cristalera. Pone su mano sobre la mía y me pide que vuelva antes de que caigan las flores del ciruelo.

Aunque el año pasado fui a verla dos veces antes de que se marchitaran las blancas flores —una cuando el árbol estaba de un verde resplandeciente y otra mientras las hojas se secaban y empezaban a caer—, mi hermana sigue reprochándome que no la visito a tiempo, y me pide siempre lo mismo: que vuelva antes de que desaparezcan las flores.

Mi hermana Geumju no ve bien. Ya casi no le quedan dientes y tiene las encías desgastadas. Hace años se sometió a una operación para introducirle un catéter en dos secciones de las venas que tenía obstruidas. No son síntomas de demencia, son síntomas de vejez. Son cosas naturales que se dan con el paso de los años, que no están vinculadas con el alzhéimer o con otras dolencias. Entonces ¿no son manifestaciones patológicas? ¿O acaso el envejecimiento es una enfermedad?

Debería visitar a mi hermana más a menudo.

Me dijo varias veces que tenía antojo de comer melocotones. Lamentablemente, como no es temporada le compré unos en almíbar. También un enjuague bucal, por si eso mitiga su mal aliento, que no puedo esquivar cuando me acerca la cara para hablarme de algo, aunque no sé si llegará a usarlo. Se nota que su cuidadora la quiere mucho. Cuando la fui a visitar la otra vez, casi me regañó y me advirtió de que podía tragárselo.

—No entiendo por qué dice que necesita un enjuague bucal, si huele muy bien. ¿Usted cree que sí?

Como se olvida de tomar agua y se queda con la boca semiabierta, mi hermana siempre tiene los labios cortados. La cuidadora le unta bálsamo. Entonces, de forma casi automática, ella se frota el labio superior contra el inferior.

—Es preciosa —la halaga la cuidadora mirándola fijamente.

—¿Cómo?

—Que su hermana es preciosa.

Como se ha pasado toda la vida esforzándose por mantener los ojos bien abiertos para que nadie la engañe y apretando los dientes para tragarse las humillaciones o las injusticias cotidianas, mi hermana tiene unas arrugas tan profundas alrededor de los labios y en el ceño que parecen cicatrices de cortes de cuchillo. Antaño se vanagloriaba de que tenía el cutis de seda gracias a los vahos que se daba a diario en la cocina, junto a las ollas con caldo de ternera hirviendo, pero después de cerrar el restaurante no tardó en perder esa cualidad y en sufrir de rojeces, con la cara siempre tan colorada como los borrachos. Y ahora su rostro está repleto de manchas de la edad. ¿Se puede decir que esa cara sea preciosa?

—Cuando le unto el bálsamo labial, hace «mua» varias veces. Y cuando le pongo crema en el dorso de la mano, se la reparte con el dedo sobre las mejillas y la frente, y la esparce con mucho cuidado. Nunca de forma brusca. Siempre sostiene la taza de té sobre la palma de la mano, y, al leer, pasa las páginas con cuidado para no estropear el libro. La prudencia es una cualidad innata en ella.

De jovencita trabajó para mantener a sus hermanos menores porque nuestros padres eran tremendamente pobres; de casada, para criar y dar una buena educación a sus cinco hijos, ante la incompetencia de su marido. Su historia, en realidad, es del montón, no es extraordinaria. Y la primera imagen que se me dibuja en la mente cuando pienso en ella es la de una mujer trabajadora, tosca e incansable.

Nunca imaginé que a mi hermana le gustara tanto leer. Según cuenta la cuidadora, se pasa el día leyendo, aunque extiende los brazos para sostener el libro lo más alejado posible y entrecierra los ojos para ver mejor. Lee en su habitación, en la sala de descanso del primer piso, incluso en el comedor. Hace poco se suscribió a una revista tipo *Reader's Digest*, a la edición en letra grande, y la lee con regularidad. Su nuera la informó de que había publicaciones para las personas con mala vista y, además, le llevó varios libros de ensayo impresos en letra grande.

Una tarde, cuando la visité, estaba dormida con una edición de esa revista en el regazo. La cuidadora me comentó que siempre se dormía en la misma postura. Con cuidado, se la retiré de debajo de las manos y le pregunté a la enfermera si creía que mi hermana se divertía leyendo.

—La verdad, no lo sé. Hay veces que tiene abierta la misma página durante días. Creo que, de alguna manera, la tranquiliza sostenerla.

—No sabía que le gustara leer.

—Ocurre con muchas personas que padecen demencia. Recobran patrones de conducta de cuando no tenían que fingir ser alguien que no eran ni ocultar nada, o bien exteriorizan sin filtro impulsos o deseos reprimidos.

Mi hermana empezó a ir a la iglesia ya de mayor. Cuando le pregunté si de repente había abrazado la fe cristiana o si creía en Dios, en la resurrección de Jesús o en la existencia del cielo, me contestó que se lo pasaba bien. Que iba a la iglesia incluso los miércoles por la tarde porque había un programa de lectura de la Biblia para nuevos creyentes de edad avanzada y también que ella se había establecido un horario para leer las escrituras. Incluso me habló de un grupo de estudio que formaron ella y unos compañeros para transcribir los textos sagrados a mano y solucionar sus dudas a través de debates, y presumió de lo que llevaba en el bolso: una Biblia, un cuaderno y un estuche.

—Al salir de la iglesia me compré dos rotuladores fluorescentes, uno rosa y otro azul cielo.

Pensé que así era mejor. Me alivió que no se hubiera metido en algo turbio para calmar la soledad y el tedio que sentía tras la independización de sus hijos y el traspaso del restaurante. Hubiera sido un enorme problema si, por llenar esa sensación de vacío, hubiese recurrido a una secta o a una estafa piramidal. Por eso no le di más importancia a que hubiese elegido ir a la iglesia, estudiara la Biblia y pudiera leer sin inconvenientes las diminutas letras de ese libro.

—Me alegro por ti. Es bueno tener un refugio emocional. No importa si es la fe cristiana o el budismo. —Lo dije sin sentirlo, y mi hermana no me hizo caso.

Pronto me desentendí de todo, de su religión, de su fe, de su salvación.

Llego a la residencia una hora y media después salir de casa, tras varios cambios de autobús. Es normal que mi hermana esté cerca de sus hijos, pero me cuesta viajar tan lejos para visitarla. En ir y volver, se me pasa todo el día. No puedo aprovechar el tiempo para leer porque no veo bien y me canso con facilidad. Tampoco puedo escuchar la radio o ponerme música porque me mareo. Y dormir, ni hablar. Lo único que puedo hacer es mirar por la ventana y plantearme preguntas sobre el tiempo que me queda y sobre si algún día no me arrepentiré de haber dejado que transcurrieran tantas horas sin hacer nada.

El edificio de la residencia está construido en forma de ce escrita con ángulos rectos. En el centro hay un pequeño patio en el que los administradores hicieron un jardín vertiendo tierra y rodeándolo de caminos cimentados con hormigón, así como un muro de piedras bajo. Allí plantaron un ciruelo bastante alto cuya única compañía son las malas hierbas y las flores silvestres sin nombre que echaron raíces por los azares de la vida. Es la única naturaleza dentro del recinto de la residencia; vista desde fuera, mantiene una relación armónica con el viejo y bajo edificio que la alberga. Sin embargo, desde dentro, el jardín, sobre todo el ciruelo, desentona con el entorno, pues lo que se divisa es apenas un árbol sobre un paisaje de fondo gris, compuesto por carreteras, coches y las obras de un complejo de edificios residenciales al otro lado de la calle. El ciruelo parece un anciano desterrado que ha decidido detener su viaje sin rumbo en tierra de nadie.

Gracias a las cuidadosas podas, el árbol tiene bien arregladas sus ramas secas. Es difícil saber si está vivo o muerto. En su breve época de bienestar económico, mi hermana tenía varios bonsáis en casa. Recuerdo haber preguntado a mi cuñado si esas plantas no eran artificiales. Para mí era imposible imaginar que unos árboles tan pequeños plantados en macetas minúsculas pudieran ser de verdad. Ante mi ignorancia, él dedicó un buen rato a explicarme la razón de la existencia de un arte como ese; su belleza, utilidad y valor. Aun así no llegué a entender los bonsáis al cien por cien.

—¿No estarían mejor en un bosque, entre los montes, el cielo y las nubes? ¿Es posible disfrutar plenamente de su belleza si están rodeados de paredes de hormigón? —pregunté.

Mi cuñado respondió:

—Algo de razón tienes. Pero es increíble la sensación que uno llega a tener mientras da forma en esas macetas a un árbol que de normal sería mucho más grande que él mismo y encima lo moldea a su antojo. Es como si fuera omnipotente, como dios: capaz de cambiar la naturaleza como quisiera.

Acerqué la nariz a las hojas de uno de los bonsáis. Tras inhalar un par de veces, percibí un olor a óxido no demasiado agradable. A partir de ahí empecé a olfatear haciendo sonar la nariz con avidez. Entonces me invadieron diversos olores. A papel, polvo, tierra y objetos de madera. Aquellos olores no se correspondían con los de los árboles jóvenes llenos de frescura que hay en los montes o en los bosques, sino que olían a madera húmeda, como el hedor que emana de un cajón que ha estado mucho tiempo cerrado. Concluí: existen diversas formas de vida, más allá de la voluntad del dueño de esa vida.

Al ver el ciruelo en el patio de la residencia, me llegan los olores de aquella época desde no sé dónde. ¿Dónde estarán ahora esos bonsáis?

Mi hermana está sola en la habitación. Acaba de despertarse de la siesta y, con ojos de reproche, me pregunta:

—Dongju, ¿por qué has tardado tanto?

—¿Te he despertado?

—No. No estaba dormida.

Me siento a su lado; ella está recostada, apoyada en la pared. Es raro, pero huele a toalla limpia, recién lavada. ¿La habrán limpiado las cuidadoras?

—Hueles bien.

—Dongju.

—Dime.

—¿Por qué has tardado tanto?

—Lo siento. ¿No te conté que mi nieta dio a luz? Estos días la niñera está de vacaciones y mi nuera y yo la estamos ayudando con la criatura. Bueno, mi nuera hace todo el trabajo, pero me canso solo con verla. Además ya soy vieja, voy a cumplir ochenta dentro de poco.

—Dongju.

—¿Sí?

—Mi hija también dio a luz. Dentro de un rato mi yerno vendrá a recoger el caldo que he preparado para ella.

—Con ese caldo de ternera se recuperará rápido del parto y podrá dar de mamar al bebé.

—Sí, pero me echa en cara que no la visito y que no voy a verlo.

Cuando su restaurante especializado en caldos de ternera era un éxito, mi hermana solía decir que nunca sentía cansancio ni hambre, aunque no durmiera ni comiera. Esa sensación de plenitud se debía a la estabilidad económica, que le permitía pagar la matrícula universitaria de sus hijos y casarlos. Porque podía darle a su primogénita, que acababa de convertirse en madre, todo el caldo de ternera que necesitara, aunque ignoraba el estado psicológico de su hija, que no se sentía del todo cómoda al ver el sacrificio de su madre. Pero el tiempo vuela. Ahora aquel bebé, es decir, el nieto de mi hermana, ya tiene treinta, y cada fin de semana pasa por la residencia para cuidar de ella, casi mejor que sus hijos.

—Dongju.

—Me gusta que me llames por mi nombre.

—Pero ¿de qué otra manera te puedo llamar?

—Es que me costó mucho cambiármelo y nadie me llama así. Por eso durante un tiempo iba al banco o a la oficina de correos para escuchar mi nuevo nombre de boca de otros.

Cuando le conté que deseaba cambiarme de nombre oficialmente ante el Registro Civil, mi marido se burló de mí. Dijo que, como el hospital era el único lugar donde llamaban a los ancianos por su nombre, era un sinsentido adoptar uno nuevo. No se opuso. Se limitó a burlarse de mí e hizo caso omiso a mis intenciones. Frente a su desconsideración, nunca volví a comentar nada al respecto. Al final, cuando falleció, una vez acabaron el velatorio y el entierro, lo primero que hice fue ir al Registro Civil y solicitar el cambio de nombre. Alguien que estuviera al tanto del orden de los hechos podría decir que esperé a que mi esposo muriera.

Mis hermanas tenían nombres bonitos. La mayor se llamaba Geumju y la segunda, Eunju. Pero a mí pusieron Malnyeo*. Kim Malnyeo. De niña odiaba mi nombre, hasta el punto de llorar de rabia a cada rato. No era un nombre inusual entre las niñas de mi generación, pero sonaba mal si se comparaba con los de mis hermanas. Por eso rogué a mi madre que me llamara de otra manera, aunque fuera en casa, ya que en la escuela no era posible porque así me inscribieron en el Registro Civil. Como respuesta, me regañaron hasta la saciedad. Mi madre me recriminó que era un disparate querer cambiar el precioso nombre que llevaba desde mi nacimiento. Al igual que el significado de mi nombre, terminé siendo la última mujercita de entre mis hermanos y, después de mí, mis padres tuvieron dos hijos varones. Así, mi nombre resultó ser un amuleto para mis

---

* Era un nombre común entre las coreanas nacidas en aquellos tiempos en los que existía una clara preferencia por los descendientes varones. Si consideramos que *mal* significa «último» y *nyeo*, «mujer», el nombre Malnyeo implicaba el deseo de los padres de que la bautizada como tal fuera su última niña y de tener un hijo varón después de ella.

padres al darles los descendientes masculinos que tanto habían estado esperando y, en particular, al hacer realidad el sueño de mi madre de ser la esposa perfecta capaz de proporcionar hijos varones para continuar el linaje. Pero ¿qué me dio a mí?

Cuando mi segunda hermana se burlaba de mi nombre, la mayor se enfadaba más que yo. Incluso trataba de convencer a mi madre por mí, pues yo no podía más que quejarme en susurros de que no me gustaba. Le decía: «Lo justo es que se llame Dongju, ya que yo me llamo Geumju y la segunda Eunju;* ¿no sería difícil localizarla o identificarla si se pierde por lo diferentes que son su nombre y los nuestros? ¿Es necesario que siga llevando el nombre de Malnyeo si ya tuviste dos varones después de ella? ¿O acaso quieres tener más hijos?».

Ahora que lo pienso, su conducta me provoca risa, aunque en aquel momento sus preguntas me parecían lógicas. Pero la lógica no fue suficiente para persuadir a mi madre, que cuando mi hermana sacaba el tema, la silenciaba con un simple «Cállate».

En ausencia de los mayores, mi hermana solía llamarme Dongju en voz baja. Hasta me explicó que, al cumplir la mayoría de edad, podría cambiarme de nombre. Sin embargo, incluso cumplidos los veinte, seguí siendo Malnyeo durante cuarenta años más, pues no fue hasta mucho después de cumplir sesenta que pude convertirme en Kim Dongju. Cuando al fin sostuve entre las manos el carnet de identidad con mi nuevo nombre, corrí a enseñárselo a mi hermana mayor, quien aún más emocionada y con lágrimas en los ojos me dijo que para ella siempre había sido Dongju.

—Dongju.

—Dime.

---

* *Geum* significa «oro» en coreano y *eun*, «plata». De ahí la propuesta de bautizar a la tercera hija como Dongju, pues *dong* significa «bronce».

—¿La operación de Eunju salió bien?

—Por supuesto.

—Me alegro.

—Sí, fue un alivio para todos.

A mi segunda hermana, cuando cumplió los cincuenta, la operaron de cáncer de útero. No fue suficiente que le extrajeran el útero y los ovarios, ya que después de la cirugía tuvo que someterse a quimioterapia para prevenir la reproducción de tumores en otras partes cercanas del organismo, como la pelvis. Sufrió mucho, aunque no por eso se rindió. Luchó hasta que los médicos la clasificaron como un caso de éxito de superación del cáncer. Veinte años después falleció de cáncer de pulmón. Ni en ese momento puso cara de desesperación o reproche. Tampoco se quejó de que la afectase esa enfermedad cuando jamás había tocado un cigarrillo ni había tenido fumadores a su alrededor. Al contrario. Se rio comentando con sarcasmo que si el cáncer no la dejaba en paz era porque se había encaprichado con ella. Frente a esa reacción, no pude más que reírme también. Al volver a casa, acostada sola en la cama, sentí una profunda tristeza y miedo a la vez. «No tendrías que haberte reído», me arrepentí. ¿Por qué reaccionaría de esa manera? Esa noche el remordimiento me atormentó y no pude conciliar el sueño.

Como no podía hacerse nada más, decidió darse el alta. Regresó a su viejo apartamento y su hija mayor se mudó allí para ocuparse de ella a tiempo completo, además de contratar un servicio de cuidados paliativos a domicilio para que una enfermera fuera dos o tres veces por semana a comprobar su estado e inyectarle analgésicos o suero, si era necesario; para que se encargara de recoger las recetas en el hospital y de llevárselas, y de darles tanto consejos para mejorar sus cuidados como consuelo. También fue la enfermera la que los avisó de que se acercaba el momento, de que debían prepararse para la despedida. Gracias a ella, todos mis sobrinos pudieron estar al lado de su madre en su lecho de muerte.

Mientras estaba enferma, solía visitarla a menudo. La mayoría del tiempo hablábamos del pasado. En esa época, casi siempre empezaba con un «¿Te acuerdas?»: «¿Te acuerdas de esa casa?», «¿Te acuerdas de esa vez que...?», «¿Te acuerdas de lo que nos decían?». Conversando, nos reíamos mucho. Como de niñas, que por las noches nos lo contábamos todo bajo las mantas, hasta que mi madre nos regañaba por quedarnos despiertas hasta tarde.

Un día compré mazorcas. Como en esa época estaba con más energía, se sentó conmigo a limpiarlas. En la sala de estar tendimos varias hojas de papel de periódico para no ensuciar el suelo y, mientras quitábamos las hojas y el pelo, conversamos. Mi hermana me habló, por enésima vez, de la quimioterapia a la que tuvo que someterse.

—El tratamiento fue muy pero que muy duro.

—Me lo imagino.

—El doctor me decía que no provocaba calor es ni nada, pero sentía como si me hubieran prendido fuego. Como si me quemara.

—Es perfectamente posible.

—Lloraba y gritaba sin parar —agregó temblando—. Pero gracias a la quimio estoy aquí, viva a esta edad, limpiando mazorcas con mi hermanita envejecida. A estas alturas me parece que la vida era mejor cuando podía arriesgarme, intentar lo que fuera para sobrevivir. Por aquel entonces vivía como un caballo de carrera con anteojeras.

—¿Has dicho «hermanita envejecida»? Si eres más vieja que yo...

Mientras nos echábamos una siesta, mi sobrina coció el maíz. Incluso dormida podía percibir el dulce aroma del ambiente. Ese olor se metió en mi sueño para invocar recuerdos remotos. Esa casa con un patio amplio. El angosto porche. Las mantas dobladas con esmero y colocadas una encima de la otra sobre una cómoda. El olor a algodón y a detergente de las mantas. El aroma del verano. El olor de las axilas de mi madre, del arroz, de algo quemándose. Mi madre, mis hermanitos y mis hermanas vistas de atrás. El sol se pone. Triste y resentida, me escondo. Rompo a llorar amargamente hasta que despierto al perro, que enseguida se acerca para lamerme mi cara húmeda.

—¡Tía!

Me despertó mi sobrina. Asustada, me secó las lágrimas con un pañuelo.

—¿Por qué lloras? ¿Has tenido una pesadilla?

—No es nada.

—Me has asustado.

Como solíamos hacer de niñas, competimos para ver quién lograba separar los granos de las mazorcas en tiras sin que se despegasen. Me alegré cuando conseguir sacar una fila de doce granos entera, para, al segundo, ganarme mi hermana con otra de trece. Traté de superarla, pero por mucho que metí el pulgar entre los granos con cuidado, no pude. Sin otra opción, reconocí mi derrota. Mi hermana, al tiempo que se metía en la boca los trece granos que acababa de retirar, se rio con picardía.

El maíz cocido tenía granos firmes. No se deshacía y, en la boca, una podía sentir que rodaban sobre la lengua hasta meterse entre las muelas. Al masticar, los granos reventaban con suavidad y su jugo esparcía una sutil dulzura por el paladar. Una competición sin premio. Su risa de niña inocente. La firme textura de los granos de maíz. Son el último recuerdo que tengo de mi segunda hermana. Mis sobrinos me contaron que falleció un domingo por la noche, que cerró los ojos como si durmiera tras escuchar la cálida despedida de todos sus hijos. Le doy las gracias por lo guapa que estaba los últimos días, ya que así la recordaré para siempre.

Creí que aceptaría su muerte sin gran conmoción. Compartimos bastante tiempo y conversamos mucho, mientras seguía siendo la persona alegre e inteligente de siempre. Pero por eso me arrepiento de no haber insistido. Si hubiera recibido más tratamiento, si se hubiera dejado engañar por todos aquellos remedios caseros que decían que ayudaban a superar el cáncer y si alguno de ellos hubiera funcionado milagrosamente, tal vez se hubiera curado. Quizá aún estaríamos juntas riéndonos, burlándonos de nuestra vejez.

A esta edad, cuando los intentos de contactar con alguien fracasan, al instante me pregunto si habrá muerto. La muerte está cerca. No es algo extraordinario, y menos para mí, que vi fallecer no solo a mi marido, sino también a mi hijo. En aquel momento pensé que no podría sobrevivir a tanta tristeza, pero la vida continúa, y sigo viviendo. Solo siento un enorme vacío por tener que disfrutar sola de lo bueno de este mundo, comer lo que ellos jamás pudieron probar o visitar lugares a los que nunca tuvieron la oportunidad de viajar. No pasa lo mismo con mi segunda hermana. Su muerte aún me pesa y me parte el corazón.

Un ser parecido a mí que estuvo siempre a mi lado, desde el nacimiento. Aunque nos peleábamos a diario, era su mano la que agarraba de camino al colegio, y fue ella la que me acompañó a mi primer trabajo, aquel cuya dirección, desconocida para mí, me entregó un día mi padre. Tras casarme y convertirme en madre, en todo momento sentí como si siguiera sus pasos. Mi segunda hermana contrajo matrimonio justo dos años antes que yo y tuvo hijos dos años antes que yo. Cuando murió me di cuenta de que el desenlace de mi vida también sería la muerte.

Me pide que la lleve a la sala de descanso. Que la sofoca estar en su habitación. Pero siendo ella la que quiere salir, se pone terca y rechaza colaborar. Dice que no quiere sentarse en la silla de ruedas. Tampoco usar el andador ni dejar que la ayude a caminar. Al final opta por ir sola, apoyándose en la barra de agarre que recorre las paredes de la residencia, aunque se cae cada dos pasos porque no solo no tiene fuerzas en las piernas, sino tampoco en los brazos.

Cuando a duras penas llega al ascensor, me dice que necesita hacer de vientre. Que tiene que hacerlo en el baño de su habitación. Ir hasta allí y volver no es mucho para mí, pero para mi hermana puede ser un viaje sin fin. Por eso abro la puerta del baño de uso común del pasillo y le muestro el interior. «Está más limpio que el de mi casa, y no hay nadie», le digo en un tono algo exagerado. Sin pronunciar una palabra, mi hermana se dirige lentamente a su habitación. Yo la sigo, porque no hay nada más que pueda hacer.

Pone el brazo derecho encima de la barra de agarre y, pegada a la pared, pasa el otro brazo por debajo de su axila derecha para sostener el soporte con la mano izquierda. Apoya todo el peso de su cuerpo en esa barra, casi como si se colgara de ella, y da un paso. Inclina el torso hacia delante, tanto que parece que se vaya a caer, mueve la mano medio palmo y da otro paso. Repite esta secuencia de movimientos para avanzar. Los pantalones anchos que lleva puestos cuelgan más de un lado que del otro. Quizá le quedan grandes y solo se ha subido una pernera, pero no estoy segura. Lo que noto es que va pisándose la bota derecha. Creo que hemos tardado unos veinte minutos en llegar. Pero veo el reloj en la pared de la habitación de mi hermana y me doy cuenta de que solo han pasado ocho.

Desde el baño me indica que no le sale. Al final, después de mucho rato, se levanta del inodoro. Aunque frustrada, no se olvida de lavarse las manos con esmero, frotándose los pliegues, las puntas de los dedos e incluso las uñas, para finalmente enjuagárselas hasta eliminar el jabón por completo. Si se asea de ese modo, casi de manera obsesiva, ¿por qué ella y su habitación huelen a rancio? Exhausta de no hacer nada, me tumbo sobre el colchón. Ella se acerca y me acaricia la mejilla.

—¿Estás estresada? ¿Qué tal si vamos a tomar un poco el aire?

Lanzo un suspiro mudo ante su ingenua desatención y acepto su propuesta. Esta vez se sienta en la silla de ruedas sin quejarse. Empujándola, le miro la nuca mientras cruzo el pasillo. Tiene el pelo apelmazado. Se nota que ha perdido mucho cabello y va con los hombros caídos. Toda ella se ha encogido. Parece un bicho bola gigante por lo jorobada que está. «¿Por qué tienes este aspecto?», murmuro. No me escucha. Antes de la demencia, si bien estaba igual de vieja, no se la veía tan mal. Me pregunto si será posible separar el cuerpo y la mente para que funcionen de forma individual, sin interactuar. Pero me pregunto: «¿Existe la mente humana, el alma?».

—Dongju.

—Dime.

—Vamos demasiado rápido. Me estoy mareando.

Me detengo. Espero unos segundos y vuelvo a empujar la silla. Me cuesta hacerla rodar de nuevo, por eso sujeto más fuerte las empuñaduras y trato no tanto de usar los brazos, sino de avanzar empujando con todo el cuerpo. Apenas puedo acelerar a falta de un par de metros para llegar a la sala de descanso.

Coloco la silla de ruedas en un rincón desde donde mejor se aprecia el ciruelo y me siento al lado de mi hermana. Mientras mira casi hipnotizada ese árbol deshojado y sin flores, la cojo de la mano. Toco las puntas de sus dedos. Tiene las uñas lisas, bien arregladas. Con la edad, las uñas se vuelven más gruesas, de modo que son más difíciles de cortar y arreglar. El cortaúñas no sirve porque no se pueden agarrar bien; si una las logra meter a la fuerza, de tan gruesas y deshidratadas que están, se quiebran enseguida. Uñas ásperas, rotas y resecas. Me rasgan la cara, me enganchan la bufanda de lana y no me dejan ponerme medias de nailon porque una prenda tan delicada no aguanta el roce de mis uñas, que la agujerean con apenas un ligero contacto. De ahí mi curiosidad: «¿Quién le habrá arreglado tan bien las uñas?».

—¡Abuela!

Una voz de hombre grita desde la puerta y todos, o mejor dicho todas las que estamos en la sala de descanso nos volvemos para ver quién es, incluida yo, que solo tengo nietas. Un joven alto se acerca y sonríe. No le veo bien la cara, pero sé que está sonriendo. Ay, por Dios. ¿Estaré tan demente como mi hermana?

—Tía abuela, qué gusto verte.

Esas palabras se me atragantan por el pánico que siento al no reconocerlo al instante.

—Soy Seunghun. Te acuerdas de mí, ¿no?

—¡Ah! Por supuesto. Cómo me voy a olvidar.

Seunghun toma la mano derecha que mi hermana estira hacia él, diciendo:

—Fíjate, Dongju. ¿Has visto lo mayor que está ya mi Woncheol?

Me habían contado que Woncheol, o sea, mi sobrino, el hijo mayor de mi hermana, nunca viene a visitarla. Que por cuestiones económicas dejó de verse con sus hermanos y que perdieron el contacto. Y que ni mucho menos paga su parte de los costes de la residencia donde está su madre. Eso me dijo mi sobrina Wonsuk, madre de Seunghun, hermana menor de Woncheol e hija mayor de mi hermana. Los gastos de internar a su madre en aquella residencia para ancianos se repartían, entonces, entre el resto de los hermanos, dividiéndolos de manera equitativa, mientras Seunghun era el que la visitaba más a menudo.

Seunghun estuvo al cuidado de mi hermana, es decir, de su abuela materna, en el pequeño cuarto situado en una de las esquinas de la cocina de su restaurante. Ella se hizo cargo de él porque Wonsuk se lo pidió, dado que esta trabajaba a tiempo completo. El niño era tranquilo y se pasaba el día sin chillar ni patalear, durmiendo la siesta y jugando solo. A ratos, iba a las mesas reservadas para los clientes, se sentaba en una y coloreaba. Cuando le hablaba un desconocido, respondía con monosílabos por miedo y timidez, aunque nunca con descortesía. Y cuando le regalaban dulces, lo agradecía como un niño educado, pero nunca se los comía de inmediato. Primero se los llevaba a su abuela. Como era un muchacho tranquilo y encantador, cuidarlo era la tarea más fácil del mundo. Sin embargo, después me enteré de que fuera de ese espacio pacífico bajo el amparo de su abuela, Seunghun vivió momentos duros, pues sus compañeros solían burlarse de él e incluso era víctima de acoso y agresiones físicas.

Cuando estaba en quinto de primaria, lo acosaron varios chicos de secundaria. Mi hermana se enteró casi un año después, cuando por casualidad encontró moretones en las piernas de su nieto, que tenía la costumbre de apartar las mantas mientras dormía. Seunghun le confesó que esos chicos no solo le habían robado dinero y lo había forzado a obedecerlos, sino que encima le habían pegado, quemado con cigarrillos y amenazado con darle una paliza si los delataba o los denunciaba a la policía.

Sin dilación, mi hermana acudió a su guarida, un pequeño edificio de dos plantas que habían desocupado para llevar a cabo inminentes obras de restauración. Siguió las indicaciones de su nieto, y pudo entrar sin dificultad atravesando la puerta del vigilante, al lado del aparcamiento. Dentro del bolso que colgaba de su hombro llevaba un machete de carnicero con una hoja de treinta centímetros, un poco curvado en la punta y más afilado que un cuchillo de cocina.

—Fui al carnicero y compré una costilla entera de cerdo. La ensarté en el cuchillo, pero aún asomaba la afilada punta.

Al entrar en el edificio vio a tres muchachos cuyas caras le resultaban familiares; se reían con malicia junto a la ventana. Cuando abrió la puerta, se quedaron helados, sorprendidos ante la repentina aparición de un adulto. Mi hermana, levantando el cuchillo con la costilla de cerdo ensartada, los amenazó. Les dijo que a diario descuartizaba una vaca entera. Que abría la tripa del animal, le sacaba las entrañas, lo deshuesaba y lo despellejaba para hacer caldo con la carne y los huesos. Que la piel, las entrañas y la grasa las tiraba a una bolsa de plástico tan grande que dentro cabía una persona adulta. Y que esas bolsas iban directamente al vertedero de residuos alimentarios para ser desmenuzadas y enterradas.

—¿Estás loca? ¡Los amenazaste! ¿Qué hubieras hecho si esos chicos hubiesen avisado a sus padres y ellos te hubieran denunciado a la policía?

—En ese momento no lo pensé. Estaba temblando, esos chicos me daban miedo. Eran más altos que yo y se los veía fuertes. Si se me hubieran abalanzado los tres juntos, habrían podido quitarme el cuchillo.

—¿Y te atacaron?

—No. Se quedaron quietos escuchándome. Por eso les dije, tratando de sonar firme y tajante, que no volvieran a molestar a Seunghun y volví sobre mis pasos. Cuando regresé al restaurante, me fallaron las piernas. Incluso cerré la puerta con llave por si venían a por mí.

—¿Y fueron?

—No, y dejaron de acosar a Seunghun.

Ya más calmada, le pregunté:

—¿Pero en serio descuartizas una vaca tú sola?

—No, ¿para qué? Si venden la carne y los huesos ya limpios.

—¿Y por qué ensartaste una costilla de cerdo si la carne que cocinas es de ternera?

—Esos chicos no saben distinguirlas. La escogí porque es más barata y porque entera impacta visualmente.

—Y con la costilla de cerdo, ¿qué hiciste?

—Preparé un guiso con kimchi. A Seunghun le encantó.

Seunghun creció sano y fuerte, nutriéndose con el delicioso guiso de costillas de cerdo con kimchi y la impulsiva intrepidez de su abuela.

En esa época, yo también cuidaba de mi nieta porque mi hijo y mi nuera trabajaban y no tenían con quién dejarla. Mientras la niña estaba en el colegio, solía ir al restaurante de mi hermana. Pero a veces, por circunstancias de las que ya no me acuerdo, me la llevaba conmigo. Entonces, mi nieta y Seunghun hacían los deberes juntos. La niña, tres años mayor que Seunghun, le enseñaba a hacer las tareas, le prestaba libros, en fin, lo trataba con cariño, como a un hermano pequeño. El camino entre mi casa y el restaurante de mi hermana era largo, pero disfrutaba de ayudarla y de aquellas tardes que compartíamos.

Pasada la hora del almuerzo, cuando se reducía el ajetreo del restaurante y disponíamos de un momento de descanso —aunque breve—, mi hermana y yo nos sentábamos a tomar un café con hielo. En mis no tan breves ochenta años de vida, jamás he conocido a una persona que preparara mejor que ella el café helado. Siempre usaba una cucharita, que antaño era de Seunghun, para servir en cada taza dos cucharaditas de café instantáneo, tres de crema en polvo y cuatro de azúcar. Luego echaba un poco de agua caliente y ahí agregaba el hielo. Siempre que le preguntaba cuál era su secreto, repetía las marcas más famosas de café instantáneo y de azúcar del país. Pero un día comentó algo diferente mientras mordía un cubito:

—Tomo el café con hielo al lado del fuego, junto a una olla gigante con caldo hirviendo. Aquí, sudando por el calor sofocante de esta cocina que apesta a grasa animal, todo sabría a cielo, incluso la lejía.

—¡Qué dices! Entre los mil ejemplos que me podías poner, escoges la lejía.

Lo que dijo me inquietó. Temí que su comentario pudiera reflejar alguno de sus impulsos ocultos.

—No te lo tomes tan a la tremenda. Además, el cansancio se me alivia en cuanto toco las manos de mi nieto. Si bien antes eran lo más suave y tierno del mundo, como pequeños dumplings, ahora parecen unos bollos grandes y calientes.

Mi hermana preparaba dumplings de formas y tamaños perfectos. Y las manos de su nieto, que ella describía como bollos, eran tan grandes que ya no cabían en las suyas. «Ha crecido mucho», pensé.

Al prolongarse la estancia de mi hermana en la residencia de ancianos, cada vez sus hijos la visitan con menor frecuencia. Según la cuidadora, Seunghun es el único que va a verla al menos dos veces por semana. Para estar hoy aquí, me cuenta que ha pedido medio día de permiso en el trabajo.

—¿Le has cortado las uñas?

—Sí.

—¿Se las has limado?

—Sí.

—Me refiero a los bordes. ¿Lo has hecho con una lima?

—Sí, con la que lleva el cortaúñas.

Tan detallista. Me resulta gracioso imaginar a un joven tan grande sujetando las manos de su abuela, encogida por la vejez, tratando de dejarle las uñas lisas e impecables.

De vuelta en la habitación, los tres compartimos una lata de melocotones en almíbar. Reímos mientras hablamos de todo y pasamos un rato ameno, hasta que, después de limpiar la mesa, de repente mi hermana vomita lo que acaba de comer, ensuciando no solo su ropa, sino también las mantas y el colchón. Entro en pánico, sin saber qué hacer, pero Seunghun coge unas toallas húmedas, le limpia la boca y las manos a su abuela, y llama al personal de la residencia.

También se encarga de bañarla, mientras un bedel cambia las sábanas y la funda del colchón. Durante bastante rato, ambos actúan como si formaran un equipo, cambiando a mi hermana como unos especialistas, y la acuestan con cuidado. Después de tomarle la temperatura, el trabajador de la residencia nos aconseja llevarla al hospital, aunque afirma que no tiene fiebre. Si bien el vómito puede ser síntoma de indigestión, también existe la posibilidad de que sea una señal peligrosa de alguna inflamación en el organismo o de una obstrucción de las arterias. El bedel intenta calmar a Seunghun, que se muestra angustiado.

—¿Te he asustado? Creo que es mejor estar seguros de que no le pasa nada malo. Pero dudo que sea algo grave. No te preocupes.

Mi hermana, cansada después del vómito y el baño, se duerme. Entretanto, Seunghun me lleva en coche hasta la parada del autobús, después de que haya declinado su invitación a comer juntos y pasar más tiempo en la residencia. Rechazo su propuesta pese a que me ha ofrecido acompañarme a casa. Sé que entre llevarme a mi casa y volver a la suya se pasaría toda la noche en la carretera y no está bien cansar tanto a una persona que a la mañana siguiente tiene que ir a trabajar. Por eso le he mentido y le he dicho que debía volver temprano porque iba a hacer unos recados de camino.

Dentro del coche, le doy las gracias a Seunghun. Le pido que siga yendo a la residencia a ver a su abuela. Quiero preguntar cada cuánto la visitan su madre, sus tíos y sus tías, pero al final no lo hago. No es una pregunta que deba hacerle a él.

—¡Qué bueno eres con ella!

—Solo hago lo que puedo.

—Ni sus hijos son como tú. Estás devolviendo a tu abuela todo el amor que te dio.

—Lo hago porque me gusta pasar tiempo con ella, no porque me sienta en deuda. Es buena, a veces demasiado.

En el autobús, sus palabras se repiten una y otra vez en mi cabeza: «Es buena, a veces demasiado».

Suena el teléfono. Desde el otro lado de la línea, una voz me avisa de que mi hermana está en cuidados intensivos. Es Seunghun el que habla.

—Mamá me dijo que no te avisara, tía abuela. Pero sentí que debía informarte de su estado.

El reglamento sobre visitas me impide verla. Como los hijos y los nietos tienen prioridad, supongo que la espera hasta que llegue mi turno será larga.

Pasan dos días hasta que me permiten visitarla. Nadie se imagina mi angustia durante ese tiempo, el miedo que siento al pensar que no volveré a ver a mi hermana o que quizá se quede en cuidados intensivos de forma indefinida.

Me cuentan que alguien del personal de la residencia se la encontró desmayada frente al baño. Nadie sabe cuánto tiempo estuvo así, ni por qué fue al lavabo si de noche duerme con pañal. Desde ese momento, la mayoría de los órganos de su cuerpo han dejado de funcionar como deberían. Tumbada en la cama, el montón de cables que lleva en la boca y en las fosas nasales no permite que se le vea bien la cara. Todos lo intuyen: ha llegado el momento.

—Geumju. Hermana.

La llamo, pero mi mente se vacía y no sé qué decir. Recuerdo que siempre empezaba a hablar sin parar hasta de los detalles más tontos de mi día a día para escucharla pronunciar mi nombre. Me culpo por haberle llevado melocotones en almíbar en un intento por conseguir alguna información sobre su estado. Mi mente sabe que no está así por los melocotones, pero no puedo evitar sentirme responsable ante mi hermana, ante Seunghun y ante el resto de la familia. Por eso, me detengo con las manos quietas, cruzadas sobre el ombligo como una niña castigada, hasta abandonar la uci.

Al no encontrar a Seunghun por ningún lado, le pregunto a Wonsuk dónde está. Ella responde con un largo suspiro:

—No entiendo qué le pasa.

—¿A qué te refieres?

—Los tratamientos que le están haciendo a mamá no sirven de nada. No puede respirar sin el ventilador mecánico, y in la noradrenalina a estas alturas sería imposible mantenerle la tensión estable. Apenas está viva, y no sabemos si se recuperará. Como la ponen a dormir constantemente, no podemos ni cruzar la mirada. Tampoco podemos verla cuando queremos porque el horario de visitas es muy estricto en cuidados intensivos. Con todo, Seunghun insiste en que no la dejará. Pero a estas alturas no creo que abandonar esos tratamientos sea renunciar a mamá. ¿No crees que podría ser la que más sufre en estos momentos?

«Tal vez te equivoques», pienso.

—¿Qué dicen los médicos?

—Que tenemos que decidir entre intubación y reanimación cardiopulmonar. Si no deseamos recurrir a ninguno de estos dos métodos, debemos firmar una carta de consentimiento. Entre mis hermanos y yo ya hemos decidido dejarla descansar, pero Seunghun insiste.

No hay nada que yo pueda hacer o decir. Solo coger a mi sobrina de las manos. Al notar mi cariño, empieza a sollozar con la cabeza gacha. Puede parecer raro, pero de repente siento envidia de mi hermana.

Veo a Seunghun sentado en el banco que está delante de la recepción. Solo, como una isla, en medio de una amplia sala casi vacía porque ya ha terminado la atención en consultas externas. Vacilo. No sé si es mejor acercarme o disimular. Entonces Seunghun me ve y corre hacia mí.

—¿Ya te vas? Te llevo.

—No te molestes. ¿O no me crees capaz de andar sola? ¿Crees que me voy a perder?

—No, qué dices. Me gusta charlar mientras conduzco.

—¡Déjalo! No creo que para un jovencito como tú sea divertido conversar con una anciana como yo.

—De verdad, me gusta. Me entretengo muchísimo hablando contigo —dice poniendo el brazo alrededor de mis hombros.

Su calor me hace pensar en mi hijo mayor. Una vez, cuando estaba en bachillerato, hizo ese mismo gesto mientras íbamos por la calle. Me sentí feliz, segura, protegida. En ese momento dejaron de importarme todas las frustraciones, todo el miedo, toda la indignación que me provocaba mi marido. Era paradójico que, después de lo asfixiada y hastiada que había sido mi vida bajo la sombra de mi padre y luego bajo la vigilancia de mi esposo, me refugiara en otro hombre: mi hijo. De pronto me doy cuenta de mi ligereza al comprender que considero a Seunghun un buen chico, cariñoso, con un corazón enorme, solo para mi tranquilidad, para apoyarme en él en cierta medida.

Mientras arranca el coche, Seunghun me pregunta si he hablado con su madre. Aunque no he hecho nada malo ni inadecuado, siento pinchazos en el estómago. Hago comentarios que nada tienen que ver con la respuesta que el muchacho espera oír de mí: que hace tiempo que no veía a su madre, que ya se le notan los años... Pero al final añado que me ha parecido que está muy preocupada. Seunghun dice sin reparo que su madre tiene razón, que ya sabe lo que piensa el resto de la familia, que es muy consciente de lo que les inquieta y que sabe que su decisión es la mejor a estas alturas.

—El problema es que no puedo imaginar un mundo sin mi abuela. No espero un milagro. Solo quiero que viva.

—Pero mira, si yo fuera ella, odiaría estar así, acostada en el hospital, sin poder hacer nada. ¿Qué sentido tendría la vida?

Ante el semáforo que acaba de cambiar a ámbar, el coche desacelera y frena en la línea de detención.

—Entonces ¿cómo es una vida con sentido? —pregunta Seunghun.

Incluso después de comprobar que el corazón de mi hijo ya no latía, rogué al médico que por favor lo salvara. Le supliqué que, aunque no pudiera abrir los ojos ni hablar, aunque tuviera que estar toda la vida anclado a aquella cama del hospital, hiciera lo posible y lo imposible por mantenerlo con vida. Le insistí en que no podía morir de esa manera porque tenía una hija soltera y una madre anciana. Y lo dije en serio. En ese momento estaba convencida de que la mera existencia de un marido, un padre o un hijo podían sostener a la familia, pese a estar en coma. Ahora me pregunto si la situación de mi hermana es tan diferente a la de mi hijo por aquel entonces. ¿Acaso no es la misma?

¿Y yo? Me acerco a la muerte cada día sin hacer nada productivo. ¿Tiene sentido mi vida?

Seunghun me dice que pasemos por la residencia porque, cuando trasladaron a mi hermana al hospital, no tuvo tiempo de recoger sus pertenencias. Mientras va a por ellas, decido quedarme en el coche, pero enseguida me entran ganas de ir al baño. Voy al que está en el primer piso y espero a Seunghun en el vestíbulo. Un hombre cruza la entrada empujando una silla de ruedas en la que va sentada una señora. Ambos visten igual, con la bata de la residencia. ¿Serán marido y mujer? ¿Amigos? ¿O se conocieron en la residencia? Veo mi imagen solapada en el rostro inexpresivo de esa mujer. Eso me agobia, y más al imaginar las caras exhaustas de mi nuera y mi nieta empujando la silla. De pronto el ambiente se vuelve sofocante y me obliga a salir del edificio.

Es de noche y todo está oscuro. La única luz que veo es la iluminación en naranja pastel que, con calidez, alumbra la pared exterior de la residencia y el ciruelo. Despacio, camino hacia el árbol. Es la primera vez que lo veo tan de cerca. Huelo a polvo, a tierra, a árbol viejo que ha vivido tiempos inimaginables. Extiendo la mano para tocar la corteza. Es áspera, pero no me hace daño. O tal vez tengo las manos callosas. Después de examinar el árbol durante bastante rato, me doy cuenta de los brotes verdes de las ramas y de cómo nacen del grueso tronco, que brilla gracias a la iluminación. Puedo identificar toda la forma del árbol. Cuando cae la noche, primero se aguza el olfato, luego el tacto y por último la vista.

Toco una de las ramas inferiores y la acaricio hasta que algo saliente roza la punta de mis dedos. ¿Será un insecto? El pánico me petrifica, soy incapaz de apartar la mano. Pero como no puedo aguantar la curiosidad, muevo los dedos con cautela. Ese algo es pequeño, frío y terso. Más que un insecto, podrían ser larvas. Estiro el cuello y entorno los ojos para ver qué es. Es nieve. Nieve de invierno que refleja unas luces de color púrpura, en contraste con el verde de los brotes sobre la rama. Doy unos pasos atrás y miro hacia arriba. Hay nieve en todas las ramas. En algunas es muy densa, mientras que en otras se dispersa, dejando ver el verde que empieza a germinar.

Cuando llegue la primavera, la nieve cederá su lugar a las flores. Y si las blancas flores cubren el viejo árbol, la seca y áspera corteza quedará oculta tras un montón de delicados pétalos. No es difícil imaginar tan conmovedor y hermoso paisaje. Puedo hasta percibir el aroma que emitirán las flores del ciruelo de una forma tan nítida como si esa fragancia fluyera en este preciso instante hacia mi nariz. En primavera, el viento hará que los pétalos aleteen como mariposas y, al final, caigan como nieve.

De pronto, un copo aterriza sobre la punta de una rama. Parece un pétalo. Miro el cielo. Nieva al ralentí. Los copos parecen flores, pétalos. Mi hermana a menudo me pedía que fuera a visitarla antes de que las flores se marchitaran. Me lo decía cuando las del ciruelo estaban en todo su esplendor y también cuando no quedaba ninguna en el árbol.

Ahora lo entiendo, Geumju. Ahora sí. Flor es nieve y nieve es flor, como invierno es primavera y primavera es invierno. Ay, hermana mía.

Intransigencia

Dijo que me había escrito una carta a mano.

—Ya se lo dije. No voy a transigir. No quiero saber nombres, cuántos años tienen, qué hacen o si hay más mujeres u hombres. Nada. Que se sigan las leyes penales.

Al otro lado de la línea, la abogada Kim lanzó dos suspiros breves y vacilantes, y comentó:

—Es la persona que subió más comentarios negativos. Pero me da la impresión de que la conoce. Me aclaró que no quiere su perdón, solo que, por favor, lea su carta. Por si acaso, le eché un vistazo y no dice nada comprometedor. Cuenta que tomaron algo juntas después de una conferencia en la Universidad de Jeonju.

¿Universidad de Jeonju? ¿La que está en Chungcheong del Norte? ¿Será la profe?

—Voy enseguida a recogerla.

Hace un año recibí una carta de la profesora por correo electrónico. Después de los muchos hechos y polémicas surgidos a raíz de mi obra, por entonces ya no había tantos reportajes, ni reseñas de lectores, y las ventas comenzaban a bajar, y también eran menos frecuentes las invitaciones a dar conferencias en bibliotecas, colegios y otras instituciones que meses atrás habían inundado mi bandeja de entrada.

Tras encender el portátil, entré en la tienda online para gatos a la que siempre accedo y me fijé en las evaluaciones de los consumidores sobre los juguetes y los alimentos en oferta. También leí los nuevos reportajes y artículos publicados en el sitio web de un semanario de actualidad y en una revista digital sobre artes y cultura, además de visitar un blog de cocina hacia cuyo autor siento simpatía sin conocerlo, la cuenta de un instagramer que publica fotos bonitas de libros y otra cuenta de Twitter que insulta a todo el mundo y hace comentarios negativos sobre la situación que estamos viviendo. Cuando acabé este ritual, abrí el correo electrónico y un asunto me llamó la atención: «Soy Kim Hye-won, del Instituto de Mujeres Eunjin».

Instituto de Mujeres Eunjin. En ese colegio me gradué, y al leer el nombre «Kim Hye-won» me invadieron los recuerdos de una época que había borrado de la mente. Con un chirrido, se abrió una puerta dentro de mí que, con gran esfuerzo, mantenía cerrada. Seguía guardando en el armario la novela que la profesora me prestó, con la cubierta descolorida, las páginas amarillentas y que desprendía ese olor tan característico de los libros viejos.

Aquello ocurrió durante las vacaciones de verano de mi último año en el instituto, cuando había clases complementarias, un periodo en el que, por lo general, no estaban en el colegio ni el prefecto de disciplina ni el maestro de educación física, el único que andaba con un palo en la mano, presuntamente para corregir a los estudiantes, ya que el resto de los profesores preferían no amonestarnos por cómo íbamos vestidos, a menos que lleváramos ropa demasiado llamativa. Ese día me puse una camiseta de piqué blanca y los pantalones cortos del uniforme de verano para educación física, tal y como venía haciendo desde el inicio de las vacaciones. Sin embargo, en la puerta del colegio me detuvo el prefecto de disciplina, que esa mañana estaba allí —no sé por qué— controlando la vestimenta de los alumnos.

Me usó como ejemplo para lanzar una advertencia a los otros. Aunque nadie llevaba el uniforme, fui la única en ser casi arrastrada hasta dirección por ese profesor. Mientras me tiraba de la mochila, de los brazos y de la oreja, repetía «Malcriados», «Insolentes», «¿Dónde creéis que estáis?». Estaba claro que yo no era la causa de su ira, pues se dirigía a todos los estudiantes de último año que iban sin el uniforme.

Pese a admitir que mi conducta había sido impropia y prometer que en adelante me pondría siempre el uniforme, fui abofeteada en la sala de dirección, delante de los docentes que se encontraban allí. Un silencio turbador llenó el ambiente. El tutor de mi clase se levantó haciendo sonar las ruedas metálicas de su silla. Se detuvo ante el prefecto de disciplina y, golpeando con suavidad pero con firmeza su hombro izquierdo con la palma de la mano derecha, dijo:

—¿Qué pasa? ¿Qué le ha hecho a mi alumna?

Justo cuando el prefecto de disciplina, tras retroceder unos pasos, intimidado, estaba a punto de empujar a mi tutor, la profesora Kim Hye-won me agarró de los hombros y me dio la vuelta.

—Salgamos de aquí, Cho-ah —dijo.

Detrás del edificio donde estaba la dirección había un pequeño parque en el que abundaban diferentes flores, aunque nadie sabía quién las cuidaba o si alguien mantenía ese espacio. Había un sendero entre falsas acacias, con bancos instalados a una distancia ideal entre ellos. Ahí me llevó la profesora Kim.

—Lo siento.

No esperaba que me pidiera disculpas. La bofetada me la había dado el prefecto de disciplina y quien lo retó por ese motivo fue el tutor de mi clase. ¿Por qué tenía que disculparse ella? Más allá de sus razones, sus palabras me hicieron llorar, y lloré un buen rato cubriéndome la cara con las manos. De pronto pregunté, tratando de calmar mi respiración, aunque todavía con la voz entrecortada por el llanto:

—¿Me hubiera pegado igual si hubiese sido Baek Min-ju?

El rostro de la maestra, que ya estaba bastante contraído, como a punto de llorar, se contrajo aún más, hasta que lanzó una carcajada. Baek Min-ju era la presidenta del

Consejo Estudiantil y la mejor alumna del colegio. En la graduación había recibido la medalla de honor que el instituto concedía al estudiante o a la estudiante ejemplar tanto en términos académicos como de conducta, y nadie lo cuestionó, pese a que no se justificó su elección. La profesora Kim respondió a mi pregunta con calidez, arreglándome el cabello:

—No, no te hubiera pegado.

También me reí.

La maestra sostenía bajo la axila un cuaderno de ejercicios de la asignatura de lengua y una novela, como si hubiera cogido lo primero que había visto sobre el escritorio al salir con tanta prisa de la sala.

—¿Quieres que te la preste? —preguntó extendiéndome la novela.

El ofrecimiento me pareció repentino y totalmente fuera de lugar, pero asentí con la cabeza y cogí el libro.

En la tapa estaba el título, *El regalo del ave*, en una tipografía que imitaba a una máquina de escribir, dentro de un rectángulo anaranjado, como si fuera una etiqueta identificativa, sobre un fondo de color verde intenso. La leí en los recreos, durante el almuerzo y en las horas de estudio extra, esquivando con astucia los ojos de los profesores que se ocupaban de vigilar a los estudiantes. No pude parar, por eso seguí leyendo en casa, y solo conseguí dormir cuando pasé la última página. Desde ese día hasta graduarme, leí aquella novela unas veinte veces. Exagerando un poco, lo único que hice durante el segundo semestre de mi último año del instituto, antes de entrar en la universidad, fue estudiar para la selectividad y leer *El regalo del ave*.

No llegué a devolvérsela, porque en aquel momento sentí que no podría vivir ni un día si no leía las frases allí escritas. Así, con la graduación, examinarme para la selectividad, enviar solicitudes para las universidades que me interesaban y presentarme a las entrevistas de admisión, el libro acabó demasiado desgastado. Tenía un grosor hasta casi dos veces mayor que el original y las esquinas de las páginas arrugadas, redondas de tanto pasarlas. Entre que no sabía si devolvérsela en ese estado y disculparme o si comprarle una nueva, finalizó mi etapa escolar. Tanto entonces como ahora, sigo siendo igual de miedica e irreflexiva.

Llamé al número que se indicaba en el correo electrónico. Al instante, desde el otro lado de la línea, escuché la voz de la profesora Kim decir mi nombre.

—¿Tenía guardado mi número?

—No. Supuse que serías tú porque hace un minuto he visto la confirmación de lectura en el e-mail.

Como si volviéramos a hablar con un ex después de años, nos hicimos preguntas para actualizarnos sobre lo que había sido de la vida de la otra durante el tiempo en que no nos habíamos visto. La profesora ya no seguía en el Instituto de Mujeres Eunjin. Enseñaba en la Facultad de Artes Escénicas de una universidad privada de la ciudad de Jeonju, en la provincia de Chungcheong del Norte.

Siguió estudiando mientras era profesora de lengua en el Instituto Eunjin, y compaginando estudios y trabajo terminó un máster y empezó un doctorado. Luego, renunció a la docencia para enseñar a tiempo parcial en universidades y completar su tesis doctoral. Fue la época más difícil de su vida tanto en términos económicos como psicológica y emocionalmente. Su situación mejoró, aunque tampoco de forma muy significativa, cuando consiguió un contrato como profesora asociada durante un año —con posibilidad de renovación cada dos semestres— en la Universidad de Jeonju. La profesora Kim me dijo que había tenido suerte, porque convertirse en docente universitario era casi imposible para una persona como ella, que ni era tan joven ni tenía experiencia enseñando a ese nivel, ni tampoco se había graduado en una universidad de renombre. Cuando la halagué llamándola «catedrática» y destaqué su logro, me dio las gracias, eso sí, sin olvidar comentarme que también había disfrutado de su tiempo en el Instituto de Mujeres Eunjin.

—Me gustaba enseñar en el instituto. También pasar tiempo con los alumnos. El trabajo era duro, pero mis estudiantes eran mi recompensa. Renuncié porque quería estudiar más, y ya ves, aquí estoy.

Dijo que de mí, de mi vida y de mi trabajo ya estaba enterada por las entrevistas con la prensa y lo que había leído en varios reportajes.

—También sé cuáles son tus planes. La semana que viene estarás en la Feria del Libro de Taiwán y en el segundo semestre publicarás una nueva novela, ¿verdad?

Comentó que, si bien había enseñado mucho tiempo, ninguno de sus alumnos se convirtió en una celebridad o en un deportista reconocido. Y después de decirme que yo era la más famosa, sacó el tema del que quería hablar. Ya sabía que su intención al contactarme era pedirme que diera una conferencia, aunque cuando leí su carta supuse que sería para el alumnado del Instituto de Mujeres Eunjin.

Nunca imaginé que podría vivir de lo que escribiera. Esa posibilidad me parecía absurda cuando lo hacía por mi cuenta, y seguí dudando después de recibir la oferta de una editorial que quería publicar un libro con mis cuentos, incluso cuando lo vi impreso con una tapa dura muy bien diseñada.

Seis meses después de salir el libro a la venta, dejé mi trabajo de media jornada como camarera en una cafetería. La renuncia coincidió con los primeros contratos de edición que firmé y que pronto me obligaron a dedicar más horas a escribir. Dos meses después renuncié también a mi puesto de profesora de redacción en una academia privada cuya directora quería usar mis entrevistas con los medios o los artículos que publicaba en diversas revistas para publicitar sus servicios. Si bien no había nada de malo en dar clases sobre cómo escribir siendo una persona que vive de esa actividad, entre el tipo de escritura que enseñaba y los textos que creaba había demasiada distancia. Por eso decidí renunciar a ese trabajo antes de que la directora de la academia se disgustara conmigo o viceversa. Además, lo que obtenía de los derechos de autor era más que suficiente para mantenerme.

Mi primer cuento, que no era radical ni demasiado progresista, suscitó una polémica excesiva, más de lo necesario o lo esperado. Mientras un actor de mediana edad se consideró un hombre consciente y sensible por publicar una reseña de la obra y recomendarla, una locutora de radio se vio obligada a subir explicaciones y justificaciones a las redes sociales por presentar el libro en su programa. Incluso tuvo que cambiar su cuenta pública de Instagram a privada al no cesar los insultos y los comentarios agresivos. Paradójicamente, esos hechos hicieron que las ventas se disparasen. Cada vez más gente leía la obra, lo que provocaba más controversias y debates que a su vez impulsaron aún más la demanda del libro. Se formó así un círculo que no sé si fue vicioso o virtuoso.

Estaba convencida de que podía lograr algo escribiendo y también de que había veces en las que debía escribir con responsabilidad. Aunque gran parte del tiempo me sentía sola, asustada y frustrada, me esforcé por seguir leyendo y reflexionando, por hacer preguntas y por dejar por escrito todo lo que leía, pensaba y me causaba duda. No obstante, el negativismo o la aversión eran más potentes que la simpatía y el afecto. Palabras que jamás había dicho se publicaban en reportajes y entrevistas entre comillas, como si fueran la fiel transcripción de un comentario mío, y en las reseñas de blogueros se recogían frases o situaciones no incluidas en mi obra.

Al final, me rendí. Al concluir que me estaban usando y adoptar una actitud que nunca había imaginado, me di cuenta de que estaba mal. *Me invitaron a una fiesta a la que no debía ir. En la lista de invitados, mi nombre estaba mal escrito.** Mis ojos se llenaron de lágrimas, y mis pies, que se calzaron las zapatillas rojas, no paraban de bailar. Pero yo tenía un único objetivo: ir descalza.

Pese a rechazar todos los favores y propuestas que recibía, acepté dar una conferencia en la Universidad de Jeonju, no porque me fueran entrañables los recuerdos de mi época de colegiala ni porque me sintiera muy agradecida a la profesora Kim por el consuelo que me brindó por aquel entonces, sino para devolverle —aunque tarde— su libro. Quería confesarle que, gracias a ese libro, pude salir de uno de los túneles más oscuros de mi vida.

Poco después se publicaron anuncios de mi conferencia en la página web y en la cuenta de Facebook de la Universidad de Jeonju, y el primer comentario que apareció debajo fue «Ojalá que se muera». Me entró un miedo terrible. Temía que me lanzasen huevos durante la conferencia. Aun así, me subí al tren con el viejo ejemplar de *El regalo del ave*, que parecía que iba a hacerse polvo al recibir el mínimo golpe, la nueva edición de la misma novela en tapa dura con un diseño diferente y una caja de galletas.

Nadie me tiró huevos. La sala se llenó, y aunque hablé menos de lo que había preparado, la conferencia se prorrogó, pues me hicieron más preguntas de lo previsto. Las firmas, por otra parte, me llevaron casi una hora, y me puse nerviosa, pues me enteré —haciendo preguntas a los que se me acercaban para pedirme que les firmase su libro— de que habían acudido a la conferencia no solo estudiantes de universidades cercanas, sino también un número nada desdeñable de profesores de literatura.

Cuando acabamos, la profesora, dos estudiantes que se presentaron como admiradoras de mi trabajo y yo nos

---

* Parte de la letra de la canción «Todo el mundo me empezó a odiar», de la cantante Lang Lee.

43

fuimos a cenar. Desde el asiento de al lado del taxista, Kim Hye-won me preguntó, volviendo la cabeza para mirarme:

—¿Alguna vez has probado los fideos en caldo de pescado?

—Si se refiere a la sopa de fideos cortados a cuchillo con marisco, sí la he probado.

—Ja, ja. No, es muy distinto. Tiene una textura más densa, casi como las gachas, y es picante. Mejor que lo pruebes. Es un plato típico de esta zona.

Nos sentamos alrededor de una mesa, cada cual con una ración de fideos en caldo de pescado en un bol y una cazuela para compartir de chanquetes fritos, sazonados con salsa picante. Jamás había probado esos platos, solo los había visto por televisión. Los fideos en caldo de pescado, al contrario de lo que pensaba, olían bien y llenaban bastante, mientras que los chanquetes fritos con salsa picante y dulce eran un manjar.

Primero pedimos soju. Cuando nos acabamos las dos botellas, una de las estudiantes dijo que tenía que volver a casa. Quería sacarse una foto conmigo, pero lo dejamos para la próxima vez, ya que estaba demasiado colorada por el alcohol. El libro se lo firmé. Me inquietó el hecho de que el marcador se me resbalara entre los dedos, ya que esa falta de fuerza en las manos podía significar que me había pasado con las copas.

La profesora pidió otra botella de soju y una de cerveza. Como si nada, me llenó la copa hasta la mitad y le añadió un chorro de cerveza.

—Tómatelo sin agitar. Sabe dulce.

No la creí. Sin embargo, al primer sorbo supe que me equivocaba. Sabía dulce. Sin acabármelo, miré lo que contenía la copa y enseguida la vacié, sin poder decir más que «Guau» como expresión de sorpresa. Cuando el alcohol empezó a subírsenos, la profesora me dijo que tenía que confesarme algo.

—¿Sabes? Ese libro no es mío.

—¿Qué libro? ¿*El regalo del ave*?

—Sí, y lo que quiero decir es que estás confundida. Crees que te lo presté el día que Kim Seongtae te abofeteó, ¿no? Durante aquellas clases en las vacaciones de verano de tu último año del instituto...

—Sí...

—Es cierto que fui yo la que te llevó al parque que había detrás del colegio. Pero después, como me tocaba dar clase en tu aula, entré y te dije que te tomaras tu tiempo y que fueras al baño a lavarte la cara. Cuando volviste, tenías la camiseta mojada.

¿Fue así? En realidad, no lo recordaba. Sí que tenía en mente la bofetada que me dio el prefecto de disciplina durante las clases complementarias de aquellas vacaciones de verano y sí, que la profesora Kim Hye-won me consoló en el parque. Así que se llamaba Kim Seongtae... Lo extraño era que solo yo recordaba que ella me había prestado *El regalo del ave* y ella que había vuelto al aula con la camiseta empapada. Estaba mareada. Pedimos más cerveza, soju y otro plato de pescado frito. Fuimos cruzando comentarios sin relación causal alguna.

A mi pregunta de si tenía familiares en Jeonju, contestó que no, que por eso se había presentado al puesto de profesor asociado sin vacilar. «Mi padre me pegaba», añadió muy serena. Me contó que, aunque a medida que avanzaba la adolescencia las palizas eran menos frecuentes y su padre no volvió a pegarle después de la mayoría de edad, el recuerdo de la violencia doméstica que sufrió de niña no se le borraba. Ni tampoco la atmósfera que envolvía esas horas de dolor. Tampoco la ansiedad o la tristeza.

—Tal vez por esa experiencia reaccioné de aquella manera ese día. Me vi reflejada en ti, que estabas ahí quieta con la mejilla roja. A mi padre, que me pegaba, le pedía perdón. Le rogaba llorando que se detuviera y prometía que no volvería a disgustarlo, hasta que recibía otro golpe y me quedaba petrificada por el impacto, sin palabras. Incluso las lágrimas se me secaban al instante.

Su hermana menor se refugió en otra cárcel al casarse, y de esa forma se alejó de la familia. La profesora Kim, por su parte, luchó para defender a su madre, que estaba en un estado de total impotencia, pero al final huyó porque no podía aguantar más. Dijo que a esas alturas sabía que la razón de la violencia de su padre era su propia incompetencia, porque cada vez que fracasaba en el trabajo, le salía mal algo de lo que hacía o lo entretenían fuera del hogar, se convertía en un tirano ante la familia, como si quisiera demostrarse que al menos en casa podía hacer a su antojo e imponerse a todos. Así, la profesora me contó varias anécdotas sobre su padre y yo le presté atención sin decir nada. No hice preguntas, ni le hablé de mi vida o de mi familia. Claramente, estaba dolida.

—Ay, creo que he bebido demasiado. No debería estar hablando de estas cosas a una alumna.

—Ya no soy su alumna.

—Tienes razón. No sabes cuánto me sorprendí al ver tus datos en la solapa del libro. Solo te llevo ocho años. ¿Ahora qué? ¿Las dos estamos en los cuarenta? Envejeceremos juntas.

Se rio moviendo los hombros, pero yo no. Entonces, mirándome a los ojos, me dijo que estaba bien, que se sentía satisfecha con su vida y que no me preocupara por ella. «Me alegro», le respondí.

Salimos del restaurante pasadas las tres de la madrugada. Me ofreció que me quedara a dormir en su casa, pero rechacé su propuesta, primero, porque me incomodaba pasar la noche en un lugar extraño y, segundo, porque no quería molestar. Le dije que pensaba esperar en una cafetería o en una hamburguesería cerca de la estación para coger el tren de las seis de la mañana. De nuevo, la profesora se rio.

—En esta ciudad no hay cafeterías abiertas a estas horas. Los establecimientos abiertos veinticuatro horas no son comunes fuera de Seúl. Así que ven conmigo si no quieres pasar la noche en la estación de trenes como un vagabundo.

Al final, hice lo que me dijo y me quedé dormida en su casa hasta la tarde. Nos despedimos después de comer una sopa para la resaca.

Al bajar en la estación de Seúl, todo lo ocurrido durante los dos días anteriores me parecía un sueño. Me dolía la cabeza y estaba mareada, aunque era difícil saber si eran síntomas de la resaca o la manifestación física de un malestar psicológico que no lograba identificar. En casa, me di un baño con agua caliente y me acosté de nuevo tras prepararme agua con miel. Al despertar, por cómo sujetaba el borde de la manta con las manos, en la misma posición que cuando me había cubierto con ella antes de quedarme dormida, llegué a la conclusión de que había caído muerta por el cansancio y que no me había movido en la cama.

Tomé agua fría y me senté en el escritorio. Me invadieron recuerdos que tenía olvidados. De repente, me costaba respirar y el corazón se me aceleró. Tomé aire para calmarme. De pronto empezaron a sonar notificaciones de mensajes instantáneos. Era la profesora preguntándome si estaba bien. Le respondí con un simple «Sí», al que al instante agregué «Me dormí de nuevo al volver a casa y acabo de despertarme» por miedo a sonar demasiado fría o descortés, y añadí al final «Ji, ji». La profesora también puso «Ji, ji».

Ji, ji. Ji, ji, ji, ji, ji, ji, ji, ji... ¿Por qué te ríes? ¿Eso te hace gracia? Una risa pequeña y silenciosa, como el tímido sonido de una galleta al romperse, se metió en mi oído como un montón de hormigas atraídas por un olor dulce. Sacudían mis tímpanos. Penetraban hasta mi cerebro por los huesos de la oreja, la cóclea y los nervios. Y después de caminar por el interior de mi cabeza, me salían por los ojos, las fosas nasales, hasta caer una a una por la laringe. Perforaban mis vías respiratorias, incluso mis pulmones, para esparcirse por todo mi cuerpo y devorar mi corazón. Entonces sentí un dolor tan fuerte en el pecho que me acosté boca abajo sobre el escritorio, después de casi arrancarme la camiseta.

Gateando, fui a la cocina y engullí un analgésico. Una vez había oído que ese medicamento que alivia el dolor también servía para los malestares emocionales del corazón. Por esa época tomaba esas pastillas a menudo, pero no para aliviar el dolor físico, sino otros que afectaban a mi estado de ánimo.

A duras penas volví al escritorio. Tenía un nuevo mensaje de la profesora. Decía que me olvidara de lo ocurrido la noche anterior, que por culpa del alcohol había dicho cosas innecesarias. ¿Cosas innecesarias? ¿Pero de qué estábamos hablando? Nos emborrachamos, y yo no recordaba exactamente lo que nos habíamos dicho. Lo que sí podía afirmar era que la conversación de esa noche revolvió algo que estaba hundido en lo más profundo de mi ser y de mi memoria.

¿Podría decirse que había sido un accidente desafortunado?

Mi padre tenía los labios grises. Parecía enfermo, deprimido o como si tuviera mucho frío. No hablaba, y si de vez en cuando decía algo, su boca se empapaba por dentro y por fuera de una saliva espesa de color amarillento. En silencio, trataba de reprimir el asco que sentía.

Mientras mi padre elegía, escrutaba o se tragaba las palabras que quería pronunciar, hablaba mi madre, que nos regañaba a todos por cualquier tontería con el ceño fruncido. Pese a su conducta, no la despreciaba porque percibía esa dinámica de poder en la familia como algo obvio. Más tarde mi hermano mayor asumió ese papel. Todos en la familia aceptaron la transición de la forma más natural, salvo yo. Cada día me sentía como si tragara sin masticar una espina de pescado, que unas veces iba de la boca al estómago, arañando mi garganta, y otras punzaba tan fuerte que no me dejaba comer. Claro, también había días de suerte en que pasaba por mí sin hacerme daño. Pero nadie más que yo sabía tanto del miedo como del dolor que causaba.

En mi primer año de instituto, mi padre sufrió un accidente mientras trabajaba como taxista. Un coche le dio por detrás mientras estaba parado frente al semáforo. El doctor le dijo que tenía lesiones musculares, nada serio, porque el impacto no había afectado a su columna vertebral. Sin embargo, a diferencia de ese primer diagnóstico indicándole que se recuperaría en una semana, mi padre tuvo que permanecer en cama un mes, compartiendo habitación con otros cinco pacientes en una clínica. Tanto tiempo de recuperación lo obligó a renunciar a su trabajo como taxista. Además, decía que le daba miedo conducir porque percibía las luces del vehículo de enfrente como los sentenciosos ojos de alguien. Porque, en el espejo retrovisor, el automóvil de atrás parecía perseguirlo, y porque, si los coches de los carriles de derecha e izquierda iban a la misma velocidad que él, sentía que se agrandaban hasta intimidarlo. Tras dejar su oficio como taxista, mi padre empezó a trabajar como jornalero sin un puesto fijo, y de esa situación quien más renegó no fue mi padre ni mi madre, sino mi hermano, que no sé por qué desahogó su frustración y su ira conmigo.

Se enfadaba con violencia si yo llegaba tarde. Incluso había días que cerraba con llave la puerta de la casa para que me quedara fuera o me tiraba del pelo y me arrastraba dentro. Y siempre echaba al suelo todo lo que llevaba en el bolso para revisar mi monedero. ¿Por qué quería saber cuánto dinero llevaba? Yo lo insultaba, gritando que con qué derecho hurgaba en mis cosas, y le lanzaba todo lo que tuviera a mano.

Ese día, mi hermano recibió la carta de admisión de un prestigioso centro de educación superior en China. Estaba estudiando Filología china en una de las mejores universidades de Seúl y su aspiración era ir a ese país. Yo, que ni siquiera quería ir al colegio, no lo entendía, aunque ese no era el único aspecto que no comprendía de él.

Compré un pequeño pastel en la pastelería que quedaba enfrente de casa. Había emociones comunes que mi hermano y yo compartíamos, pero no porque fuéramos personas parecidas, sino porque habíamos nacido de los mismos progenitores y habíamos crecido en el mismo entorno. Por eso lo odiaba, pero al mismo tiempo me daba lástima. Y me alegraba y enorgullecía su logro. El pastelero me preguntó cuántas velas necesitaba. Le pedí cuatro porque ese era el número de miembros de mi familia. Mientras caminaba hasta casa con el pastel en una caja demasiado grande para su tamaño, no pude dejar de sonreír. Por un instante me sentí como la hija de una familia genuinamente feliz.

En la puerta, vi las zapatillas de mi hermano.

—Mamá, ¿está mi hermano en casa?

Me quité los zapatos y, al poner un pie en la sala de estar, mi hermano salió de su habitación con el pelo desarreglado y frotándose los ojos como si acabara de despertarse.

—¿Estabas durmiendo? ¡Tenemos que celebrarlo! He traído un pastel.

Puse la caja en la cocina y llamé a mis padres, pero mi hermano me soltó con cinismo:

—¿Qué demonios estás haciendo?

—Mamá me lo ha contado. Te han admitido, ¿no?

—¿Y?

—¿Eh?

—¿Y qué? ¿Quieres montar una fiesta, joder?

Ante tan inesperada reacción, le contesté en voz casi imperceptible: «Felicidades». Mi hermano se fijó en el pastel y dijo:

—Si eres tan bruta, al menos deberías tener más tacto.

Y volvió a su habitación. Mi madre, que a distancia seguía la situación, se acercó entonces y, con agresividad, metió la caja del pastel en la nevera.

—No tenemos dinero para financiar sus estudios en China. ¿Y tú, qué haces? Vienes a alterarlo cuando está que se revuelve por dentro.

—¿No puede estudiar y trabajar a la vez? ¿En China no hay trabajos de media jornada? —me quejé, aunque casi no me oyeron.

Entre largos suspiros, mi madre comentó también para sí misma que le dolía cada vez que pensaba en su hijo. No pregunté qué sentía por mí.

Mi padre retomó el trabajo de taxista. Una semana después, cayó al vacío desde una altura de ocho metros mientras iba al volante. Era de madrugada y, como las carreteras estaban vacías, mi padre fue la única víctima.

Llegué tarde al hospital porque había estado tomando algo con mis amigos, y mi hermano me regañó. Me hizo responsable y gritó que nuestro padre había decidido volver a trabajar como taxista por mi culpa y que ya no le importaba estudiar en China. Explotó en llanto suplicando a no sé quién que, por favor, le devolviera la vida. De pronto sentí un fuerte impacto. Un rayo me cegó y me quedé inmóvil, con las mejillas ardiendo.

Desde entonces no volví a hablar con mi hermano. Es más, la incomunicación resultó algo natural porque, poco después de la muerte de mi padre, se fue a China y vivió allí ocho años. Mi madre cobró el seguro de vida, y ese dinero más otras compensaciones sirvieron para costear los estudios de mi hermano y su residencia en el exterior, mientras que al graduarme me quedé con una deuda de más de diez millones de wones por los créditos estudiantiles a los que tuve que acceder y que no llegué a saldar pese a los varios trabajos a tiempo parcial que tuve durante todos los años universitarios. Y seguimos sin hablarnos.

Escribí sobre ese día en un cuento. Eso sí, añadí algo de ficción para darle mayor efecto dramático. Por ejemplo, en la historia el hermano lanza el pastel y lo destroza, y el padre se va de casa tras presenciar esa escena y se suicida.

Por primera vez tomé prestado un episodio de mi vida como material narrativo, traicionando lo que me había prometido al empezar a escribir: no incluir experiencias personales y de no usar la escritura como medio para desahogar mis emociones. Rompí aquella promesa. Me senté a escribir durante ocho horas sin levantarme, como si estuviera poseída por algo, hasta terminar el cuento temiéndome cómo reaccionaría mi familia.

Sabía que mi hermano leía todo lo que publicaba, incluso los cuentos o los textos breves que salían en las revistas literarias, ya fueran impresas o digitales. Lo sabía porque mi madre me lo había dicho varias veces. Esa obra no sería una excepción; sin embargo, no recibí comentario alguno de él. ¿Estaría arrepentido de su actuación de ese día? ¿Intentaba hacer ver que le importaba y por eso evitaba preguntarme si el cuento era sobre nuestra familia? ¿O no desearía ni siquiera hablar de ello porque toda esa situación lo irritaba? Pese a mi angustia, mi familia parecía tranquila. Las quejas me llegaron por otro lado.

Una noche me llamó la profesora Kim Hye-won, con quien no hablaba desde el día de la conferencia en la Universidad de Jeonju.

—¿Cómo pudiste robar una historia ajena y escribirla con tanto descaro? ¿Cómo pudiste, sabiendo que es la parte más dolorosa de mi vida, después de que me costara tanto contártela?

—¿De qué me está hablando?

—Del cuento que publicaste en la revista *Littor*. ¡Es mi historia!

—No... No lo es.

—Sí, sí lo es.

La profesora insistió en que había creado dos personajes, el del padre y el del hermano, para representar por separado la incompetencia y la violencia de su padre. Me acusó de alterar la anécdota que me contó sobre cómo él

52

había golpeado a su madre en el hospital, y de haber descrito a la protagonista como la víctima de la violencia que ejercía su hermano después del suicidio del padre. También alegó que la conducta del personaje del hermano que revisa el bolso de la hija era idéntica a la de su padre, y que la protagonista se comportaba igual que ella al quedarse inmóvil tras una agresión física.

—En el mundo hay miles y millones de mujeres que han sido víctimas de la violencia cometida por sus padres o hermanos. Esos casos no deberían existir, sin embargo, y aunque es triste admitirlo, son comunes.

—¿Comunes? Vaya, habla la distinguida escritora. Como todos te adulan como si fueras una diosa, ¿subestimas a las mujeres que, desde lo más bajo, luchan por salir de su infierno? Te permites hablar de su dolor, impones tu punto de vista y sacas como pretexto la universalidad. Ni tú ni tus lectores sois capaces de imaginar que la vida de cada mujer es diferente, que cada una aguanta como puede su propio dolor.

—¿Con qué fundamentos afirma que soy incapaz de entender esa realidad? No crea que es la única que lo hace.

Mujeres deseosas de contarme sus historias las había por doquier. Al final de una conferencia en una biblioteca, antes de una entrevista o al cruzarse conmigo en actividades breves como una firma organizada por una librería, muchas me hablaban de sus vidas, no para obtener consejo o una reacción solidaria por mi parte, sino porque ya no podían reprimir más lo que tenían dentro. «Este pulgar me lo corté trabajando en una fábrica». «Mi madre se ocupa de mis hijos para que yo pueda trabajar, pero no estoy segura de que sea lo correcto». «Yo no habla bien coreano. Soy Vietnam». «Sufrí acoso sexual y denuncié mi caso siguiendo el «#MeToo». Esas mujeres y yo nos dábamos las gracias. Ellas a mí por escribir ese cuento y yo a ellas por leerlo, por contarme sus historias, por escucharme.

No pude aclararle a la profesora Kim que lo que había escrito era mi historia. Mejor dicho, no quise, porque me parecía inútil contarle que yo también era una persona con derecho tanto a hablar como a escribir sobre lo que sentía y pensaba. ¿Quién fijaba los requisitos para tener ese derecho y con qué criterios? No deseaba aplicarlos, aunque existieran, ni a mí ni la profesora ni a nadie más. Estaba demasiado cansada, y por eso colgué.

Tenía curiosidad por saber cómo el público recibía mi cuento. Por desgracia, no era fácil, ya que lo había sacado en una revista literaria y tendría que esperar hasta que tomara forma de libro. Por un instante pensé en enviar un correo al editor para preguntarle por la reacción de los lectores, pero desistí porque era tarde.

En cambio, busqué su título en internet. No había publicaciones o posts sobre la obra, solo textos que nada tenían que ver, pero que aparecían como resultados al haber introducido en el motor de búsqueda palabras incluidas en el título. Tampoco en las librerías online encontré evaluaciones o reseñas sobre la revista literaria en la que había sido publicado. Entonces, busqué mi nombre, con los dedos temblorosos por los nervios. ¿Cuándo había sido la última vez que lo había hecho? La pantalla me mostraba demasiados reportajes y publicaciones con un montón de comentarios. Me entraron náuseas.

Una amiga de la universidad, con la que de vez en cuando me mensajeaba, contactó conmigo después de mucho tiempo sin hablarnos y me invitó a comer. Antes de que nos sirvieran la comida, me acosó con preguntas llenas de reproches sobre si sabía lo manipuladoras que eran las adolescentes de hoy y las desventajas que sufrían los chicos, incluido su hijo. El dueño de la cafetería en la que trabajaba a media jornada incluso se tomó la molestia de llamarme por teléfono para decirme «Hola, comadre. ¡Ah, perdón! Ahora tengo que vigilar lo que digo delante de ti, ¿no?». Y se hacía imposible contar las veces que mencionaban mi nombre como referencia comparativa para elogiar la grandeza de otra escritora, o las ocasiones en las

54

que mi obra era descuartizada para extraer fragmentos que luego se reducían a piezas unidimensionales perdidas de un rompecabezas o se insertaban totalmente fuera de contexto en críticas literarias, debates o discursos sociales.

Se publicaron distintos textos a partir de mis reflexiones personales sobre el tiempo vivido —largo y complejo—, donde los papeles que me tocaba representar y los dilemas cotidianos a los que debía enfrentarme eran sintetizados arbitrariamente y atropellados. Desde ese día, no pude escribir ni una palabra.

A la abogada Kim la conocí mientras investigaba un material sobre el que quería escribir. Me cayó bien, y nació entre nosotras una especie de amistad, una relación ni muy cercana ni muy estrecha entre dos personas que se encuentran de vez en cuando para comer y disfrutan conversando. En nuestros esporádicos encuentros, me instó varias veces a demandar a las personas que subían comentarios agresivos contra mí en internet, y me dijo que estaba dispuesto a ayudarme.

—Gente como esa no tiene remedio. De nada sirve que les explique que su conducta es impropia. Tampoco es fácil convencerles para que no pongan más comentarios malintencionados o rogarles que tengan piedad porque sus palabras la hieren demasiado. Hay que demandarlos para que aprendan. Cuando los llame la policía y vayan de aquí para allá para conseguir el dinero y pagar la indemnización, se darán cuenta de lo que han hecho y reflexionarán sobre sus acciones. Además, dicen que, si corre el rumor de que ha demandado a los que la atacan por internet, se reducen los comentarios ofensivos.

—En realidad, esos comentarios me afectan muy poco.

—Pero debe empezar por ahí para mostrar mano dura. ¿Piensa que es más cómodo ignorarlos? Pues se equivoca. Debe protestar, objetar y demandar si es necesario. Solo así esa gente dejará de meterse con usted y podrá vivir en paz.

Sabía que, para un abogado, no eran bienvenidas las demandas por comentarios ofensivos en internet, ya que suponían mucho papeleo y pocas ganancias por la relativa levedad del acto delictivo. Por eso le di las gracias y le dije que, si lo necesitaba, le pediría ayuda. Pero la verdad, en aquel momento no tenía ni la más mínima intención de interponer demandas. Mi parecer cambió días después, mientras escribía por segunda vez a mi editor comunicándole que deseaba rescindir el contrato y devolverle el adelanto porque no estaba segura de cuándo podría volver a escribir. No podía seguir en ese estado.

De recopilar los comentarios difamatorios adjuntos a noticias sobre mí y mi cuento, así como las publicaciones ofensivas de blogs y redes sociales, se encargaron los empleados del bufete de Kim. Seleccionaron los más graves, aquellos que, además de insultos, contenían amenazas y agresiones verbales de tinte sexual. Así procedieron para demandar a los autores de esos comentarios no solo por difamación, sino también por amenaza y acoso sexual digital para que les aplicaran una sanción más dura.

De esa manera redactamos cartas de demanda contra cientos de personas. Las presentamos en cinco comisarías para eliminar la posibilidad de que, si todas las entregábamos en la misma, las pasasen por alto; por otra parte, provenían de una misma demandante. Fui en persona a las jefaturas policiales. Los procedimientos, al contrario de lo que imaginaba, no me agobiaron. Es más, tramitar las demandas, incluso presentar mis declaraciones como parte demandante, me resultó una experiencia interesante, tanto o más que las investigaciones que hacía como escritora antes de empezar a escribir una obra.

Las denuncias siguen sin resolverse, y yo sigo sin poder escribir.

—¿La conoce? —preguntó la abogada Kim mientras metía la carta en el sobre.

—Nos vimos una vez.

La carta no era de la profesora Kim Hye-won. Era de una de sus estudiantes, de las que cenaron con nosotras esa noche. No recuerdo su cara ni su nombre, y menos lo que dijo. Tampoco sé a ciencia cierta si estuvo hasta el final, como me parecía recordar. ¿No me estaría fallando la memoria y en realidad ninguna de las estudiantes nos acompañó ese día? Eso no. Porque sin haber estado allí no podría haber descrito con tanta belleza y ternura lo que ocurrió aquella noche, la conversación que mantuvimos, cómo llegamos a entendernos y cómo nos consolamos. Tampoco se hubiera empecinado en seguir con obsesión mi rastro en internet para dejar tan humillantes comentarios. ¿Pero qué distancia existe entre la ternura con la que describe nuestra conversación de esa noche y su afán de atacarme? ¿Serán emociones diferentes?

—¿Está bien?

—Sí, y pienso denunciarla como al resto —dije asintiendo con la cabeza.

—¿Porque se siente traicionada?

—No. Porque según dicta la ley, los comentarios que subió son lo suficientemente ofensivos como para merecer una sanción.

Esa vez la abogada Kim asintió. De nuevo me preguntó si me encontraba bien y si necesitaba compañía. Hasta me ofreció un café, pero lo rechacé. Tenía temas pendientes.

Ya en casa, corro hacia el escritorio y enciendo el ordenador. Me dispongo a mandar un correo electrónico. Empiezo a escribir y en el asunto pongo «Estimada profesora Kim Hye-won». Me disculpo con ella. Reconozco que no debería haberle colgado el teléfono esa vez y que me avergüenzo de mi comportamiento. Que todo lo que está en el cuento se basa en mi experiencia de vida y que, aunque guardamos recuerdos y dolores similares, no somos la misma persona. Que, aunque no somos la misma persona, sus confesiones de esa noche tras la conferencia en la Universidad de Jeonju reactivaron una parte de mi memoria que estaba apagada, y que tuvo razón al quejarse.

Escribo que, gracias a ella y a *El regalo del ave* que me prestó, pude sobrevivir al cansancio y la desesperación de mi último año de instituto, al autodesprecio que sentí entonces por mi incompetencia y a mi madre, que la mañana de mi examen de selectividad me dijo que no tenía dinero para pagarme los estudios universitarios.

Escribo que gracias a ella estoy viva. Que es cierto que cuando hablamos por teléfono afirmé que mis contemporáneas se daban el lujo de gastar el tiempo en preocupaciones superficiales porque mi sufrimiento y mis carencias eran mayores, pero que ahora me arrepiento. A estas alturas sé que otras vidas no conectadas a la mía, aunque sean difíciles de comprender según mi experiencia o mi marco intelectual, son igual de duras. Y sé que mis lectoras ven mucho más allá de lo que está escrito sobre el papel al enfrentarse a mis obras. Escribo que por eso no deseo seguir oculta, que voy a dejar de esconderme y encogerme por la vergüenza. Pero en el renglón siguiente manifiesto que me apena decir que quiero parar de hacer algo que puede ser una parte intrínseca de mi personalidad, y pregunto por qué me da tanta vergüenza. Escribo que estoy resentida con ella. También que lo siento, que se lo agradezco de corazón y que la extraño.

Escribo que algún día debemos reencontrarnos, aunque tampoco la echo tanto de menos. O que mejor no nos veamos, pero que la extrañaré. Concluyo que al final, queramos o no, la eche en falta o no, nos volveremos a encontrar.

Ausente

—Tu padre no está. Se ha ido de casa.

Eso fue lo que me dijo mi madre por teléfono mientras estaba en el metro al salir del trabajo. Por un instante, no la entendí.

—¿No está en casa? Habrá salido. Volverá.

—No. Se ha ido de casa y no sé dónde está ni cuándo regresará.

No la creí. Lo hubiera hecho si me hubiese dicho que se había ido a los montes a abrazar el budismo. Tenía setenta y dos años. No padecía alzhéimer ni ninguna otra enfermedad psíquica. Era un caballero que trataba de usted a su mujer, siete años menor que él, pero un machista que no se acercaba a la mesa hasta que la comida estuviera servida, con los cubiertos alineados y el vaso en su lugar. Un trabajador que, hasta jubilarse, no faltó a su puesto salvo cuando murieron sus padres y sus suegros, pues ni siquiera pidió la baja al nacer sus hijos. Una persona que no confiaba en nada que no fuera físico y por eso no tenía tarjetas de crédito ni usaba la banca online. Así era mi padre, y me parecía imposible que estuviera fuera de casa, solo.

Pregunté como unas diez veces a mi madre de qué me estaba hablando, y me bajé en la siguiente estación, una desde la que podían hacerse trasbordos a varias líneas de metro. Me arrastró una avalancha de gente que se dirigía a otras líneas como ovejas en un rebaño, y cuando por fin me di cuenta de que estaba fuera del follón, se había cortado la llamada. Me compré una lata de café frío en una máquina expendedora y, desde un banco del andén, llamé a mi madre.

—¿Qué noticia es esa? ¿Por qué se ha ido de casa? ¿Cuándo?

—No te lo conté, pero ocurrió hace un mes.

—¿Cómo? ¿Y me lo dices ahora?

—Creí que volvería en un par de días. Qué vergüenza.

—¿Estás segura de que se fue por voluntad propia? ¿No existe ni la más mínima posibilidad de que lo hayan secuestrado o de que sea una desaparición?

—Dejó una carta.

En secundaria, quise irme de casa y dejé una nota a mis padres. Fue después de que mi madre me pegara por beber alcohol a escondidas en casa de una amiga. En la carta escribí un discurso alegando que, a pesar de que admitía que había cometido un error, era inaceptable el trato inhumano que mi madre había tenido conmigo, así que les pedía que no me buscaran.

Cuando acabaron las clases, me fui a casa de una amiga. Me quedé hasta la hora de la cena, pero no pude estar más porque la hermana de mi amiga emitía claras señales de que no deseaba que estuviese allí. Sin un lugar al que ir, pasé horas en el parque del barrio hasta que decidí volver a casa. Como no había nadie, desistí de la idea de alejarme de mi familia. Pero al no encontrar la carta, no tuve más remedio que desaparecer, aunque lo que hice fue coger la mochila y las zapatillas y meterme en el armario. Allí me dormí por el cansancio hasta que oí a mi madre que llamaba a la puerta de la habitación avisándome de que la cena estaba lista. Medio dormida, salí de mi escondite y, con las zapatillas en la mano, me senté a la mesa.

—Devuélvelas a su lugar y deja la mochila en tu cuarto —dijo mi madre como si nada.

La obedecí y me senté a cenar. Mis hermanos tampoco comentaron nada. Cuando acabamos, me puse el pijama, vi un rato la tele y me acosté.

¿No estaría mi padre escondido en el armario? Me lo imaginé, un señor mayor, acurrucado en ese reducido espacio, con los zapatos en la mano. Pero ya había pasado un mes, y era imposible que continuara allí porque le hubiese dado un calambre.

—¿Hola? ¿Me oyes? ¿Crees que deberíamos poner una denuncia?

—No sé si la policía acepta denuncias sobre personas que se van de casa por propia voluntad. Lo averiguaré. ¿Ya lo saben mis hermanos?

—Esto... no. Por favor, avísalos tú. No sabría cómo decírselo.

Era igual de difícil para mí. Ay, padre mío, ojalá te hubieras metido a monje budista. Si nos hubiéramos enterado de que habías abrazado la religión para librarte del dolor y los sufrimientos mundanos, los reproches hubieran durado poco, pero la tristeza por la pérdida hubiese sido larga. Respiré hondo dos veces y llamé a mis hermanos. El mayor guardó silencio varios minutos, y al fin me dijo que iba a pasar por casa de nuestros padres. El segundo se puso muy nervioso, pero antes de colgar me propuso que nos reuniéramos al día siguiente, porque esa noche celebraba el aniversario de bodas con su mujer. Entonces le grité que no dijera disparates y que viniera inmediatamente.

Saqué el móvil y busqué el plano del metro en internet. El viaje hasta casa de mi madre incluía dos trasbordos. «Tenías que irte de casa ahora», reproché mentalmente a mi padre. Hice mis cálculos y concluí que llegaría a eso de las nueve. Suponiendo que nuestro debate sobre mi padre pudiera extenderse unas dos horas, terminaría a las once y volvería a casa sobre las doce y media. Entonces, por rápido que me duchara y me preparara para dormir, no me acostaría antes de la una y media. ¡Caray, buen momento para largarse de casa, papá!

Olía a *cheonggukjang** por todo el callejón. Sin saber que el aroma procedía de casa de mis padres, me pregunté quién estaría cenando tan tarde. Encima de la mesa había comida de más, pues a esas horas mi madre incluso había asado pescado y preparado tortitas de calabacín. Mis hermanos ya estaban cenando y mi madre, al verme entrar, dijo:

—¿Por qué llegas tan tarde? Ve a lavarte las manos y siéntate.

Estaba a punto de gritar que qué les pasaba y si en esa situación no se les atragantaba la comida, pero entonces uno de mis hermanos pidió más arroz. Resignada, me senté a la mesa. Mi cerebro insistía en que no era normal, pero mi cuerpo me decía lo contrario. Se me estaba haciendo la boca agua con ese aroma.

Desde pequeños, a mis hermanos y a mí nos encantaba comer arroz con estofado de *cheonggukjang*, un plato para el paladar adulto que no solía gustar a los niños. Mi madre lo preparaba agregando kimchi de rábano picado para darle una textura más rica, además de carne de cerdo picada, tofu y una cucharada de *doejang*** casero de mi tía que daba al caldo un sabor más intenso y profundo. Pero mi padre lo detestaba, sobre todo por su olor, que decía que se le impregnaba en las fibras de la ropa, incluso en la raíz del pelo, y que no se iba. Por eso, de niños, solo podíamos disfrutarlo cuando mi padre regresaba a casa tarde porque debía hacer horas extra. En cuanto se jubiló, mi madre no volvió a prepararlo.

Me serví una cucharada generosa de estofado y lo mezclé con el arroz. Los granos remojados en el caldo pastoso

---

* Pasta de soja fermentada sin sal. Es un condimento muy usado en la gastronomía tradicional coreana, casi siempre en estofados o *cheonggukjang-jjigae*. Se caracteriza por su peculiar sabor —adictivo, según dicen los que están acostumbrados a él—, pero más por su fuerte aroma.

** Pasta de soja fermentada. Respecto al *cheonggukjang*, su tiempo de fermentación es más largo, y tanto su sabor como su aroma son más suaves. Su uso es aún más amplio y variado.

desaparecían en la boca al tragarlos con impaciencia y, en mi organismo, me calentaban el estómago hasta hacerme sudar. Era para mí un manjar. Y qué decir del kimchi, que estaba más rico que cuando lo comía en casa, pese a ser el mismo que preparaba mi madre. Así, la cena terminó pasadas las diez de la noche.

Durante ese tiempo conversamos como si nada, como si nos hubiéramos reunido en un día festivo. Pero ya sin comida y sentados en el sofá, nos pusimos todos muy serios y el ambiente se enrareció. Como mi cuñada, la mujer de mi hermano mayor, se sentía incómoda, se ofreció a preparar café y se fue a la cocina. Entonces el segundo reprochó al mayor:

—Qué vergüenza. ¿Por qué la has traído?

—Forma parte de la familia. Tiene que saberlo. Y tú, ¿no le has contado a tu mujer lo que ha pasado?

—Claro que no. Hoy es nuestro aniversario e íbamos a cenar fuera. Incluso habíamos dejado al niño con mis suegros. Mi mujer está sola, esperándome en un restaurante, así que no puedo quedarme mucho rato.

—En ese caso, no tendrías que haberle pedido más arroz a mamá.

Los calmé y le pregunté a mi madre qué pasaba. Entonces respondió, con un largo suspiro:

—El día 17 del mes pasado, o sea, cuando salí con mis amigas, al volver a casa me encontré un pósit en la nevera.

Al decirlo se acercó al aparador que estaba bajo la tele sin levantarse, arrastrando las piernas y manteniendo la posición en la que había estado sentada en el suelo. De uno de los cajones, sacó un papel y leyó lo que había allí escrito:

Aunque sea en esta etapa final, quiero vivir mi vida. No me busquéis. Me llevó el millón seiscientos mil wones de la cuenta de ahorros del banco. Quiero vivir. Lo siento.

De pronto, mi hermano mayor le arrancó la nota a mi madre, mientras el otro volvía a leer las mismas frases en voz más alta y se reía.

—¿Acaso se ha vuelto loco?

Mi cuñada volvió de la cocina sosteniendo una bandeja con cinco tazas de café. Mis hermanos dejaron de hablar y el mayor le devolvió el pósit a mi madre, que, al ver por enésima vez la caligrafía de mi padre, rompió a llorar.

—Llevo esperando un mes, tratando de convencerme de que, si no vuelve hoy, lo hará mañana o pasado. Ya no sé qué hacer, por eso os llamé.

El segundo reaccionó nervioso tras beber un sorbo de la taza.

—No hay otra opción. Debemos denunciarlo a la policía.

—Pero no es un caso de desaparición. Se fue de casa por voluntad propia. No creo que la policía se lo tome en serio. Tampoco está enfermo ni mal de la cabeza. ¿Qué puede hacer la policía? Sería mejor recurrir a un detective privado.

—¿Por qué eres tan negativo? Piensa en la edad de papá. Puede tener demencia senil sin que lo sepamos. O puede estar sufriendo por problemas de dinero o por las amenazas de alguien. En el peor de los casos, puede estar implicado en algún crimen.

—Escúchate. ¿Y dices que yo soy el negativo? Déjate de tonterías.

Para zanjar su discusión, le preguntó a mi madre si alguien podría tener noticias de mi padre.

—Tu padre no hablaba con nadie. Después de jubilarse, siempre estaba en casa viendo la televisión. Contacté con tu tío, fingiendo que llamaba para saludarlos, pero parecía no saber nada. Y, en la agenda de su móvil, los únicos números guardados son los vuestros, el de casa de tu tío y el de tu tía.

—¿Se ha ido sin el móvil?

—Se ha ido sin nada, no se ha llevado ni un calzoncillo. Solo cogió la ropa de montañismo que se compró este otoño. ¿Recuerdas que te comenté lo desconcertada que estaba porque tu padre no iba nunca a las montañas? Se fue con esa ropa, con las zapatillas y la grabadora que le compraste tú. Sobre el dinero, consulté al banco y me informaron de que lo había retirado el día anterior.

Mi segundo hermano me preguntó:

—¿Le compraste una grabadora?

—Le compré un reproductor de audio digital porque papá quería saber qué era lo que los jóvenes llevaban siempre en los oídos. Le dije que ya se podía escuchar música y la radio con el móvil y que, si quería, podía comprarle un modelo que tuviera esas funciones. Pero no quiso. Entonces le comenté que también había aparatos que solo servían para escuchar música y eso sí le gustó. Se lo di con unas cien canciones grabadas.

—¿Cuándo?

—Hace bastante. ¿Unos tres meses?

—¿Y no te llamó después?

—No. ¿Y a ti?

—Tampoco. Te lo pregunto porque eres su hijita preferida.

El mayor asintió con la cabeza a lo que decía el segundo y dijo:

—Tiene razón. Te mimaba y te compraba caramelos y ropa, algo que nunca hizo con nosotros. Recuerdo el alboroto que se armó cuando dijiste que te ibas a independizar. Casi te rapa la cabeza, ¿no? Por eso no entiendo su conducta. ¿Cómo espera que se case su querida benjamina sin padre?

Hace dos años, cuando le dije a mi familia que quería independizarme y mudarme a un piso cerca del trabajo, mi padre montó en cólera y me regañó por ser tan imprudente, ignorante de lo peligroso que era el mundo fuera de casa.

—Antes de que te cases, debo protegerte. Me voy a encargar de que nada manche tu historial.

—Papá, ya tengo veintinueve años y hace cinco años que dejé de estudiar. Ya soy una mujer adulta. ¿Realmente crees que no me he «manchado»?

Mi confesión de que no solo estaba manchada, sino de que estaba llena de otras marcas y grietas, y que no le daba importancia, lo escandalizó. A partir de ese día, discutimos a diario. Retaba a mi padre, que cuestionaba mis valores y mi actitud, y nuestra relación iba de mal en peor. Al final, la convivencia en casa fue imposible.

Mi padre se rindió. Me entregó los treinta millones de wones que había ahorrado y que pensaba regalarme en mi boda para que alquilase un piso. Sin embargo, puso como cláusula que dos años después, cuando venciera el contrato de alquiler, me casara. Sin vacilar, acepté el dinero y su condición, ya que mi novio y yo pensábamos casarnos tras ahorrar dos años más para la boda.

Aunque me sentía sola y no era fácil trabajar y ocuparme de los quehaceres del hogar sin ayuda, la independencia era mejor que vivir con mis padres. La distancia contribuyó a normalizar la relación con mi padre. En primavera se cumplirán los dos años que mi padre me dio como plazo.

Por suerte o por desgracia, mantenía un noviazgo estable, y mi padre, antes de irse de casa, me comentó que lo ideal sería conocer a los padres de mi novio en invierno para empezar con los preparativos y casarme en primavera. Pero mi padre se había ido. ¿Qué podía hacer? ¿Cómo podría explicarle la situación a mi novio? ¿Podría mi madre acudir a la cita con los futuros consuegros y plantarse allí sola el día de la boda? En realidad, pensar en casarme cuando no sabíamos dónde estaba mi padre me parecía absurdo. Pero si no llegaba a celebrarse la boda, ¿tendría que renovar el contrato de alquiler? Las dudas se encadenaban en mi cabeza cuando de pronto me nació un fuerte resentimiento por preocuparme solo por mi vida y mi bienestar más que por mi padre, que no sabíamos dónde estaba.

Sacudí la cabeza para despejar la mente y dije que me encargaría de pegar carteles de SE BUSCA en la calle. Mi hermano mayor dijo que iría a la policía a poner una denuncia y mi madre que, aunque no estaba segura de si sería lo correcto, que avisaría a mi tío y mi tía. Entonces el mayor le preguntó a mi hermano segundo:

—¿Y tú qué piensas hacer?

—Si nada da resultado, contrataré a un detective para encontrar a papá.

—¿Cómo es posible que siempre te mantengas al margen de lo que sucede en casa? ¿No eres su hijo? Es tu padre. ¡El hombre que te crio, te dio de comer y trabajó toda la vida para ofrecerte una buena educación!

—Dejémoslo claro. De niño, siempre tuve que ponerme la ropa que te iba pequeña. Nunca me dieron prioridad, y soy el único que no consiguió estudios superiores.

—Porque no te esforzaste. No puedes culpar a papá de eso.

—Ella fue a la universidad esforzándose. Tú no. Al tercer intento, entraste en una de la que no recuerdo ni el nombre. Tres años te pagó papá la academia de preparación de la selectividad. ¿Quién no puede ir a la universidad con ese apoyo?

Mi madre gritó al ver que mis hermanos alzaban cada vez más la voz:

—¡Basta ya! De mayores, ¿seguiréis peleándoos? Soy vuestra madre, y ahora la persona al cargo de la familia. ¿Cómo podéis discutir delante de mí? Nadie me ha preguntado qué pienso de esta situación. Nadie me ha preguntado cómo estoy pasando estos días. ¡Sois unos desconsiderados! ¿Qué va a pensar mi nuera?

Me sorprendí. No porque hablara en voz alta, ni por verla tan enfadada. Lo que me asombraba era su dicción, clara y precisa. En casa, cuando hablábamos alrededor de la mesa mientras merendábamos, casi siempre era mi padre el que cortaba el bacalao. Era el único que opinaba, pues mi madre murmuraba de vez en cuando como si hablara sola, mientras que mis hermanos y yo asentíamos a lo que decía el cabeza de familia. Mi padre tomaba todas las decisiones, grandes y pequeñas, sobre las mudanzas, la educación o el trabajo de los hijos, viajes familiares, hasta qué comer en los restaurantes y qué canal íbamos a ver, y mi madre susurraba. Por eso nunca imaginé que tuviera tan buena dicción, ni que fuera capaz de expresar lo que pensaba y sentía con esa simpleza y claridad.

Nuestra primera reunión para hablar de mi padre no dio frutos. Ayudé a mis hermanos a sacar el coche del estrecho callejón de casa de mis padres, vigilando para que no chocaran con los edificios o con los automóviles estacionados. En cuanto vi que se alejaban, me despedí de mi madre, pero ella me hizo una mueca, como si tuviera algo más que decir. Suponiendo que podría haber información que mi madre no hubiera querido revelar a sus hijos, la seguí. De nuevo en casa, cogió un montón de papeles que había encima del microondas. Eran facturas: de luz, de agua, de gas, del móvil, etcétera.

—¿Puedo pagar todo esto en el banco?

En ese momento me di cuenta de por qué mi madre, después de un mes, había decidido confesar a sus hijos que su padre se había ido de casa. Estaba a punto de vencer el plazo de pago de las facturas y ella, que toda la vida había recibido lo justo para comprar comida sin saber cómo gestionaba su marido la economía doméstica, estaba desesperada. De todo lo referente al dinero se había encargado mi padre desde que se casaron. Más aún, después de retirarse, dijo que le hacía feliz ir al banco con tiempo, recordando que antes de jubilarse se saltaba el almuerzo los últimos días del plazo de pago porque era la única hora a la que podía acudir a la ventanilla. Recuerdo haberle preguntado por qué no se lo encargaba a mamá, que estaba en casa. Su respuesta fue:

—Es un deber que me corresponde. Para eso estoy.

Era su deber. Como pagar las facturas, había otros deberes que alegaba que eran suyos. Lo mismo dijo cuando su hijo mayor, tras suspender la selectividad por segundo año consecutivo, manifestó que renunciaría a los estudios universitarios y que se pondría a trabajar para ayudarlo con los gastos de la educación de sus hermanos. También cuando mi madre se enteró de que no estaba cobrando un sueldo debido a las dificultades que atravesaba la empresa para la que trabajaba, y al recomendarnos que no hiciéramos nada cuando estábamos a punto de salir hacia el hospital tras recibir la noticia de que mi abuela había perdido el conocimiento: nos lo impidió y nos dijo que era su deber.

Ahora, en la casa no había nadie que pudiera realizar aquellas tareas a las que mi padre solía referirse como «su deber». Hubiera podido llevarme las facturas y pagarlas yo, pero decidí no hacerlo. En lugar de eso, le expliqué a mi madre lo que debía hacer, porque quería que aprendiera. Le indiqué que fuera al banco, que sacara un número de la máquina, que se acercara a la ventanilla cuando la llamasen y que pidiera ayuda al empleado. Tras escuchar mis indicaciones, mi madre frunció los labios y comentó:

—Esa explicación no me sirve.

Como supusimos, la policía consideró que lo de mi padre no era un caso de desaparición, porque se había ido de casa por voluntad propia, así que no investigó el tema. Mi madre retiró los carteles de se busca que pegué por el vecindario. «Demasiados bromistas», dijo; aunque los desechó porque no quería que corrieran rumores poco certeros o chismes sobre nuestra familia. Seguíamos sin conocer el paradero de mi padre; mientras, se acercaba la estación fría.

El sábado mantuvimos una segunda reunión familiar. De nuevo, mi madre preparó estofado de *cheonggukjang*.

También hizo asado de costillas y ensalada picante con gelatina de almidón de bellota, mi plato favorito. Esa vez repetí de arroz. Mi hermano mayor le dijo a mi madre, con los labios grasientos por el asado de costillas, que no sirviera más comida y eructó.

Las cuñadas no pudieron venir porque estaban ocupadas. Mientras mi madre, mis hermanos y yo estábamos en la sala de estar suspirando, mis tres sobrinos se apoderaron de la habitación de mi padre. Para aquellos niños, que al vivir en apartamentos tenían que caminar de puntillas para evitar conflictos con los vecinos del edificio, la casa de los abuelos —una vivienda unifamiliar— era mejor que un parque. Saltaban desde el escritorio, se montaban en la silla con ruedas y abrían todos los cajones para sacar lo que había dentro. También arrancaron todas las páginas del calendario que colgaba encima del espejo, hicieron bolitas de papel y empezaron a tirárselas como si fuera una pelea de bolas de nieve. Pero enseguida, no satisfechos con desordenar la habitación del abuelo, expandieron su territorio y salieron a la sala riéndose a carcajadas. Mi madre gritó, sosteniendo su taza de café:

—¡No corráis, que vais a tirar el café! ¡Id todos a jugar al cuarto!

Estaban exaltados por razones que desconocía. Pero de pronto los oí decir:

—Hacía tiempo que no jugábamos en esta habitación. ¡Qué divertido! ¡Qué cosas más raras hay aquí!

Cuando me independicé, mi padre convirtió mi habitación en su despacho. Aunque no tenía muchos libros ni le gustaba leer, me pidió que le dejara el escritorio, uno en forma de hache porque a la izquierda tenía un estante de libros de cinco niveles que había usado desde la secundaria. Como el estudio que alquilé tenía casi todo lo que necesitaba, decidí ser generosa y se lo regalé. Meses después, cuando entré en la habitación, vi que en el estante había una colección del *Romance de los tres reinos*, autobiografías de empresarios famosos y una versión actual de las *Analectas*, de Confucio.

Mientras vivía con mis padres, siempre que mis sobrinos nos visitaban mi habitación se convertía en su rincón de recreo. Tiraban todos los libros al suelo, vaciaban los cajones y al menos un frasco de cosméticos se rompía. Pero desde que mi padre lo transformó en despacho, toda la familia se aseguraba de mantener ese espacio intacto. Y eso que él no hacía comentarios al respecto ni expresaba abiertamente su rechazo a que sus nietos entraran en esa habitación, aunque tampoco decía que podíamos dejar que los niños jugasen ahí. Con el tiempo, mis sobrinos se acostumbraron y daban por hecho que el despacho del abuelo era una zona restringida.

El calendario destrozado, los libros del *Romance de los tres reinos* colocados en forma de escalera sobre el escritorio y niños correteando por todas partes con los mofletes rojos por el calor. Durante mucho rato me quedé mirando el despacho de mi padre. Me extrañaba ver esa habitación sin él, pero no era una sensación desagradable. Al contrario. Me satisfacía verla tan desordenada, y me sentía culpable por ello.

Al final, mi hermano mayor sacó el tema de contratar a un detective privado. Para nuestra sorpresa, el segundo desaprobó la idea.

—He hecho averiguaciones por mi cuenta y es mejor descartar esa opción. He oído que los detectives exigen dinero para todo sin hacer bien el trabajo. Lo peor es que no puedes reclamar porque esa gente es capaz de cualquier cosa.

Mi madre coincidió con él:

—A mí tampoco me convence la idea. No quiero relacionarme con personas peligrosas.

—Entonces ¿hasta cuándo seguirás de brazos cruzados? No sabemos dónde ni cómo está. Puede haber muerto. No tiene amigos, ni móvil. Tampoco usa tarjeta de crédito para que podamos rastrear sus pagos. Ni una pista. Ya no sé qué podemos hacer o dónde buscar.

Aunque la usaba poco, mi padre sí que tenía tarjeta de crédito. Una a mi nombre que le di hacía un año. Estaba acostumbrado a pagar en metálico, pero me parecía que se sentía incómodo cuando salía con los amigos, cuando tenía que comprar algo con urgencia o cuando iba al hospital. Un día me dijo que alguien le había dicho que conseguir un nuevo cliente de crédito favorecía la evaluación de rendimiento de los banqueros, y que si era así quería abrir una con mi novio, que trabajaba en un banco. Pero en esa época mi novio y yo no nos hablábamos por una pelea que habíamos tenido. Por eso, sin decirle nada, le di una de las mías, la que abrí para ayudar a mi novio y cuyo mantenimiento seguía pagando sin usarla.

—Considéralo un bonus que te da tu hija. Pero tampoco gastes mucho, si no quieres dejarme en descubierto —le dije medio en broma medio en serio, esperando meterla de nuevo en el monedero si la rechazaba.

Como esa vez que se enfadó cuando mis hermanos y yo le ofrecimos una cantidad mensual después de su jubilación para que se la gastase en lo que quisiera y se negó afirmando que un padre no debería depender de sus hijos. Si su idea de una relación paternofilial era esa, no queríamos ofenderlo. Y mucho menos incomodarlo. Desde entonces, como ahorro, cada mes depositamos ese dinero en una cuenta bancaria.

Mi padre se quedó mirando la tarjeta de crédito, donde aparecía la imagen de un zapato de tacón de color rojo sobre un fondo rosa y en la que ponía 2030 Lady's Card. Segundos después, la cogió sin vacilar, pidiéndome que no se lo dijese a mi madre. Su comportamiento me sorprendió, y no pude ni hacer una broma sobre lo que acababa de pasar. En los meses siguientes, noté que casi no la usaba. Durante un año entero, los mensajes de texto que recibí del banco sobre los pagos realizados con esa tarjeta fueron cuatro, y comprendían trece mil y treinta y cuatro mil wones gastados en un restaurante, veintitrés mil en una clínica ortopédica y cuarenta y un mil en una tienda de ropa. Nada después de su «huida».

Un día después de la segunda reunión familiar, o sea, el domingo, me llegó un mensaje:

[ENVIADO DESDE LA WEB] APROBADO PAGO DE 6.500 WONES 11/DIC 09:11 RESTAURANTE SAMGEORI / MONTO ACUMULADO, 6.500 WONES

Lo leí medio dormida y creí que era publicidad. Aparté el móvil, porque el tono de la notificación me había interrumpido el sueño, y me acosté mirando al lado contrario. En ese momento sentí como si hubiera recibido un golpe en la cabeza. Salté de la cama. Era mi padre. Era el aviso de un pago realizado por él con mi tarjeta de crédito. De repente, la sangre me subió al cerebro y empezaron a dolerme los ojos. Busqué el número de mi hermano mayor para llamarlo, pero desistí. Debía mantener la calma. Mi padre sabía que, cada vez que usaba mi tarjeta, me llegaba un mensaje con los detalles del pago. La vez que fue a la clínica ortopédica, lo llamé después de recibirlo para preguntarle si se había lesionado.

—Si usas la tarjeta de crédito, la compañía te dice cuánto has gastado, cuándo y dónde. Pero como la que tienes va a mi nombre, el mensaje me llega a mí.

—Entonces ¿sabes todo lo que he gastado hasta ahora con tu tarjeta? Qué falta de intimidad. Ya no podré usarla —dijo mi padre riendo, pero unos días más tarde la utilizó de nuevo como si nada.

Esa vez intuía que no se trataba de alguien que la había robado o recogido en la calle. Estaba segura de que era mi padre, a pesar de ser consciente de que, si pagaba con ella, me enteraría de que se había comido un menú de seis mil quinientos wones en el restaurante Samgeori. ¿Por qué lo habría hecho?

Encendí el portátil y busqué ese restaurante en internet. Había un montón con el mismo nombre. Unos vendían sopa de fideos y asado de costillas de cerdo, y otros, guiso de pez espada o pollo hervido con caldo. Intenté acceder a la web del banco para ver el historial de transacciones, pero no recordaba la contraseña. Me equivoqué tres veces, y a la cuarta el sistema me pidió que escribiera el número de mi carnet de identidad. Me equivoqué dos veces más y apareció en la pantalla el aviso de que si introducía una vez más una contraseña incorrecta, la cuenta se bloquearía. Llamé al número de atención al cliente, pero como era domingo solo podía denunciar la pérdida o el robo de la tarjeta.

Pensé por un instante en declarar la tarjeta como robada, considerando que esa sería la forma más rápida de encontrar a mi padre. Sin embargo, lo descarté. ¿Qué pasaría con nuestra relación si recurría a ese método y daban con su paradero como si fuera un ladrón? También podría entregar a la policía los datos del pago para, con su ayuda, localizar el restaurante donde había comido, aunque no sabía si la policía hacía esa clase de trabajos o si tenía esas facultades.

Entonces traté de descifrar mi contraseña. Saqué un folio y empecé a anotar todas las contraseñas que usaba, incluso las que había dejado de utilizar hacía años. De esas, borré las seis que ya había probado, las más fáciles y recientes. Así las fui eliminando una a una hasta que me quedaron dos. Elegí una y la introduje en el sistema. Error. La cuenta se bloqueó y la pantalla mostró un aviso que me indicaba que debía llamar a atención al cliente para desbloquearla.

Decidí no comentarle nada a mi madre ni a mis hermanos porque presentía que los mensajes de texto continuarían. Lamentablemente, mi padre traicionó mis expectativas, pues esa tarde no volvió a usar la tarjeta. Al día siguiente, tras una larga consulta con la operadora del servicio de atención al cliente, pude actualizar mi contraseña y acceder a la cuenta. Ahí confirmé que el restaurante Samgeori al que había ido mi padre estaba en Gwangmyeong, una zona sin relación con mi familia, pues nunca habíamos estado en ese barrio. Tampoco mi padre había trabajado en esa zona ni teníamos parientes que residieran allí. Llamé al local. Era un restaurante que vendía comida sencilla, y el menú que ofrecían a seis mil quinientos wones estaba compuesto por arroz, sopa de soja y guarnición. Era un establecimiento humilde, donde solían desayunar los vendedores de los mercados cercanos. A mi pregunta de si recordaban a un hombre que había comido sopa de brotes de soja la mañana anterior, la dueña respondió que eran incontables sus clientes y no podían recordarlos a todos.

Mi primo vino a mi trabajo para invitarme a su boda. Tenía casi la misma edad que yo; nació dos meses después. Cuando estudiábamos, mis amigas creían que era mi novio. Sin saber por qué, me emocioné con la invitación. Casi lloré.

De adolescente, odiaba que tuviéramos la misma edad. En cualquier situación, las familias nos comparaban. Nos hacían ponernos de espaldas para ver quién había crecido más y nos preguntaban por nuestras calificaciones para ver quién era mejor estudiante. Por suerte, éramos como todo adolescente medio de Corea. En cuanto a estatura, mi primo creció más rápido, pero luego lo adelanté, aunque finalmente él acabó siendo más alto. En rendimiento académico, fui mejor estudiante en nuestra época escolar, pero ingresamos en universidades de nivel similar. Las comparaciones cesaron cuando mi primo entró en el servicio militar y, al finalizarlo, nos separaban dos años, porque mientras estaba en la mili, me gradué y me puse a trabajar. Siempre creí que me casaría primero, pero la vida era impredecible. ¿Quién hubiera dicho que mi primo, que no tenía novia, contraería matrimonio antes que yo?

—Sabes que hay invitaciones digitales, ¿verdad? ¿Por qué querías verme?

—No lo sé. Quería darte la invitación en persona. No solo eres mi prima, también mi mejor amiga. Si fuera mujer, te lanzaría el ramo. Si te parece bien, te puedo dar... ¿Cómo se llaman? Las flores que lleva el novio en la solapa...

—El botonier.

—Eso. Te lo lanzaré al terminar la ceremonia.

—¿No crees que sería impropio recibir eso en mi situación?

—Ah...

Un largo silencio llenó el ambiente. No estaba para hablar de sus planes de boda, ni podía desahogarme con él sacando el tema de mi padre, menos siendo inminente un acontecimiento tan importante en su vida. Lo único que podía era abrir y cerrar la invitación de boda porque no tenía nada que decir ni nada con que distraerme. Al darse cuenta, mi primo me golpeó en el hombro y me dijo:

—Pronto volverá. Estoy seguro.

—A decir verdad, estoy bien. Trabajo como si nada hubiera ocurrido porque tengo que hacerlo para mantenerme. Como bien, y son pocas las noches en que no logro conciliar el sueño. Mi vida sigue.

—Me alegro de oírlo. El tío te quería mucho. Al enterarme, me preocupé más por ti que por la tía.

No era la primera vez que me lo decía. Pese a nuestros frecuentes paseos juntos, los billetes que metía en mi bolsillo a escondidas de mis hermanos y las molestias que se tomaba para venir a recogerme a la parada de autobús las noches que llegaba muy tarde, jamás imaginé que pudiera ser su preferida. ¿Por qué no lo pensé? No pude asentir ni refutar el comentario de mi primo.

En la boda, mi madre lloró como una madalena. Empezó a sollozar en cuanto entró el novio, pero explotó en un fuerte llanto al compás de la marcha final de la ceremonia. La madre de la novia se volvió para ver quién sollozaba. Después de las fotos, mi tía cogió a mi madre de la mano, que tenía la nariz y los ojos rojos. Al percibir su calidez, mi madre volvió a romper a llorar.

En realidad, todos hubieran entendido nuestra ausencia en la boda. Pero mi madre y yo, incapaces de ignorar las obligaciones familiares, las amistades, los formalismos y las convenciones sociales, decidimos asistir, y tuvimos que soportar una atención incómoda de los demás, así como el consuelo exagerado y las miradas dudosas de otros. Tal vez nuestra intención era vivir el día a día, aunque eso implicara aguantar todo lo anterior. De todas maneras, al final el llanto de mi madre me avergonzó y abandoné el salón sola, sin quedarme a comer.

Esa noche recibí el segundo mensaje de texto sobre un pago realizado de veintidós mil wones en una cafetería de Hongdae. Llegó mientras estaba en el cine con mi novio. El contenido del mensaje era desconcertante. Tan confundida como aturdida, miré un rato la pantalla del móvil. En esa cafetería se pagaba antes de tomar nada, y veintidós mil wones implicaban dos bebidas o más, o bebidas más postre. Analizando los datos, era posible llegar a la conclusión de que mi padre podría estar aún allí. Pedí disculpas a mi novio y salí del cine antes de que pudiera reaccionar. Cogí un taxi y me dirigí a Hongdae. Había mucho tráfico. Por lo general, el viaje desde el cine hasta ese barrio duraba unos veinte minutos. Pero cuando a medio camino me fijé en el reloj, había pasado media hora. Mis piernas temblaban impacientes. El taxista, mirándome inquieto por el retrovisor, me preguntó si llegaba tarde a una cita. Sin filtrar mis pensamientos, le dije que iba a buscar a mi padre.

—¿Tiene alzhéimer? Qué pena. Trataré de ir lo más rápido posible.

Pero el taxista no dejó de hablar. Dijo que era mejor internarlo en una residencia de ancianos, porque al final toda la familia se cansaría de él, y me llamó «buena hija» sin saber nada de mí o de mi padre. Me pareció un entrometido; sin embargo, más allá de mis impresiones sobre ese hombre, se me saltaron las lágrimas. Entonces agaché la cabeza, me cubrí la cara con las manos y lloré hasta llegar a mi destino.

Una amplia ventana dejaba al descubierto el interior de la cafetería. No había mesas vacías. Todos estaban con los ojos fijos en la pantalla del portátil o leyendo un libro, salvo un hombre, sentado en la mesa más cercana a la puerta, que tenía la mirada perdida. Mientras subía las escaleras de ladrillo de la entrada, las piernas me temblaban. Tampoco tenía fuerza en el brazo, por eso empujé la puerta con todo el cuerpo. Mi padre no estaba en la cola de pedidos.

Miré a mi alrededor y subí a la segunda planta. La mayoría de los clientes era gente joven, más o menos de mi edad. Me llamó la atención la cabeza canosa que vi en la mesa de la esquina cerca de la ventana. Era una señora mayor que llevaba la melena hasta los hombros. Enfrente de ella vi la espalda de un hombre de hombros estrechos con sombrero de lana.

Se me aceleró el pulso. Me encogí y me acerqué con cuidado. Sobre la mesa había una servilleta utilizada para envolver un sándwich, un plato, dos tenedores y dos vasos de plástico. Mi corazón estaba a punto de reventar. Para serenarme, me apreté el pecho izquierdo con la palma de la mano derecha.

Di pasos lentos y miré fijamente, sin importarme parecer descortés o indiscreta, a la señora. Estaba tan concentrada en su conversación que no se dio cuenta de que me acercaba. Ella hablaba y el hombre movía la cabeza verticalmente, expresando su consentimiento sobre lo que oía. Estaba a medio metro de ellos, pero no los escuchaba, aunque no estaba segura de si era por la música, que estaba demasiado fuerte, o porque tenía la cabeza entumecida por el impacto psico-lógico de la escena que estaba presenciando.

Al final, identifiqué el suéter gris del hombre. Estiré el brazo, tembloroso, y le toqué el hombro. Se volvió despacio.

—¿Disculpe?

No era mi padre. De cerca, la pareja se veía hasta diez años menor que él.

—Le he confundido con otra persona.

Ni siquiera pude disculparme, pues salí corriendo de la cafetería. Mi corazón latía más fuerte que cuando estaba cerca de ellos, por eso me di varios golpes en el pecho y me fijé en todas las personas de ese lugar. Nunca imaginé que estar rodeada de caras desconocidas podría ser tan tétrico. Saqué el móvil y comprobé la hora de recepción del mensaje. Había pasado ya una hora y, mientras tanto, mi novio me había llamado seis veces, además de enviarme dos mensajes instantáneos. Me pedía que lo llamara porque estaba preocupado.

Bajé al primer piso. Miré de nuevo a mi alrededor y pedí un café americano con hielo. Mostré a la cajera una foto de mi padre que tenía en el móvil para preguntarle si lo había visto. Le di otros detalles, como que acababa de gastarse allí veintidós mil wones. Pero nada obtuve de ella. Me contestó que trabajaba a tiempo parcial, que su turno había comenzado hacía veinte minutos y que la cajera anterior ya se había ido.

—No sé qué busca, pero si desea ver lo que han graba-do las cámaras de seguridad, debe poner una denuncia.

Me tomé el café americano con hielo de un trago. De lo helado que estaba, me dolió la cabeza. ¿Con quién ha-bría gastado mi padre veintidós mil wones en esa cafetería? La imagen de la señora de melena cana hasta los hombros no se me borraba de la cabeza.

Mi padre sigue ausente. Mis hermanos y yo visitamos con frecuencia a mi madre porque está sola. Los fines de semana a veces vienen todos, hasta mis cuñadas y mis sobrinos, otras solo mis hermanos que se traen a los niños, aunque la mayoría del tiempo estamos mis hermanos y yo. Mi madre, que solía preparar comida de más, ahora solo apunta los ingredientes. La comida la preparamos entre todos. Hace poco freímos tortitas de kimchi, y el otro día asamos carne de cerdo. Estos días hemos amasado dumplings. Nos ha sorprendido lo bien que los hace mi segundo hermano.

Al terminar de comer, mis hermanos lavan los platos. Mientras uno los friega con jabón, el otro los enjuaga. Reconozco que no son los hombres con los que he vivido dos tercios de mi vida, mi cuñada se ríe y dice que en su casa se reparten las tareas.

—Hace de todo. Cocina, lava los platos, limpia y pone la ropa en la lavadora. Y lo hace todo muy bien. Lo extraño es que, cuando entra en esta casa, es una persona totalmente distinta. Es como si entrase en otra dimensión. Se sienta en el sofá y no mueve ni un dedo.

Temiendo haber sido imprudente, mi cuñada mira de reojo a mi madre, que dice que hoy los hombres deben repartirse las tareas del hogar. Me sorprende su comentario, porque no creí que ella pudiera pensar de esa manera. Hasta no hace mucho, en una era en la que los quehaceres domésticos debían compartirse entre el hombre y la mujer, ella sola se encargaba de todo.

—Y yo que pensaba que tenías un don para las tareas de la casa...

—Nadie tiene ese don. Estoy harta.

Preparando y compartiendo comida juntos, hemos aprendido mucho los unos de los otros. Ahora sé que mi hermano mayor tiene un diploma de repostería y que su sueño es abrir su propia cafetería-pastelería. Solo es un proyecto, pero quiere ponerlo en marcha cuando termine de ahorrar el dinero necesario para la inversión inicial. Su mujer está de acuerdo.

También me enteré de que mi segundo hermano ha ido a un centro de fertilidad porque, después de tener a su primer hijo, no pudieron concebir al segundo. Con su mujer, decidieron conformarse con el hijo que tenían y darle lo mejor, pero se sintieron presionados por lo que decían los demás: que su niño, siendo hijo único, se sentiría solo y que debían tener otro. Mi madre, que también hacía esos comentarios hirientes, se disculpó y prometió no hablar más del tema.

Ahora tengo un chat con mis hermanos donde nos intercambiamos mensajes y nos turnamos para llamar a mi madre por las noches y preguntarle cómo le ha ido el día. Yo he cortado con mi novio, me han ascendido en el trabajo y he renovado el contrato de alquiler de mi estudio.

Me siguen llegando, aunque de vez en cuando, mensajes de la compañía de la tarjeta de crédito. Unos doce mil wones en una sala de karaoke de un barrio de Seúl; cincuenta y ocho mil en una tienda de las afueras de la capital; dieciséis mil en un restaurante en las faldas del monte Jiri, al sur del país; ciento veinticuatro mil en otro de marisco de la isla Jeju... Con los primeros mensajes me puse nerviosa. Incluso fui varias veces a los lugares donde se realizaron los pagos. Pero jamás encontré a mi padre. Tampoco me topé con personas que respondieran afirmativamente a mi pregunta de si habían visto al hombre de la foto de mi móvil. Así que, después de varias búsquedas frustradas, decidí no correr más de aquí para allá.

Puede que algunos digan que estoy loca, pero creo que esos mensajes son cartas de mi padre: «Estoy bien, el paisaje es espectacular, no te preocupes por mí, no le hables de esto a tu madre...».

Imagino a mi padre subiendo el monte Jiri, disfrutando la brisa del mar de Jeju, caminando por las calles de un barrio lleno de gente joven con un café americano en la mano. Me apena decirlo, pero el resto de la familia está satisfecha con la vida que lleva, aunque no esté él. Y parece que mi padre también está viviendo plenamente su día a día lejos de la familia. A estas alturas, estoy segura de que, cuando vuelva, lo recibiremos como si nada hubiera pasado y que la vida seguirá.

Lo que sabe la señorita Kim

Al llegar a casa, entré en el portal de ofertas de empleo. Lo que imaginaba. No había opiniones de trabajadores. Era comprensible. Iba a ser la primera en dejar una. Aunque llevaba solo un día, ya me había dado cuenta de que la empresa donde había conseguido mi primer empleo cumplía todos los requisitos de un mal entorno laboral.

Durante el fin de semana previo a mi primer día de trabajo me vi obligada a participar en una formación. Catorce personas partimos antes que el resto en tres vehículos. Por suerte, me asignaron un grupo de mujeres para viajar en el coche de la subgerente Kang. «¿Quieres un chicle?». «Nos vemos en el área de servicio». «Conduce con cuidado». Así, tras intercambiar saludos y algunos comentarios sobre el viaje, subimos al coche. Arrancamos y, cuando empezamos a coger velocidad, la subgerente Kang rompió el hielo:

—¿Por qué todos los viajes de formación los organizan en fin de semana?

A decir verdad, me desconcertaba que siguiera habiendo empresas que llevaran a sus empleados a viajes de formación, y encima durante el fin de semana. Ya presentía que no solo había puesto los pies donde no debía, sino que estaba metida en el fango hasta las rodillas.

—El viernes pasado me insistió tanto en que saliéramos a tomar algo... ¿Tendrá el presidente problemas conyugales?

—Todos los del equipo del director general Park se tomaron una tercera ronda de copas con él y terminaron en el karaoke.

—Odio a esa clase de gente aduladora y oportunista. Imponen una carga innecesaria a sus subordinados y dejan de bobos a sus superiores.

En el coche, un Spark blanco de 2014 que la subgerente Kang había comprado de segunda mano el mes anterior, me enteré de muchas cosas, quizá demasiadas.

La empresa en la que trabajo es una agencia que ofrece servicios de relaciones públicas a hospitales y clínicas privadas. El jefe, o sea, el presidente de la empresa, dirige además una constructora y una distribuidora de alimentos orgánicos, aunque últimamente está muy interesado en las operaciones de la agencia, después de haberla dejado casi abandonada durante un tiempo. El repentino interés se debe a los programas sobre salud que han proliferado en la televisión, en los que participan tertulianos de diversas especialidades médicas. Antes, la agencia se limitaba a diseñar publicidad para las pantallas gigantes y a administrar páginas web, pero con el tiempo ha venido centrándose más en promociones a través de blogs o redes sociales, y ahora incluso hace labores de representación, coordinando las apariciones en los medios de médicos u otros profesionales sanitarios. Cuentan que cuando el presidente volvió a la agencia vanagloriándose de sus contactos, sobre todo de los «amigos» que tenía en radio y televisión, hacía ya tiempo que el personal había retirado su escritorio.

—¿Es posible que me hayan dejado sin escritorio? ¿A mí, que soy el dueño de la empresa? ¡Esto es impensable!

Lo curioso es que nadie sabe quién se había desecho de él. Bueno, tampoco es que exista un consenso entre los empleados sobre si el presidente tuvo alguna vez un escritorio en la oficina. Porque unos dicen que la mesa grande que está cerca de la ventana es de él. Otros, que ese mueble estaba originalmente en la sala de descanso. También hay quienes alegan haber visto el escritorio del presidente en el pasillo, mientras que otros aseguran que el suyo era en el que comieron pollo frito viendo un partido de fútbol todos juntos en la oficina. Muchas declaraciones, pero no había dos que coincidieran. Para colmo, la gerente Jang afirma que en los siete años que lleva trabajando nunca ha visto que el presidente tuviera un sitio fijo en la empresa. Digamos que su escritorio es un ente tan misterioso como el monstruo del cráter del monte Baekdu, que todos dicen que existe pero nadie ha visto, o Nessie, la legendaria criatura del lago Ness.

En realidad, quien tiene más poder en la agencia es el director general Park. Trabaja aquí desde hace menos de dos años; sin embargo, presumiendo de los diez años de experiencia en ventas que acumuló en empresas farmacéuticas, actúa como un sabelotodo. Afirma que nadie conoce mejor que él la industria sanitaria y a los médicos, a título personal o como colectivo. Su mayor problema es su exceso de autoconfianza, entusiasmo y laboriosidad, que combinados con su incompetencia hacen trabajar de más a los empleados. Y quien más lo odia es Lee Yunmi, una empleada aún sin cargo específico que empezó a trabajar en la agencia casi al mismo tiempo que él.

—Lo aborrezco hasta cuando respira.

Pese a tener tantos defectos, casi inmediatamente después de llegar a esta compañía Park fue nombrado director general, el segundo cargo más alto en la jerarquía dentro de la organización, por ser el marido de la sobrina de la mujer del presidente. Como bien se ve en su ejemplo, en la agencia existe una especie de red de cuasiparentescos. La gerente Jang es amiga del bachillerato de la sobrina del presidente. La subgerente Kang, la dueña del Spark, fue a la misma universidad que la gerente Jang, y el subgerente Kang es primo suyo, mientras que Lee Yunmi es la ex de este último, aunque ahora son amigos. Así, en una empresa en la que trabajan menos de veinte personas, todas están de alguna manera conectadas. Dentro de esta pseudofamilia yo soy la única a la que han contratado a través de una convocatoria abierta de empleo, pero esta condición mía no me enorgullece lo más mínimo, sino que más bien me inquieta.

Lo peor de todo es que esta organización tan pequeña está dividida en dos grupos rivales. La directora general Yang fundó con el presidente la agencia y durante más de una década se encargó de administrarla haciendo ella todo el trabajo, mientras que él se ocupaba de los nuevos negocios. Los conflictos comenzaron con la llegada de Park, a quien el presidente colocó también de director general y le asignó la mitad de los clientes que Yang tenía a su cargo. De esa manera, la mitad del personal empezó a trabajar bajo las órdenes de Park y, de forma muy lógica, surgió una rivalidad entre los partidarios de Yang y los simpatizantes de Park. Pero lo más controvertido aquí es que Yang es la sobrina del presidente; en otras palabras, que ella y Park son marido y mujer. Lee Yunmi confiesa que su odio hacia Park creció al enterarse de esto.

—¡Que se vayan con sus peleas conyugales a otra parte!

El fin de semana del viaje de formación, cenamos en un restaurante de marisco y regresamos a la pensión, un lugar que no se parecía ni de lejos a los resorts de diseño que había por doquier en aquel entonces. Mientras el resto de los empleados se congregaban en el lobby para celebrar la reunión general, Lee Yunmi y yo localizamos los refrescos. Echamos zumo en unos vasos de plástico y los colocamos en unas bandejas amplias para que todos pudieran coger los que quisieran. El subgerente Kang, ex de Lee Yunmi, se acercó, se aclaró la garganta para llamar la atención y se llevó una bandeja. Al verlo alejarse, Lee Yunmi se puso a murmurar que le molestaba que merodease a su alrededor. Haciéndome la tonta, le pregunté:

—¿Por qué no te buscas otro trabajo?

La mujer bebió directamente de la botella de zumo de naranja y respondió:

—Estoy en ello, pero no es fácil. Y mientras tanto no puedo estar sin trabajar. En parte entiendo a Yang y a Park. De nada sirve preocuparnos por el qué dirán, y el orgullo no nos da de comer. ¿Sabes para qué tenemos dos manos? Para sujetar bien fuerte nuestro sustento y también la razón, aunque perdamos todo lo demás.

Cuando ya terminábamos de preparar la reunión llegó el último grupo, que había salido de Seúl con la directora general Yang. Llevaba una bufanda de seda echada al cuello, bastante gruesa para ser principios de otoño. Sus dedos, que la tocaban a cada rato, eran tan finos que parecían temblar.

La reunión era un aburrimiento; sobre todo para mí, que a esas alturas no sabía nada sobre la gestión de la agencia, así que me sentía como en un concurso infantil de debate en inglés. Había algún que otro término que sí conocía, pero en general no entendía lo que estaban diciendo. Por eso me parecía hasta gracioso ver cómo otros exponían sus posturas y refutaban las de los demás alzando la voz y hasta escupiendo saliva. Lo que entendí, a grandes rasgos, fue que el equipo de Park no rendía bien y que los clientes estaban insatisfechos, pero afirmaban que se debía a que ellos tenían que tratar con las clínicas más difíciles. Se ocupaban, en la mayor parte, de las especializadas en cirugía colorrectal y urología.

—En la televisión hay mucha demanda de tertulianos expertos en psiquiatría y dermatología. Y también muchas peticiones de entrevistas, porque hoy en día todo el mundo sufre depresión. Qué deprimente el futuro de Corea —comentó Park.

Pero Yang lo negó sin siquiera dirigirle la mirada y con los brazos cruzados:

—Ir de tertuliano a un programa de televisión es igual de difícil para los psiquiatras. ¿O es que nuestros clientes son los únicos psiquiatras del país? Además, no es solo eso lo que estáis haciendo mal, ¿no?

—Admitámoslo. Es bastante delicado redactar textos publicitarios o hacer marketing en redes sociales de las especialidades de las que nos ocupamos. En cambio, promocionar tratamientos estéticos es sencillísimo. ¿Quién no querría participar en campañas publicitarias si lo que pueden obtener a cambio son tratamientos gratis de microdermoabrasión o con hilos tensores PDO? Esa estrategia no la podemos aplicar a nuestros clientes. Porque nadie está dispuesto a salir en un anuncio diciendo «¡Tengo hemorroides!», «¡Sufro de estreñimiento!», «¡Me hice la vasectomía!». Absolutamente nadie.

—Deberías ofrecerte como voluntario —dijo Yang en voz baja y desviando la mirada.

Algunos de los que estaban sentados cerca de ella agacharon la cabeza para intentar disimular la risa, pero Park ni se dio cuenta. Yang se encogió de hombros frotándose las manos, y él se secó con la palma el sudor que le caía desde las cejas. Con la cara roja de rabia y mirada agresiva, Park respondió poniendo énfasis en cada palabra:

—Quiero. Centrarme. En lo que está. De la cintura. Para arriba.

—Entonces intercambiaos las tareas. —Al final el presidente, que había estado escuchando la discusión medio dormido, abrió la boca. Lo dijo tan a la ligera que se le bajaron los humos a los dos participantes en la discusión, que hasta hacía unos segundos estaban echando chispas.

Yang ni se quejó ni mostró objeción alguna. Tan solo levantó la cabeza para mirarle la cara. Park, si bien se había salido con la suya, no parecía contento. Y, frente a ellos, el presidente bostezó y cerró de nuevo los ojos. Un pesado silencio llenó el ambiente, acentuando el tictac del viejo reloj de pared, que hacía eco dentro de aquella pensión de techos altos.

Quedé con algunos colegas que no querían irse a dormir para tomar unas copas en una habitación. Hacia las dos de la madrugada bajé al baño y escuché desde el otro extremo de las escaleras las voces de Park y Yang.

—Siempre tienes que ponerme en ridículo. Soy tu marido. Somos familia.

—Eso es en casa. Aquí estamos trabajando. Y a esta empresa no le tengo mucho cariño. No sé con qué intenciones te colocó el presidente en ese cargo, pero yo no me voy a rendir.

Oí el típico sonido que hace un mechero Dupont al encenderse y un largo suspiro de Park.

—Una pregunta. ¿Tú me amas?

—Convivimos bien como familia. ¿No es suficiente con eso? ¿También te tengo que amar?

Seguí a escondidas su conversación, de pie en el oscuro pasillo, y pensé en la relación entre el amor de pareja y la vida familiar. En el ambiente laboral en el que me encontraba, donde todos los miembros (excepto yo) estaban enredados mediante lazos sanguíneos o de amistad. Sobre el presidente, que era muy poco reflexivo, y los dos directores generales, uno carente de profesionalidad y la otra ambiciosa y con mucha hambre de éxito. También sobre el pan y la razón, que mis manos no debían soltar.

Trabajar en esta agencia de relaciones públicas no había sido mi primera opción. Tras seis meses de búsqueda infructífera de empleo, no me quedó otra alternativa y tuve que aceptar un puesto cualquiera. Mi primer trabajo. Mi debut en el mundo laboral. Creí que con eso mi vida se despejaría. Pero ahora estaba atrapada en medio de una densa niebla.

Cuando regresé del baño, ya había tres personas dormidas y la única despierta era Lee Yunmi, aunque no tenía muy buena pinta. Sentada, meneando el cuerpo, murmuraba:

—Ay, mi amor, tienes que estar alerta. Te lo digo porque me caes bien.

¿Mi amor? ¿Se refería a mí? Rememorando lo que había sucedido a lo largo del día, me di cuenta de que no solo Lee Yunmi, sino también la subgerente Kang y la gerente Jang me llamaban así. ¿Sería su forma de referirse a las compañeras de trabajo más jóvenes y con menor rango que ellas, como a veces la gente llama «amiga» o «jefa» a la dueña de la tienda del barrio o a la camarera del bar al que va con frecuencia? ¿Pero por qué «mi amor»?

—Aquí la gente me ama. Todos me llaman su «amor» —comenté sonriendo para disimular mi incomodidad.

Entonces Lee Yunmi imitó mi sonrisa y dijo:

—Es raro, ¿verdad? A mí también me desconcertó cuando la señorita Kim me llamó «mi amor» por primera vez.

—¿Quién es la señorita Kim?

—Es la empleada que se sentaba en el sitio que ocupas tú ahora.

La señorita Kim era la señorita Kim y nada más. No tenía ni cargo, ni labores específicas que desempeñar, ni clientes a los que atender. Dicho así podría parecer que no hacía nada, pero era la empleada más ocupada de toda la agencia. No tenía asignado ningún proyecto en particular, pero se encargaba del trabajo de todos. Redactaba comunicados de prensa y los mandaba a los medios, atendía a los periodistas, ayudaba en las grabaciones de anuncios, administraba páginas web e incluso asistía a seminarios o conferencias médicas para atraer nuevos clientes.

Al principio, su trabajo se limitaba a recopilar datos, agendar las principales actividades de la empresa y hacer fotocopias. Pero con el tiempo sus obligaciones aumentaron y, llegado un momento, empezó a escribir los borradores de los comunicados de prensa, aprovechando que era ella la que recababa la información y los datos de referencia necesarios. Y luego, como se encargaba de redactar los comunicados de prensa, se volvió más cómodo para todos que también ella los enviara por email a los medios. Y tras alguna que otra llamada que hacía a los periodistas para confirmar la recepción de aquellos textos, terminó yendo a reuniones con los medios. Incluso participaba en programas de televisión sobre salud, si la agencia no conseguía dar con alguien que pudiera hacerlo. Así, en un programa hacía de oficinista con estreñimiento; en otro, de persona que sufría dermatitis atópica; y, en otro, de mujer que padecía escoliosis o a la que se le caía el pelo por el estrés. Pero no mentía, ya que la señorita Kim se estreñía a menudo, tenía la espina dorsal ligeramente curvada y estaba perdiendo pelo por lo estresante que le resultaba exponerse a los medios en contra de su voluntad. El día que fue a un espacio informativo para hablar sobre la caída del pelo y enseñó su coronilla medio calva, sin saber que los realizadores ni siquiera se tomarían la molestia de pixelarle el rostro, el director general Park se rio a carcajadas e hizo un comentario que solo él entendió como un cumplido. Dijo que la señorita Kim representaba los objetivos de la medicina actual y que era un pilar que sostenía con firmeza el sector sanitario de Corea.

—¡A partir de ahora te voy a pagar yo el seguro médico! —dijo Park, pero jamás llegó a hacerlo.

Desde aquel episodio, la señorita Kim no volvió a hablarles a las personas de la agencia de los malestares físicos que tenía, aunque estuviera muy enferma. Pero siguió saliendo por televisión y, a medida que iba acumulando experiencia, se fue desenvolviendo con más naturalidad y llevándose cada vez mejor con los productores, ya que era lista y muy sociable. Cada vez le resultaba más fácil colocar de tertulianos a los médicos que eran clientes de la agencia, y la mayoría de las veces los realizadores aceptaban sus sugerencias, aunque aquello implicaba más trabajo para ella, porque en el plató hasta tenía que hacer de representante.

Nadie sabe cómo empezó a trabajar la señorita Kim en la empresa. Según Lee Yunmi, bien pudo haber sido amiga de una exgerente o pariente de la directora general Yang. Unos dicen que solo tenía el bachiller, otros que hizo una formación profesional, pero también hay gente que afirma que dejó a medias los estudios universitarios. De todos modos, es un misterio cómo entró a la agencia. Por lo que escuché, existen dos hipótesis. La primera afirma que la contrataron sin hacerle pruebas o entrevistas, cuando la agencia empezó a crecer y tuvo que incorporar personal de manera urgente. La segunda, en cambio, sostiene que le ofrecieron el empleo para hacerle un favor a un pariente suyo que, cansado de verla vaguear por casa, pidió a los administradores que le dieran cualquier trabajo.

En resumen, no hay ni una sola persona que sepa cuánto estudió la señorita Kim, cómo la contrataron, qué tipo de contrato laboral tenía o cuál era su salario, y esas dudas jamás se esclarecerán porque en la agencia ya no están ni la señorita Kim ni ese pariente suyo que en teoría le consiguió el trabajo. Es como esos entes legendarios que mucha gente dice que ha visto pero nadie sabe de verdad qué cara tienen. Es el segundo gran misterio de esta empresa, después del paradero del escritorio del presidente.

—¿Y por qué renunció?

—No renunció. La despidieron —me responde Lee Yunmi haciendo el gesto de cortarse el cuello.

No sé por qué, pero hay algo siniestro en sus uñas pintadas de color plata.

—Tu posición dentro de la empresa es un tanto ambigua y también incómoda —afirmó el director general Park cuando la señorita Kim le preguntó, mordiéndose los labios, la razón de su despido. Y añadió—: Necesitamos cambios que renueven el ambiente.

Ocurrió en un momento en que la señorita Kim, aunque no tuviera un cargo fijo, ejercía una inmensa influencia en todo. Era la empleada con más experiencia, pero con el rango y el salario más bajos, a pesar de gestionar y coordinar al cien por cien de las labores de la agencia. La opción de ascenderla y subirle el sueldo no estaba sobre la mesa. Porque la señorita Kim era la señorita Kim y nada más.

Era un día soleado. El verano estaba tocando a su fin y las predicciones del tiempo vaticinaban la inminente llegada de un tifón. Los trapos tendidos en la ventana crujían de lo bien que se habían secado en apenas media tarde.

La directora general Yang se tocaba la bufanda mientras escuchaba a la señorita Kim. Ella entrecerraba los ojos, asentía con la cabeza y resollaba. En realidad, esto último se debía a que padecía rinitis, pero con cada resuello le caían lágrimas de los ojos. Yang se las secó con sus finos dedos; entonces, la señorita Kim la abrazó y su pecho explotó en llanto.

—Denúncialos al Ministerio de Trabajo —dijo Yang con un tono más sereno, para calmarla.

Lee Yunmi, que abrió bruscamente la puerta de la sala de reuniones sin saber que estaba ocupada, se sorprendió, y más aún al notar la agitación en la cara de la señorita Kim. Estaba aún más desesperada que cuando le habían notificado su despido. No sabía dónde estaba el Ministerio de Trabajo, ni mucho menos cuáles eran los trámites que debía llevar a cabo para ponerle una denuncia a sus empleadores o los pasos a seguir después.

—Definitivamente se trata de un despido improcedente. Te pueden asesorar. En el mejor de los casos, te reincorporarás al trabajo. Al menos podrás cobrar una indemnización, aunque sea pequeña.

La señorita Kim no fue capaz de comprender lo que Yang le estaba aconsejando. Era una opción demasiado realista, con muchas probabilidades de materializarse.

La gerente Jang, en cambio, se exaltó. Su reacción supuso un claro contraste con la de Yang.

—¿Y te has quedado ahí sin hacer nada? ¿No les has amenazado? No te pueden hacer eso después de lo mucho que te has sacrificado por esta empresa. Pero no te preocupes. Hablaré yo con Park.

El director general Park estaba fuera de la oficina. Al ser informada de que no iba a volver y de que se iría directamente a su casa al terminar sus reuniones, Jang habló con él por teléfono en voz muy alta, delante de todos.

—Tenemos que hablar... No, tiene que ser hoy... Es urgente. Puedo ir a donde estés... Entonces nos vemos en el bar del primer piso... Sí, a las ocho.

Esa noche la señorita Kim también fue con Lee Yunmi y la subgerente Kang a tomar unas copas a un bar cerca de la oficina. Chismorrearon sobre el presidente y la pareja de directores generales. De la gerente Jang dijeron que a veces era mejor ser obstinada como ella y no pensar demasiado, y la describieron como una amazona. No estaba muy claro si aquello era un insulto o un elogio. Al final, se pasaron de copas. Ni ellas mismas sabían qué estaban diciendo ni la señorita Kim tenía claro si debía estar furiosa, calmarse u olvidarse del tema.

Fueron a otro bar para continuar la noche. Allí hablaron de la serie que estaba de moda en ese momento, de su protagonista masculino y del grupo de k-pop del que era miembro. Desinhibidas y felices por el efecto del alcohol, decidieron ir al karaoke y al salir del bar vieron unas siluetas familiares. Eran el director general Park y la gerente Jang, que iban caminando juntos, cada uno con un brazo sobre los hombros del otro. Oyeron con claridad la voz de Jang y su potente risa: «¡Vamos! ¡Yo invito! ¡Que la noche no termina aquí!».

—Se los ve muy amiguitos —murmuró a sus espaldas la subgerente Kang.

Al día siguiente, Jang faltó al trabajo. Luego llegó el fin de semana, y entre el lunes y el martes se ausentó porque tuvo que asistir a un seminario fuera de la ciudad. Después de aquello, de miércoles a viernes se cogió los días de vacaciones que todavía le quedaban del verano. Por eso la señorita Kim no pudo despedirse de ella.

—Qué desconsideración la de la gerente Jang —dije sin pesar al terminar de escuchar a Lee Yunmi. Ella soltó una carcajada amarga y dijo:

—No te creas. Hubo casos peores. Gente que para colmo le reprochó a la señorita Kim, amenazándola casi, que en esta industria todos se conocían, y que si quería conseguir trabajo en otra agencia era mejor dejar las cosas ahí. No poner denuncias y no hablar más del despido.

—Pero ¿quién hizo eso?

—No sé. Pregunté a todo el mundo, porque yo también quería saber quién pudo decirle tal cosa, pero nadie se atrevió a aclarármelo.

En su último día, fue la propia señorita Kim quien redactó y publicó en el portal de ofertas de trabajo un anuncio para contratar personal.

Tipo de contrato: fijo tras periodo de prueba

Responsabilidades: relaciones públicas, publicidad, asesoría, estudios de mercado, contabilidad, gestión

Remuneración: a convenir según los estándares de la empresa

Requisitos: estudios universitarios

Otros: no es necesario tener experiencia laboral, no hay impedimentos de género o edad

La señorita Kim advirtió que no aparecería ni un solo candidato para un puesto que no era fijo y que además no especificaba las responsabilidades ni el salario que se iba a cobrar. Sin embargo, la realidad la traicionó, pues a la agencia llegaron un montón de solicitudes, y de todos esos candidatos eligieron a la persona más insensata: yo.

No pude lavarme el pelo porque en la pensión había solo un baño. Sentía como si me caminaran hormigas sobre el cuero cabelludo, por debajo de la gorra que llevaba puesta para esconder el pelo grasiento. Con tremendas ganas de quitarme la gorra y ducharme, subí las escaleras de mi edificio saltando los peldaños de dos en dos. Deslicé con prisa la tapa de la cerradura digital de la puerta, pero no se movió. Sudando de desesperación, me topé con mi vecina, que llegaba a su casa con las bolsas de la compra. La mujer me miró de reojo mientras aceleraba el paso.

—Ese aparato ya no sirve, ¿o sí? —me dijo.

Llamé al dueño y el hombre no tardó ni un segundo en reaccionar. «¡Ese maldito!», exclamó y me pidió que esperase, prometiendo que llegaría en media hora. Las dudas que me surgieron ante tan inmediata reacción fueron si sería frecuente que la cerradura se averiase y quién sería el maldito al que se refería. Me mudé a este piso de forma precipitada, cuando se confirmó que empezaría a trabajar en la agencia. Acababa de vencerme el alquiler del estudio en el que había vivido tras graduarme en la universidad y abandonar mi piso de estudiante, y de algún modo deseaba insuflar nuevos aires a mi vida. Y aunque este alquiler era más caro, el piso tenía buenas vistas, los electrodomésticos estaban en excelentes condiciones y podía mudarme en cuanto quisiera, porque ya estaba desocupado.

Mientras esperaba al casero sentada en las escaleras, noté que me picaba todo el cuerpo y me entraron ganas de llorar de la tremenda pena que me daba. En ese momento, mi vecina sacó la cabeza por la puerta.

—¿Quieres entrar? Puedes esperar aquí.

Estar en un espacio que pertenecía a otra persona pero que era idéntico al mío ni me incomodó ni me hizo relajarme. Fue una sensación muy extraña. Con una entonación que claramente mostraba que no era de la capital, la vecina me contó, a mí que ya estaba inquieta, algo impactante: que la anterior inquilina tuvo un acosador. Que ese hombre le arrojaba piedras a la ventana, cubría con aceite la manilla de la puerta y la llamaba al timbre durante toda la noche, por lo que tuvo que llamar varias veces a la policía. También me contó que un día recibió un paquete sin remitente.

—Ni te imaginas lo que había dentro. El paquete contenía mucha mierda.

—¿Cómo? ¿Qué quieres decir?

—Eso mismo. Contenía excrementos. ¡Caca!

Solo escuchar la palabra e imaginar la escena me dio asco, y me tapé la boca con la mano.

—Incluso me contaron que estaban forradas con plástico de burbujas, con tanta firmeza que las heces conservaban su forma. Qué porquería. Era un desquiciado.

Y añadió que una vez también tuvieron que desarmar la cerradura porque alguien le echó pegamento instantáneo. Estaba segura de que, al igual que todo lo demás, debió ser obra de ese hombre.

—Por lo que oí, era su ex. Pero lo más incomprensible es que tampoco quería volver con la novia. Al final, ella renunció al trabajo y regresó a su pueblo natal. Yo también quise mudarme, porque tenía miedo, pero me faltaba dinero y ya ves, aquí sigo.

El dueño del piso me informa de que denunció los hechos y que confirmó con la anterior inquilina que todo estaba en orden, así que no tengo por qué angustiarme. Sin embargo, es imposible no preocuparme, porque me aterroriza la idea de que el acosador pueda volver y, además, me dan miedo tanto mi casero, que se toma el asunto a la ligera, como el cerrajero, un hombre fornido que despedazó la cerradura digital de la puerta con un martillo.

Comprobé reiteradamente las ventanas, la nueva cerradura digital y el pestillo de la puerta. Esperando que un té caliente me ayudara a calmarme, puse agua a hervir en la tetera. Al encender la estufa de gas, se escuchó desde el piso de al lado un fuerte sonido, como de un objeto que se caía desde un estante elevado. Hasta llegó a temblar el suelo, o al menos eso me pareció. Tal vez mi temor no era simplemente a que me persiguiera un acosador o que me atracaran, sino a algo más genérico. No le temía a un hecho determinado, sino a todo mi entorno, al contexto que me rodeaba. Por ejemplo, a mi situación de mujer soltera que vive sola, y que por ende debe cuidarse y protegerse ella solita, además de cargar con la responsabilidad de todo lo que le sucede.

Después del viaje de formación, ocurrieron cosas raras en la oficina.

Primero desapareció el diccionario de lengua coreana de la subgerente Kang. Un volumen casi tan grueso como una enciclopedia que consultaba hasta echando mano del subrayador, en esta era en la que puedes encontrar diccionarios online por todas partes.

—Solo así incorporo el significado de la palabra a mi vocabulario —decía.

Lo hojeé por pura curiosidad; sin embargo, vi muy pocas partes subrayadas. Tampoco lo consulta tanto como dice, pensé. Entonces, Kang, percatándose de mi escepticismo, empezó a soltar excusas:

—Ah, este diccionario es nuevo. Me lo dio la señorita Kim después de derramar café sobre el anterior, que llevaba usándolo desde la universidad. Me gustaba porque ya estaba hecha a su tacto. Con este nuevo no me he familiarizado todavía.

Lamentablemente, el nuevo diccionario desapareció antes de que pudiera hacerse a él. Hasta movió su escritorio para buscarlo, pero no lo encontró por ningún lado. Solo dio con un billete de diez mil wones que estaba en el suelo, entre su escritorio y el estante de libros. Pero ese dinero no lo gastó en comprarse uno nuevo, sino un café. Así que nadie se tomó en serio la pérdida.

El director general Park estaba de los nervios preparando la reunión con un potencial cliente, un hospital que había mostrado interés en los servicios de la agencia. Pero de repente se enfadó, al parecer porque no encontraba lo que estaba buscando, así que me llamó. De buenas a primeras me gritó que por qué no ordenaba los escritorios. Su conducta me ofendió.

—¿Quién fue la última persona que consultó el archivo sobre clínicas dermatológicas?

¿Por qué me lo preguntaría a mí?

—No lo sé.

—Ve y tráelo. Necesito ese archivo. ¡Ahora!

Si tan importante era, debería haberlo buscado antes y no a última hora.

Sin más alternativa, pregunté a los demás empleados si lo habían visto, pero nadie estuvo dispuesto a ayudarme. Sin siquiera mirarme, todos me dijeron que no sabían nada del tema y volvieron a lo que estaban haciendo. El archivo que pedía Park era uno de los tantos que la agencia administraba, y reunía comunicados de prensa, guiones de programas de televisión y propuestas de actividades o campañas promocionales llevadas a cabo. La señorita Kim fue la persona que sugirió recopilar esos datos. Por eso, también se encargó de ordenarlos y archivarlos en diferentes carpetas según la especialidad médica. Sin descuidar sus labores, que ya de por sí eran excesivas, la señorita Kim se pasó todo enero haciendo ese trabajo. Persiguió a los empleados para que le enviaran los documentos de los proyectos pasados a formato digital, los editó, los ordenó y los encuadernó poniéndoles título e índice. El objetivo inicial era contar con un historial de las operaciones de la agencia que pudiera consultarse, pero esos archivos también resultaban bastante útiles como referencia para escribir comunicados de prensa, cuando se necesitaban ideas para nuevas campañas o como cartera de servicios en las reuniones con potenciales clientes. Y tan importante documento había desaparecido. Al final, Park tuvo que ir a la reunión con las manos vacías y apurado. A sus espaldas, Lee Yunmi dijo que se lo tenía merecido.

—Es quien más saca provecho de esos archivos. Y pensar que, cuando la señorita Kim se esforzaba ella solita por recopilar todos esos datos, era quien más se burlaba de ella. Y que conste que no diría esto si la hubiera invitado aunque fuese a una taza de café.

La gerente Jang reprendió a todos por no devolver los archivos a su sitio después de usarlos, y murmuró:

—Sin la señorita Kim esto es un caos total.

No era una indirecta para mí, porque yo no era la suplente de la señorita Kim. Aun así me sentía mal.

Por orden de la directora general Yang, asumí por primera vez la responsabilidad de enviar comunicados de prensa. Hice clic en el botón de enviar con las manos temblorosas e inmediatamente la mitad de los correos fueron remitidos y la otra mitad devueltos. Revisé las direcciones de los que no habían llegado bien y los reenvié; sin embargo, fue en vano.

Como cabía la posibilidad de que tuviera mal anotados los correos de los periodistas, empecé a llamar a todos y cada uno de los contactos que tenía en mi directorio para comprobarlos. Unos contestaban, otros no, mientras que algunos aparecían como números erróneos o inexistentes. Al notar mi desconcierto a medida que hablaba por el móvil y tecleaba a toda velocidad, la gerente Jang se inclinó hacia mí, examinó lo que aparecía en la pantalla de mi ordenador y dijo:

—Las direcciones están mal puestas.

—¿Cómo?

—En el primer renglón. ¿No es «appletree» en vez de «abbletree»?

En el directorio también ponía «abbletree». La dirección que debería ser «purple79» estaba escrita como «burble79», y «spring365» como «sbring365». Lee Yunmi, que tenía buen oído, vino corriendo hacia mí.

—Los datos de la lista de contactos de uso compartido están todos muy raros. Los números de teléfono de los clientes están mal. Los he comparado con los que tengo almacenados en el móvil y en todos se ha sustituido el 4 por el 5.

Jang puso cara de susto unos segundos, aunque logró recomponerse enseguida.

—Yunmi, en tu cuenta de correo tienes una copia del directorio, ¿no? Creemos uno nuevo con esos datos.

—Pero no tengo todos los contactos. Cada uno guarda los que tienen que ver con los clientes que gestiona, y habrá que reunirlos todos. Ese trabajo es muy complicado. Una se cansa muy rápido de ver tantos números y letras. ¿Pero quién se encargó de ordenar el archivo de contactos?

Jang dejó de hablar, porque le era imposible dar con una respuesta a esa pregunta. Entretanto, la subgerente Kang dijo con total desinterés:

—La señorita Kim. ¿Quién si no?

Entonces compartí un detalle del que me acababa de enterar, intuyendo que en adelante no tendría otra oportunidad para hacerlo.

—Esto... Los datos del directorio de empleados también están todos mal, y los contactos de los técnicos de reparación de ordenadores, internet y de la fotocopiadora han desaparecido por completo. Y esto ya no es tan importante, pero tampoco encuentro la lista de restaurantes del barrio con sus respectivos números de teléfono.

—¿Y quién elaboró esa lista?

Una vez más, fue Kang quien contestó, con una actitud evidente de que lo que estaba ocurriendo no le importaba lo más mínimo:

—La señorita Kim.

Entonces Jang hizo rodar su silla y volvió a su sitio, ordenándome como si nada que arreglara los directorios.

—Corrige lo que esté mal. Como no es algo urgente, tómate tu tiempo. Date brío.

¿Que me tome mi tiempo y que me dé brío? Lo que me decía no tenía ningún sentido. Lee Yunmi miraba a Jang con una expresión indescifrable. No estaba claro si estaba sonriendo o no, si aquella situación la divertía o desagradaba. De repente, se oyó un tarareo.

Por culpa de los malditos directorios había personas inocentes que se estaban viendo obligadas a trabajar de más. Todos me preguntaban que por qué las direcciones de email de los clientes estaban desordenadas, por qué había números de teléfono mal y si estaba enterada de por qué no se habían tomado medidas a tiempo. Cuando les explicaba mi punto de vista, bajaban la voz para indicarme que debería corregir los datos erróneos lo antes posible, y regresaban a su sitio. Todos me decían lo mismo y en voz baja, como si desvelaran un gran secreto de la empresa. No entendía por qué se empeñaban tanto en no sacar el tema de los directorios manipulados, cuando la oficina estaba llena de cotillas que hablaban de todo y de todos, desde quién había comido qué en el almuerzo y quién había pagado hasta quién había añadido azúcar o no al café.

Otro día se estropeó la fotocopiadora. La avería tuvo lugar porque el pedazo de cartón que colocaron bajo la esquina izquierda de la máquina para nivelarla había desaparecido. La gerente Jang me contó que fue la señorita Kim quien con ese cartón solucionó un problema que ni el técnico fue capaz de arreglar. El mando ya no llevaba el plástico que la señorita Kim le había puesto para que no cogiera polvo. Se perdieron varias tazas. A la señorita Kim le gustaban las vajillas de diseño. Alguien había quitado los separadores de los cajones que contenían los artículos de papelería, por lo que estaban hechos un caos de bolígrafos, pinzas, tijeras y cuadernos entremezclados. Fue ella quien los había colocado, fabricándolos con sus propias manos con cajas vacías, y ordenado los cajones, regañando a los empleados porque así como estaban les iba a ser difícil encontrar lo que necesitaran. Y también se esfumaron los cupones de descuento de pizzerías y restaurantes chinos, que —por supuesto— había reunido la señorita Kim.

Se respiraba un aire pesado en la oficina. Aunque, de manera inesperada, surgió una cultura de trabajo muy madura en la que cuando algo desaparecía o salía mal cada uno resolvía sus problemas sin culpar a los demás. La gerente Jang ya no alzaba la voz y el director general Park, si bien se quejaba, lo hacía sin molestar al resto. El presidente venía cada vez menos. Incluso había semanas enteras que no aparecía por la agencia. Sin duda era una situación irritante; sin embargo, nadie protestaba. Tampoco los empleados manifestaban tener miedo, pese a que, vistas con perspectiva, se trataba de circunstancias extrañas. Personalmente, yo me sentía cómoda porque nadie me molestaba. Seguía rehaciendo los directorios, reponiendo el papel de la fotocopiadora y ordenando los cajones.

Pero entonces ocurrió algo en mitad de aquella inestable tranquilidad. La directora general Yang, que cuando se puso a buscar unas pastillas para el dolor de cabeza se dio cuenta de que el botiquín no estaba en su sitio, gritó impaciente, apretándose las sienes:

—¡¿Por qué están sucediendo estas cosas ahora, y todas de golpe!?

Nadie se atrevió a abrir la boca. En ese momento, la subgerente Kang propuso denunciarlo a la policía.

—¿Es que pretendes crear un escándalo? Además, no creo que la policía esté dispuesta a investigar la desaparición de unas direcciones de correo electrónico o de artículos de papelería —se sobresaltó Lee Yunmi al oír tal sugerencia.

La gerente Jang la apoyó:

—Asegurémonos de cerrar bien con llave. Hasta el personal de la oficina de al lado sabe que guardamos la llave maestra detrás de la puerta. Deberíamos instalar cerraduras digitales más modernas, con lector de huellas digitales o algo similar.

Pero Yang no dio su brazo a torcer:

—Yo estoy decidida a llegar al fondo de todo esto. Primero voy a ir a mantenimiento para que me enseñen las grabaciones de las cámaras de seguridad. Aunque en nuestra oficina no tengamos instaladas, hay varias en el pasillo y en el ascensor, así que algo podré descubrir. —Y salió corriendo, sin que pudieran impedírselo.

A partir de ese momento, nadie logró concentrarse en el trabajo. Nerviosas por razones que se desconocían, Lee Yunmi y Jang tomaban café e iban con frecuencia al baño. Park incluso se trajo de la tienda veinticuatro horas una lata de cerveza y empezó a bebérsela en su escritorio. Yang regresó a la hora de la puesta de sol, con los ojos enrojecidos. Pero decepcionó a todos, que la miraban con curiosidad e inquietud al mismo tiempo, cuando se sentó en su sitio ya sin fuerzas y sin hacer comentarios. Jang preguntó, con las piernas temblando:

—¿Qué has visto?

Yang sacudió la cabeza. ¿Puede que los de mantenimiento no le mostraran las grabaciones?

—No se ve nada. Como el ángulo de la cámara instalada al fondo del pasillo llega hasta la puerta de entrada a la oficina, había pensado que podría descubrir algo si revisaba esas imágenes. Pero nada. No hay rastro de actividad cerca de la puerta después de la hora de cierre de la oficina. He comprobado todas las grabaciones del último mes; sin embargo, no he podido detectar nada. Y en las de la cámara del ascensor igual. No se ven personas sospechosas, y que no haya nada filmado significa...

Yang se calló. La ansiedad me hizo tragar saliva. Park, que estaba bebiendo junto con unos empleados, se aproximó.

—Significa que la persona que se coló en la oficina sabía dónde estaban instaladas las cámaras de seguridad —continuó Yang con gran seguridad.

Sentí que se me aceleraba el corazón.

—Lo más probable es que subiera por las escaleras de emergencia y entrara por el otro extremo del pasillo, donde no hay cámaras. Es una persona que conoce muy bien el edificio. ¿Quién será?

Nadie contestó.

—Voy a denunciarlo a la Policía —dijo Yang cogiendo el teléfono que tenía sobre el escritorio. Pero Jang la frenó:

—Espera. Cambiemos primero la cerradura digital e instalemos cámaras dentro de la oficina. Vigilad todos bien vuestras pertenencias y mantened ordenados los cajones para evitar más extravíos. Si después de eso persiste el misterio, entonces pensemos qué otras medidas podemos tomar.

Alguien expresó en voz baja que no quería jaleos en la oficina, unos dijeron que quienes proponían poner denuncias no tenían ni idea de lo fastidioso que era el proceso de investigación, mientras que otros mostraban un malestar que parecía fingido, alegando que había que atrapar a la persona que tanto caos estaba generando. Lee Yunmi, por su parte, hizo un gesto de negación.

—Yo no me quiero meter. Me duele la cabeza.

Yang gritó:

—Quienes veáis este problema como un mero fastidio, manteneos al margen. Yo sí estoy decidida a presentar una denuncia.

Nuevamente cogió el teléfono, pero esta vez la detuvo el director general Park.

—¿Y qué vas a hacer cuando atrapen al responsable? ¿Le vas a decir que vuelva a ponerle el plástico al mando? ¿Que nos dé los cupones de descuento de los restaurantes? Sé que eres una mujer inteligente y meticulosa. Lo sé, pero dejemos este asunto aquí. ¡Por favor, no insistas!

El sol se ponía y las luces amarillas reflejadas en las ventanas del edificio de enfrente yacían inertes sobre mi escritorio. Las nubes discurrían tan rápido que incluso a simple vista era posible advertir el movimiento. Se suponía que soplaba un fuerte aire.

Desde aquel día no ha habido más desapariciones. Todo ha vuelto a la normalidad y el personal de la agencia trabaja igual que siempre; eso sí, subiendo sin parar sus CV a los portales de ofertas de empleo. Y yo vengo utilizando como marcapáginas el pedazo de cartón de la fotocopiadora, ya chafado de estar tanto tiempo debajo de ella. Digamos que lo conservo a modo de amuleto.

Para Hyeonnam (Estimado ex)

Estoy en la que solía ser nuestra cafetería favorita, sentada en la mesa de la ventana donde pasábamos la mayor parte del tiempo. Desde aquí veo el edificio en el que trabajas. Cuento el número de plantas con el dedo. Primera, segunda, tercera, cuarta, quinta, sexta y séptima. Es un bloque de siete pisos, y supongo que estarás detrás de una de esas ventanas. Dentro de diez horas nos veremos. Pero te dejo esta carta porque no tengo el valor de decírtelo a la cara.

Perdóname. Como te he dicho varias veces, no puedo aceptar tu propuesta de matrimonio. No voy a casarme contigo. La decisión no ha sido fácil. Ha habido momentos en los que me he planteado si mi elección era la correcta, si no llegaría a arrepentirme. ¡Me daba tanto miedo la idea de vivir sin ti...! Y es normal, pues hemos estado diez años juntos y he pasado un tercio de mi vida a tu lado. Aunque todavía no puedo ni imaginar cómo será no verte, he tomado una decisión. No voy a seguir contigo. Gracias por todo. De veras, gracias. Y lo siento.

*

Recuerdo el día que nos conocimos. Hace diez años. Tonta de mí, me perdí por el campus. ¡Ni que fuera una niña! Creo que por entonces siempre iba tensa. Todo me abrumaba: estar en una ciudad desconocida, en la universidad, rodeada de gente extraña. De repente empezaba a tener demasiada libertad y, con ello, aumentaban la inseguridad y la angustia. Por eso cometí errores absurdos.

Todavía recuerdo cómo me miraste cuando, sin preámbulos, te agarré y te pregunté por dónde debía ir para llegar a la Facultad de Ingeniería. No te burlaste de mí, pero tampoco fuiste amable. Solo me dijiste: «Vamos» y me explicaste que ibas en esa dirección. Me llevaste por el Amazonas, ese pequeño bosque del campus por donde casi nunca iban los estudiantes, pues era oscuro incluso de día. Años más tarde me enteré de que esa no era la única manera de llegar a la Facultad de Ingeniería, que era más fácil subir por las escaleras que había al lado de la biblioteca. Y al darme cuenta de que por allí había más luz y pasaba más gente, me enfadé contigo. Sin embargo, como si mi enfado no te importase, me dijiste sin titubear que me habías llevado por el camino más corto al suponer que llevaba prisa.

Ahora te lo confieso. Ese día primero me puse nerviosa al perderme, luego sentí que las gotas de sudor me corrían por la espalda de lo tensa que me mantuve durante todo el recorrido solos por el Amazonas, y cuando por fin llegamos a la Facultad de Ingeniería el corazón me latía como si estuviera a punto de estallar. Hasta me dieron calambres en los dedos por los nervios, pero por el mero hecho de estar donde debía sana y salva, concluí —sin conocerte— que eras buena persona.

Quise darte las gracias, pero no pude. Me quedé muda, no sé por qué. Cuando me dijiste: «¿No tienes clase? Corre, que llegas tarde», estaba petrificada, como si mi cuerpo se hubiera paralizado. Entonces me quitaste la agenda que llevaba en la mano, buscaste mi horario en la última página y entraste con paso firme en el edificio. En ese instante, como si se rompiera un hechizo de magia negra, volví en mí y te exigí que me la devolvieras. O eso intenté, ya que lo que hice en realidad fue ir detrás de ti exigiéndote que me dieras lo que era mío. Así, sin querer, dejé que me acompañaras a mi primera clase.

Lo que pasó ese día lo recuerdas de otra forma, ¿verdad? Que yo te detuve y te pedí que, por favor, me acompañaras, mientras tú te dirigías al comedor universitario tras asistir a una clase en la Facultad de Ingeniería, y que debías devolver unos libros en la biblioteca. Una vez hablamos del tema. Entonces me corregiste, incluso me enseñaste tu horario de clases. Preferí no contradecirte porque pensaba que no era importante aclarar quién estaba en lo cierto o quién tenía mejor memoria. Por eso te dije que quizá me había confundido, aunque recordaba al detalle aquel día, hasta la inflexión y la entonación de tu voz cuando dijiste: «Vamos».

Ahora quiero dejar las cosas claras. Yo tenía razón. Fuiste tú quien me dijo primero, antes de que yo te pidiera nada, «Vamos. Yo también voy a la Facultad de Ingeniería». Incluso tengo una prueba: la frase «Yo también voy a la Facultad de Ingeniería» que escribí ese día en mi cuaderno una y otra vez durante la clase, incapaz de concentrarme. De esto nunca te hablé por timidez, para no darte la impresión de que sentí algo así como amor a primera vista por ti. Además, estabas más que convencido de que me habías hecho un favor.

Situaciones similares hubo muchas durante nuestra relación. No me acuerdo de todas, pero ¿recuerdas la vez que nos topamos con Gyuyeon? Ella estaba en una cafetería con un gran ventanal y la vimos mientras pasábamos por la zona, desde el otro lado de la avenida. Me preguntaste: «Es tu compañera de facultad, ¿no?». Te respondí que no, que la había conocido por ti. Reaccionaste con una risa exagerada que soltaste como para afirmar que lo que yo decía no tenía sentido, e inmediatamente me corregiste y me dijiste que no podías ser tan tonto como para no recordar a una compañera. ¿Entonces era yo la tonta incapaz de reconocer a una compañera? Esa vez te reté. Insistí en que estaba en lo cierto, y ante mi actitud tajante, cediste. O, mejor dicho, me culpaste de ser demasiado quisquillosa y zanjaste, con un alarde de generosidad: «Dejémoslo así».

Pero no quise dejarlo. Volví a la carga. Te cogí de la mano y tiré de ti hasta la cafetería que había al otro lado de la calle. Allí mismo, Gyuyeon nos confirmó que no era mi compañera, que ella y tú os habíais conocido primero. Tras escuchar su respuesta, rompí a llorar. No porque estuviera enfadada contigo o por tu cabezonería, ni tampoco porque siempre que te confundías hacías como si nada hubiera pasado y decías que cualquiera podía equivocarse, sino porque llegué a dudar de mí. Lloré porque, mientras te arrastraba hasta aquella cafetería, temblaba por dentro por si era yo la confundida.

Mi padre se preocupó muchísimo cuando entré en una universidad de Seúl. «Ten cuidado» fue lo que más me repitió desde que recibí la carta de admisión hasta que me instalé en el colegio mayor, además de hablarme de las interminables historias de mujeres conocidas que habían sufrido tras alejarse de casa: una compañera de colegio que casi terminó en un burdel, una prima que regresó al pueblo como madre soltera, la hija de un amigo que arruinó su vida cuando la engañó un hombre casado, una amiga que una noche se pasó con las copas y la violó un taxista, etcétera.

Poco después de empezar mi vida universitaria, en una fiesta de bienvenida a los novatos, se montó un escándalo al descubrirse que un chico, a escondidas, había filmado con el móvil a unas chicas borrachas. Entonces me dijiste lo mismo que mi padre: que jamás confiara en los hombres, y mucho menos en los de la capital.

Nací y crecí en una ciudad bastante grande. Estaba acostumbrada a vivir entre altos edificios y calles llenas de gente, enredadas como un laberinto. Aun así, mudarme a Seúl me asustó, no tanto por sus dimensiones o por la gran cantidad de población de esta metrópoli, sino porque me sentía sola. Pensar que dependía de mí, sin contar con nadie que pudiera aconsejarme o que me sirviera de guía, agravó mi inseguridad. Además, me agobiaban los estudios, los trabajos a media jornada para no depender de mis padres y las relaciones sociales, que solían ser superficiales o forzadas.

Tú, en cambio, tenías más información sobre la vida universitaria, desde becas y trucos para inscribirse a las clases más populares del campus hasta cómo acceder a programas extraacadémicos útiles para mejorar el currículum o cuáles eran las peculiaridades de cada profesor. Con tu ayuda, superé esa etapa de una forma relativamente satisfactoria. Incluso a veces fui objeto de la envidia de otros estudiantes que, como yo, acababan de llegar a la universidad y, por ende, se sentían un tanto desorientados. Debo admitir que, a ratos, esas miradas de envidia o admiración me encantaban, mientras seguía cada vez más tus decisiones y consejos como si esa dependencia fuera obvia.

Aunque no estudiábamos lo mismo, muchas de nuestras clases coincidían gracias a ti, ya que me recomendabas las asignaturas más demandadas por los estudiantes o aquellas en las que era más fácil sacar nota. Al principio me sentí incómoda en aquellas clases que ni me gustaban ni eran indispensables para mi grado. Pero, ahora que lo pienso, sirvieron para diversificar tanto mis intereses como mis conocimientos.

En especial recuerdo la asignatura «Introducción a la física». No sé si te acuerdas, pero cuando tuviste que repetirla para completar tu expediente te acompañé, aunque no estaba matriculada. Al instante, el profesor se dio cuenta de eso, y se sorprendió porque, en sus treinta años de catedrático, nunca había visto a un estudiante entrar en su clase por voluntad propia, sin obligación de hacerlo. Después de pedirme el primer día que me pusiera de pie y me presentara, durante el semestre fue planteándome preguntas, y recuerdo que cuando le daba la respuesta correcta, me felicitaba delante de todos. A veces, esas situaciones me ruborizaban y en ocasiones me incomodaban, aunque por lo general me sentía bien, ya que me entretenía volver a estudiar física, como en el colegio. Además, me sentía agradecida con ese profesor que me trataba bien solo por el hecho de que me interesara su especialidad, aunque ese fue el motivo por el que no pude acabar el semestre.

No te gustaba ese profesor. Decías que su forma de tratar a los estudiantes no era normal. ¿Acaso no me había dado cuenta? Antes de que lo comentaras, jamás me extrañó su conducta. Por eso te contradije, sin anticipar tu reacción. Me espetaste que tal vez te habías equivocado conmigo, que parecía que yo no era la persona que pensabas. En realidad, mi decisión de no asistir más a esa clase no fue por el profesor, ni porque te molestara. Dejé de ir por miedo a ser indecorosa si continuaba acudiendo como si nada.

El profesor jamás me citó fuera del aula ni me hizo preguntas personales. Siempre me trató de usted y nunca me llamó por mi nombre. Sí, me hacía muchas preguntas en clase pese a no estar matriculada en su asignatura, pero todas eran sobre física. Aun así, decías que veías en él intenciones turbias. Que su comportamiento te daba asco. Te ponías furioso y me exigías que sintiera lo mismo. Por supuesto, tu ira no apuntaba hacia mí, sino hacia el profesor, aunque me reñías por mi falta de perspicacia. Verte en ese estado me incomodaba, así que llegó un momento en que empecé a guardar cierto resentimiento hacia el profesor, a quien necesitaba culpar, porque tenía que existir algún responsable de tan cargante situación. Un tiempo después me convencí de que ese sentimiento era real, y comencé a percibir como sospechosa y desagradable su conducta. Así, durante todo el semestre, tú y yo nos referimos a él como «el viejo verde».

A partir de aquel incidente, no pude actuar con naturalidad cuando estaba con hombres: imaginaba sus intenciones ocultas o que quizá malinterpretaban mi comportamiento o mis palabras. Sobre todo nació en mí un gran pánico a provocar malentendidos sin identificar las señales sexuales que emitían. De pronto me sentí, aunque no me gusta esta expresión, «una mujer fácil». Por eso me cohibí cada vez más, y evitaba estar con hombres o ir a reuniones donde había compañeros varones. Mi red de amistades y mis relaciones sociales se redujeron notablemente.

A decir verdad, no había vuelto a pensar en ese profesor hasta que el año pasado una amiga lo mencionó. ¿Recuerdas a Jiyu? ¿La primera compañera de cuarto que tuve en el colegio mayor? Nos reencontramos cuando ella volvió a Seúl tras pasar varios años trabajando en Daejeon, ciudad que le asignaron poco después de conseguir empleo. Primero me preguntó por ti. Lo que me extrañó fue su reacción cuando le dije que estabas bien, como siempre. Dijo: «¿Sigues con él? ¡Increíble!». ¿Qué quería decir con «increíble»? Por un instante traté de descifrar el significado de esa exclamación, pero desistí y me reí, imitándola.

La conversación fluyó con naturalidad; hablamos de anécdotas relacionadas contigo y con nuestra relación, y surgió el tema de las clases en las que me matriculé siguiendo tus recomendaciones. Jiyu me comentó que, a pesar de que veía la dependencia emocional que tenía de ti, le había sorprendido que aceptara ir a una clase de física. «Pero te gustaba esa clase, ¿no? Si mal no recuerdo, me dijiste que era entretenida y que el profesor era muy amable». Las palabras de Jiyu cayeron como una bomba sobre mí. Tenía razón. Ese profesor era, en efecto, un hombre amable, todo un caballero. Aunque tenía más o menos la edad de mi padre, no era arrogante ni estirado, mucho menos autoritario, y «amable» o «cortés» era el calificativo perfecto para describirlo. Pero entonces ¿por qué lo recordaba como a alguien desagradable? ¿Por qué lo llamé «viejo verde» durante meses, si nunca tuvimos un apretón de manos ni conversamos de nada que no estuviera relacionado con la clase?

Tú y yo nos equivocamos. Si bien no lo difamamos ni lo criticamos en público, lo condenamos sin fundamento, motivados por un mal juicio. Sé que es tarde para hablar de esto, pero me parece necesario hacerlo porque, de corazón, deseo que cambies de idea, si es que aún conservas recuerdos equivocados de aquel profesor. Lo que pensemos o lo que hablemos entre nosotros a estas alturas no le influirá. Ni se enterará. Pero creo que, si cometimos un error, lo correcto es tratar de rectificar. Y nuestro error fue desacreditar a una persona decente sin razón.

Creo que mi criterio para distinguir a las personas que me caían bien y a las que me desagradaban también se vio influido por ti. ¿Te enfadarás si menciono a Jieun? Sí, esa amiga mía a la que aborrecías. Te la presenté en el festival de primavera. Fuimos juntos a una fiesta que organizó con unos amigos y estuvimos juntos hasta tarde. Esa fue la primera vez.

Al principio, tú y ella conectasteis tan bien que incluso me puse algo celosa. Cuando te diste cuenta de que a Jieun le gustaba el béisbol y que era del mismo equipo que tú, casi me excluisteis de la conversación, mientras mencionabais jugadores que no conocía y rememorabais partidos pasados. Quise interrumpir y cambiar de tema, pero no pude. Mi orgullo me detuvo y fingí que entendía lo que decíais.

Aunque no fijábamos fechas u horas para vernos, solíamos encontrarnos por el campus. Así, íbamos juntos como por casualidad, y con el tiempo era cada vez más frecuente. De manera espontánea, llamábamos a Jieun para que viniera a comer con nosotros, o ella y yo íbamos al edificio donde tenías clase para tomarnos un café juntos. Una vez incluso fuimos los tres al estadio de béisbol. Ese día sí que nos divertimos. Animamos al mismo equipo, cantamos con los aficionados y nos tomamos una cerveza riquísima y refrescante en las gradas. Entonces me quedé perpleja al preguntarme por qué nunca me habías propuesto ver un partido de béisbol juntos, cuando esa experiencia podía resultar tan amena y entretenida. Pero a partir de ese día empezó a aumentar la tensión entre tú y Jieun.

Vuestro equipo ganó y puso fin a la racha de derrotas que llevaba. La emoción y el entusiasmo no nos dejaban volver a casa, así que compramos unas latas de cerveza y un picoteo para alargar la noche en el parque más cercano. Y allí pasó lo que pasó, creo que justo cuando Jieun se acabó su primera lata de cerveza. ¿O fue cuando estábamos rememorando el partido? Le dijiste a Jieun: «No eres como las otras chicas», y ella te preguntó, en tono desafiante: «¿Qué quieres decir con eso?». Al instante añadiste: «Es un cumplido», pero no le pareció una respuesta, así que te bombardeó con otras preguntas: «Según tú, ¿cómo son las otras chicas? ¿Y cómo puede ser un cumplido que me digas que no soy como ellas? ¿Implica que las otras son ordinarias, que no vale la pena respetarlas?».

El ambiente se congeló y la conversación terminó de forma abrupta. Aun así, te ofreciste a coger un taxi y llevar primero a Jieun a su casa y luego a mí hasta el colegio mayor. Después de que ella bajara, me comentaste que te parecía un tanto desagradecida. Luego reemplazaste ese calificativo por «maleducada» y al final elegiste «insolente». Me molestó que hablaras así de mi amiga, pero preferí callarme para no hacerte enfadar.

Ahora quiero que sepas que a Jieun tampoco le caías bien. No sé desde cuándo, pero solía preguntarme por qué seguía contigo y qué me gustaba de ti. Si en vez de contestar le planteaba otra pregunta sobre sus motivos para querer conocer mis sentimientos hacia ti, titubeaba. «Solo por saber», decía, pero en su rostro, en las sílabas que pronunciaba y en sus silencios podía percibir una mezcla de emociones: dudas, inquietudes, incertidumbres...

Como remate ocurrió lo que ya sabes, cuando faltaba poco para el día de la reunión de antiguos alumnos de tu instituto. Era una celebración muy especial que reunía a los que habían integrado el club más grande y longevo de tu colegio, y a la que asistían con sus familias exestudiantes que te llevaban muchos años de diferencia y que hacían gala de su posición socioeconómica. Dijiste que me llevarías como pareja y te encargaste de comprarme un traje formal y sencillo para la reunión, así como de reservar el centro de estética donde querías que me maquillaran para ese día. Me aclaraste que era tu regalo. Me sentí agradecida y apreciada, lo admito. Sin embargo, debo confesar que no estaba feliz. Es difícil describirlo con palabras, pero lo que experimenté fue como la molestia que provoca un diminuto trozo de carne que se queda entre los dientes y no hay manera de quitarlo: incomodidad, irritación o cualquier otro estado de ánimo parecido.

Se lo comenté a Jieun y solo me soltó reproches: «Es una reunión que nada tiene que ver contigo. ¿Por qué se encarga él de vestirte y maquillarte? ¿Acaso eres uno de sus accesorios?». Entonces me di cuenta de que eran justamente esas las preguntas que, aunque no llegaba a pronunciar, me atormentaban por dentro. Pasé la noche en vela, y, al cabo de varias horas de reflexión, te confesé lo que pensaba y sentía, eso sí, con cuidado. Te dije que no quería el traje y que, si era posible, deseaba devolverlo, y que tampoco iría al centro de estética a maquillarme. Dejé claro que te agradecía la invitación, pero que si no te parecía bien que fuera con mi ropa y maquillada como siempre, prefería no ir. Traté de sonar lo más firme posible, aunque temblé todo el tiempo mientras te hablaba y, por los nervios, me arranqué todos los padrastros.

Al contrario de lo que había imaginado, aceptaste mi postura con tranquilidad. Dijiste: «Pensándolo mejor, la reunión puede resultarte incómoda. Iré solo. Pero el año que viene quiero que me acompañes, o al menos que te lo pienses, ¿vale?», y pude por fin relajarme tras lanzar un largo suspiro. El problema fue que esa tranquilidad duró apenas unos minutos, porque enseguida me preguntaste si estaba siguiendo los consejos de Jieun. Era cierto que ella me había dado su opinión, pero solo sirvió para confirmar las razones de mi malestar respecto a esa reunión tuya, y la decisión de no ir la tomé por mi cuenta, sin que nadie me influyera. Por eso a tu pregunta respondí que lo había decidido yo después de pensarlo mucho, aunque no me hiciste ni caso.

Asentiste con la cabeza, sumergido en tus pensamientos, con los ojos entornados y frunciendo el ceño. Era el gesto que hacías cuando algo te molestaba, cuando te hervía la sangre por la rabia pero tratabas de reprimirla, como queriendo decir que era inútil hablar conmigo. Ese gesto que me señalaba como la culpable de tus disgustos. Dijiste: «Jieun no te dijo qué hacer, eso está claro. Y ahora estás convencida de que lo has decidido por tu cuenta, pero ¿cómo has llegado a esas conclusiones? Si le comentaste a Jieun lo de la reunión, no creo que te haya dicho cosas buenas...».

No pude refutar tus palabras. Temí que rompieras conmigo. La idea de que sin tu ayuda no podría mantener mi vida como hasta ese momento me agobiaba. Además, eran muchos los que me identificaban como la novia de Gang Hyeonnam. Y ya sabes qué pasa con las parejas del campus en cuanto rompen: son víctimas de cotilleos y miradas sentenciosas, y las mujeres se llevan la peor parte.

Por eso te pregunté si estabas enfadado, eso sí, con discreción, como si fuera la culpable de tu disgusto. No tardaste en gritarme que no, que no estabas enfadado. Ante esa reacción, no encontré más alternativa que intentar calmarte, de ahí que dijera: «Veo que estás muy enfadado, pero estás sacando las cosas de quicio. Yo...». No me dejaste terminar la frase. Golpeaste la mesa y me gritaste de nuevo: «Si ya te he dicho que no, ¿por qué insistes en preguntarme si estoy enfadado? Tu insistencia es lo que me pone furioso».

A menudo te disgustabas o alzabas la voz. Y si te preguntaba si estabas enfadado, me echabas la culpa, alegando que esa pregunta te sacaba de quicio. Pero nadie de este mundo expresa su enfado diciendo: «¡Vaya, estoy enfadado!».

Lo hace poniendo cara de disgusto, gritando o mediante gestos que indican una pérdida del autocontrol, como golpear fuerte una mesa o la pared.

Tras unos minutos, te calmaste y me aconsejaste: «Ya no eres una niña. Es importante que sepas qué amistades te convienen y cuáles te hacen daño. En este sentido, me gustaría que reconsiderases la tuya con Jieun». Desde aquel día, tú y Jieun no volvisteis a coincidir. Y no me extraña, pues ella se fue de estudiante de intercambio a otro país y tú te graduaste. Además, crees que Jieun y yo dejamos de hablar, ¿verdad? Pues te equivocas, porque nunca perdí el contacto con ella, solo te lo oculté.

Mientras Jieun estudiaba en Canadá, me abrí una cuenta de correo sin que lo supieras y nos escribíamos por ese canal. Incluso fui a verla y estuvimos de viaje por allí durante quince días. Me refiero a esa vez que te dije que iba a visitar a mi tía. Te confieso que no tengo tías ni primos en ese país y que la chica de la foto que te mostré no era mi prima, sino la compañera de habitación de Jieun. Dijiste que era igualita a mí, ¿te acuerdas? Pues es china.

Durante todos estos años has sido casi un tutor para mí. Por primera vez estaba sola, lejos de casa y de mis padres, estresada muchas veces al no saber qué hacer, sintiéndome perdida en el mundo. En esas situaciones me ayudaste muchísimo o, mejor dicho, te hiciste cargo de todo por mí. En los casi diez años que hemos estado juntos, me he mudado dos veces. La primera, cuando me vi obligada a abandonar el colegio mayor, me desorientó. Mis padres estaban trabajando y debían cuidar de mi hermanito, que era aún un niño, así que no estaban en condiciones de venir a echarme una mano, mientras que por mi parte no quería pedirles ayuda porque yo ya era mayor de edad.

Como supiste que estaba buscando piso y que quería organizar la mudanza por mí misma, me advertiste de que una mujer no debería andar sola yendo a ver pisos para alquilar, así que pediste un permiso en el trabajo —aunque corto— para acompañarme. Te lo agradecí muchísimo. Me daba un miedo horrible el mero hecho de imaginar hacer esos viajes sin ti y entrar en casas vacías sola con el agente inmobiliario, sobre todo al darme cuenta de que las propiedades al alcance de mi presupuesto quedaban al final de una calle empinada y poco concurrida o al fondo de un callejón oscuro. Qué hubiera sido de mí sin ti... No sé si lo recuerdas, pero Jiyu tuvo que cambiar de número porque un agente inmobiliario terminó acosándola con constantes llamadas y mensajes. Gracias a esa experiencia indirecta me di cuenta de que, por seguridad, era mejor ocultar que vivía sola. Por suerte te tenía a ti, que te encargabas de hacer preguntas al arrendador sobre el alquiler, las condiciones de la vivienda, los sistemas de seguridad, etcétera.

El piso en el que estoy ahora, el segundo que alquilé tras abandonar el colegio mayor, tiene unas bonitas vistas. Aunque el muro de la casa de enfrente está lleno de plantas trepadoras y bloquean media ventana, se puede ver el jardín del barrio. Me dijiste que no te gustaba porque podía haber bichos y oler a humedad, ya que quedaba al lado de un parque bastante frondoso, pero eso es lo que más me gusta. Me encanta la suave fragancia de las plantas y de la tierra, que tú describías como «tufo» a humedad.

Creo que hice bien en seguir tu consejo y alquilar un piso en este vecindario, cerca de tu oficina. Como trabajabas hasta tarde, no disponíamos de mucho tiempo para vernos, y la proximidad nos ayudó. Podía pasar por tu oficina de camino a casa y tú no tenías que sentirte obligado a acompañarme hasta la puerta porque vivía a unos pasos. Incluso te quedabas a dormir después de trabajar horas extra hasta muy tarde. Como digo, creo que este piso era más conveniente para ti que para mí. Bueno, disfruté compartiendo este espacio contigo, jugando a la pareja recién casada que está de luna de miel, con un par de cepillos de dientes en el baño, una maquinilla de afeitar desechable en la repisa del inodoro, un chándal con pantalones hasta la pantorrilla y unos calzoncillos en mi cajón... Te aviso de que todo eso lo he tirado porque a estas alturas no veo cómo podría devolvértelo, ni tampoco quiero guardármelo. ¡Ah! Otra cosa: hoy me mudo.

¿Puedes creer que lo haya hecho sin ti, desde contactar con el agente inmobiliario y encontrar un piso hasta contratar la mudanza? También me he encargado de comprobar los documentos de la propiedad y de hacer todos los trámites. He revisado dos veces el certificado de habitabilidad, una vez al firmar el contrato de alquiler y hoy antes de mudarme.

También he hecho una pequeña reforma aprovechando que el piso estaba desocupado. Y todo con mis manos. He empapelado las paredes, he forrado los muebles de la cocina con vinilo adhesivo y he puesto estantes y un armario en el dormitorio. He comprado los materiales por internet y lo he hecho todo sola. Jamás me permitiste ni clavar un clavo para que no me hiciera daño, pero en realidad me encantan los trabajos manuales. He salido a mi padre, cuyo pasatiempo es la carpintería. La mesita de la sala, las estanterías de la cocina, la mesa del comedor, el escritorio de mi hermano, hasta las escaleras para el gato de su casa las construyó él tras escoger la madera. Y yo, desde niña, solía usar la sierra y el martillo, y pintar muebles con mi padre. No te imaginas cuánto he disfrutado trabajando la madera después de tanto tiempo.

Cuando vuelva, al terminar de escribir esta carta, los señores de la empresa de mudanzas ya habrán acabado de hacer todas las cajas. Te aconsejo que no vayas a mi antiguo piso porque hoy se instalará el nuevo inquilino. Tampoco a la biblioteca donde trabajo, y estoy segura de que no te atreverás, porque he pedido la baja.

He empezado a estudiar. A estas alturas, no puedo darte detalles. Solo puedo decirte que estoy preparándome para iniciar una nueva etapa en mi vida. De momento, he pedido una excedencia, y quizá renuncie. No es que no me guste mi trabajo. Lo cierto es que es perfecto.

¿Qué mejor trabajo puede existir para alguien a quien le encanta leer que el de bibliotecaria? Y encima en una institución pública. Todo te lo debo a ti, porque fuiste tú quien me informó sobre él y me motivó para que me presentase al puesto, al decirme que era estable y que pegaba con mi personalidad. Siempre me decías que querías que tuviera un trabajo con horario fijo, aunque no fuera funcionaria pública. Ingenua, supuse que ese deseo reflejaba tu cansancio por las muchas horas extra que debías realizar en el tuyo. Lo negaste. Dijiste que estabas satisfecho con tu puesto, solo que, como salías tarde de la oficina, esperabas que al menos yo pudiera terminar temprano. Así tratabas de tranquilizarme, pero tu cara exhausta me inquietaba, por eso decidí prepararme las oposiciones a bibliotecas públicas.

El proceso de preparación no fue fácil. Lo que más me costó fue estudiar el grado de Biblioteconomía en la universidad, no solo por iniciar tan tarde unos nuevos estudios, sino por cuestiones económicas, dado lo cara que fue la matrícula. Sabes que vengo de una familia con recursos limitados, y no me atrevía a pedir a mis padres que me pagaran los estudios un año más, cuando gran parte de los gastos los cubría con becas y créditos estudiantiles, y me mantenía con lo mínimo que ganaba en trabajos a tiempo parcial.

Ese año en la universidad fue un infierno para mí. De día iba a clase y, en los pocos ratos libres que tenía, estudiaba para la oposición, mientras que de noche daba clases particulares a estudiantes de secundaria o en academias, además de trabajar como camarera, cajera o en cualquier lugar en que necesitaran mano de obra. Pese a los esfuerzos, ese año no conseguí aprobar. Con miedo a repetir el fracaso, te adelanté que pretendía presentarme a oposiciones públicas más fáciles y con más plazas. Pero lo que recibí por tu parte no fue consuelo, sino una bronca. Me llamaste cobarde y me acusaste de ser conformista. La verdad es que en ese momento te increpé para mis adentros porque me parecía un poco inapropiado que me presionases para que comprara más libros y me apuntara a clases de apoyo, cuando era yo la que tenía que cubrir esos gastos extra sin la ayuda de nadie.

Pasé otro año compaginando estudios y trabajos a media jornada. Pero fue mucho peor que el anterior, ya que, además del cansancio físico, tenía una enorme carga psicológica debido a mis inseguridades sobre qué pasaría si fracasaba de nuevo, cómo podría compensar el tiempo invertido, qué otras opciones tendría y si podría devolver a tiempo los créditos estudiantiles. Me vi en un callejón sin salida. En tan frágil estado emocional, me dijiste, censurándome: «No pensaba que fueras tan débil. No sé si podré formar una familia contigo».

Aunque no te lo dije, tras escuchar esas palabras, mi ansiedad se agravó y empecé a depender de somníferos para dormir. Los tomé más de medio año. ¿Te acuerdas de cuando encontrarse en mi bolso un sobre de la farmacia y te dije que eran pastillas para la gripe? Entonces me sermoneaste y me dijiste no debía abusar de los medicamentos por un ligero catarro, que por qué tomaba pastillas si no tenía tos ni dolores musculares tan fuertes como para guardar cama. Tras esa regañina, saliste diciendo que te ibas al trabajo, pero regresaste poco después con una crema, unas mandarinas y unas vitaminas. Me las tiraste con indiferencia y te largaste. Me tomé la crema, las mandarinas y las vitaminas. Aunque tarde, te doy las gracias, pero también quiero dejar algo claro. Las píldoras que encontraste en mi bolso no eran para la gripe. Eran somníferos y sedantes.

En esa época estaba desesperada. Nada había logrado a nivel académico, y mis esfuerzos por conseguir un empleo estable eran en vano. Me encontraba casi en un estado de aislamiento social al no mantener contacto con conocidos o amigos ante la falta de dinero y de tiempo que sufría entre los estudios y los trabajos precarios. Para colmo, estaba lejos de mi familia; así que eras la única persona en quien podía confiar. Pero lo que agravaba mi ansiedad era mi edad. Tenía veinticinco años y me sentía una vieja, en parte por ti, que por entonces bromeabas diciendo que a los veinticinco se acababan los mejores años en la vida de una mujer. Por fuera me comportaba como si no me afectaran esas bromas y reía contigo, aunque por dentro la inseguridad me carcomía. Creía que mi vida ya no tendría futuro y que para mí se desvanecían las oportunidades tanto de conseguir un buen empleo como de conocer a gente nueva.

Mientras compañeras que no encontraban empleo trataban como fuera de seguir como estudiantes universitarias, los graduados aconsejaban que lo mejor era empezar a trabajar cuanto antes. Entonces, una amiga que era un par de años mayor que yo decidió presentarse de nuevo a la selectividad para ingresar en la Universidad Nacional de Educación y llegar a ser docente de primaria, una profesión que garantizaba estabilidad y trabajo de por vida. Lo que dijo se quedó grabado en mi mente: «Así tal vez tarde menos en conseguir un puesto fijo». Sin embargo, si miro atrás, me doy cuenta de que veinticinco años es una edad aún demasiado joven. Y ahora que tengo treinta me divierte recordar que te burlabas de cómo iba a empezar a perder mi «brillo femenino» a partir de los veinticinco, siendo tú ya en esa época un treintañero.

Al rememorar esos tiempos, solo me acuerdo de las horas que pasé en el escritorio y cómo controlabas mi horario de estudios y mi rendimiento, algo que ni siquiera mis padres hicieron cuando era una adolescente porque siempre había sido una chica disciplinada. Por primera vez en mi vida, una persona me estaba regañando por no estudiar lo suficiente.

Faltando un mes para la oposición, venías a recogerme a la academia en la que me preparaba para las pruebas y me llevabas en coche hasta una sala de estudio previamente reservada. Te quejabas de que te fastidiaban las miradas de reojo que te lanzaban tus colegas al verte salir a tu hora de la oficina y de que tomar prestado el coche de tu padre te incomodaba, pero seguiste asumiendo aquellos inconvenientes por mí. Después de trabajar por las mañanas y recibir clases por las tardes, me sentía exhausta y lo único que quería era tumbarme en la cama. Si al salir de las clases me hubiera ido a casa a estudiar, me hubiese quedado dormida y me habría rezagado en la oposición. Sé que, para evitarlo, venías a recogerme a diario. Te lo agradecía, pero eso no aliviaba mi cansancio. Por eso discutíamos muchísimo.

Si te decía que no quería estudiar más para la oposición porque ya no deseaba ser bibliotecaria pública, insistías en que era lo mejor para mí y yo no podía negarme, dado que tenías razón al afirmar que aprobar la oposición y conseguir ese puesto solo me beneficiaría a mí. Encima me callabas y me echabas en cara todo lo que hacías por mí: «¿Cómo es posible que digas que no quieres estudiar más cuando me estoy esforzando tanto por ti?». Así, cada vez me costaba más contradecirte. Eso me asfixiaba, y ese estado psicológico tenía manifestaciones físicas: mi salud se resentía cada vez más.

Una vez me escapé de ti. Al terminar las clases, en vez de dirigirme al aparcamiento, salí por la puerta trasera del edificio. Creo que fue una de las mayores expresiones de rebeldía de toda mi vida. Pero ni te imaginas el desconcierto que experimenté esa noche. Había huido para no pasar por ese pequeño puesto de rollos de arroz y verduras al que siempre me llevabas en tu coche, porque no quería volver a comer el plato que tú eligieras, ni tampoco ir a la sala de estudio empujada por ti; sin embargo, ahí estaba, sin saber qué hacer en vista de que no me venía a la cabeza ni un solo lugar donde podría librarme de tu influencia. Los sitios por los que me movía eran limitados. Mi piso, el puesto de rollos, la sala de estudio y la cafetería a la que a veces iba para estudiar en un ambiente diferente eran mi mundo, y esa noche no fui capaz de plantearme ir a lugares nuevos. Tras pensarlo mucho, di con una idea para nada novedosa: decidí meterme en el cine.

Escogí una película que estaba a punto de comenzar y entré en la sala de proyección sin anticipar lo que ocurriría media hora después. Por un instante creí estar viendo un fantasma o que tenía una alucinación, aunque enseguida me di cuenta de que eras real y de que la persona que había venido con sigilo a sentarse a mi lado eras, en efecto, tú. Durante un segundo dudé de mi vista y me convencí de que el nivel de tensión que mostraba por aquel entonces podría estar debilitando mi habilidad de reconocimiento. Pero no, veía a la perfección. Eras tú. Y mientras seguía petrificada por el susto, me susurraste: «Como ya hemos pagado, terminemos de ver la película, pero luego hablaremos».

¿Cómo diablos supiste que estaba en ese cine? Es cierto que queda cerca de la academia, pero era demasiada casualidad que me encontraras allí y tan rápido. Traté de hallar una explicación, aunque pronto mi sorpresa se transformó en angustia mientras mi mente se enredaba en el cine y en el coche, inventando razones y excusas que pudieran convencerte. Porque era obvio que me preguntarías sobre los motivos de mi pequeña escapada. Perpleja me quedé entonces, cuando, sin hacer preguntas ni reprocharme nada, me llevaste a casa como si hubiéramos tenido una cita en el cine. «Hacía tiempo que no íbamos al cine, ¿verdad? Comprendo lo estresada que debes estar estos días que no podemos salir mucho porque tienes que prepararte para la oposición. Pero en adelante tratemos de divertirnos un poco: ir al cine y salir a cenar, aunque sea de vez en cuando», dijiste, y en ese instante no pude responderte, rompí a llorar como una tonta.

Aquella noche no fuimos al puesto de rollos. Cenamos caldo de costillas. Insististe en que debía tomar algo caliente y con carne porque me veías débil y sin fuerzas.

El problema fue que casi no comí, primero, porque esa situación me irritaba y, segundo, porque no me gusta el caldo de costillas. Siempre dices que te atraen las mujeres sencillas, las que disfrutan comiendo sopas de ternera acompañadas de soju en restaurantes populares. Pero te aclaro que las sopas de ternera no son baratas y que me gusta la carne asada, no hervida. Cuando íbamos a comer fuera, casi siempre sugerías caldo de costillas o algún tipo de sopa de ternera y, si no comía bien, me criticabas por quejica o por no llevar una dieta equilibrada. Era como estar en un círculo vicioso de sugerencias egoístas y sermones arbitrarios. De lo que no te diste cuenta es de que yo no era la quejica, sino que la comida que me llevabas a comer, al parecer pensando en mi salud, no me gustaba. En realidad, te lo comenté varias veces. Nunca me hiciste caso. Y repito: me gusta la carne asada.

Meses después supe que te habías enterado de mi huida al cine por los cargos en mi tarjeta de crédito. Pudiste acceder a ellos porque lo compartíamos todo, desde nombres de usuario y contraseñas de internet hasta los números de nuestros carnets universitarios, credenciales del trabajo e incluso de nuestros documentos de identidad. En cierto modo, era cómodo compartir datos, y no pensé en cambiar ninguno de ellos porque me parecía natural saberlo todo del otro en un noviazgo. Y como no tenía empleo ni amigos, me tranquilizaba que tuvieras toda mi información por si me pasaba algo y no había nadie a mi lado para ayudarme.

A estas alturas creo que debimos mantener cierta distancia, respetar la privacidad del otro. Por cierto, he cambiado mis nombres de usuario y contraseñas de todos los portales, redes sociales y sitios web a los que estoy suscrita. Para ello contraté un servicio que localiza datos personales dispersos por la web. Muy útil, ¿verdad? Aunque no creo que me atreva, para evitar cualquier acceso compulsivo por mi parte a tus cuentas, cambia tú también tus contraseñas.

De paso, podrás ordenar tus datos personales que están sueltos por internet.

Felices eran las horas que pasaba entre libros. Trabajando en una biblioteca, accedí a unas lecturas amplias y variadas. Pero el trabajo de bibliotecaria era más duro y exigente de lo que se imagina. Cuando había actividades culturales, tenía que quedarme a trabajar hasta muy tarde o incluso los fines de semana. Entonces te preocupabas por mí o, mejor dicho, por cómo podría compaginar el trabajo con la maternidad. Siempre manifestabas que deseabas que me hiciera cargo del cuidado de los hijos, manteniendo un trabajo con horario fijo y sin necesidad de largas jornadas.

Te gustan mucho los niños, ¿no? En los restaurantes y lugares públicos, jamás te vi fruncir el ceño por el llanto o las travesuras de un niño. Lo mirabas con ternura y una sonrisa en los labios, y ante tan comprensiva conducta estaba segura de que serías buen padre cuando tuvieras hijos. Con frecuencia me hablabas de tus dos hermanos mayores, de cómo te apoyaban en todo, y que por eso pensabas tener tres niños.

Aquí tengo algo que confesar. No pienso tener hijos. Si me preguntas por qué, tengo tantas razones que no podría enumerarlas todas en esta carta. Pero la primera y la más importante es que no quiero dejar de trabajar por el embarazo o por la maternidad. Mi vida siempre ha estado llena de dificultades y me ha costado mucho llegar a donde estoy ahora. Casi no tengo recuerdos adolescentes porque solo me dediqué a estudiar. En una familia con pocos recursos económicos, no podía darme el lujo de recibir clases particulares o ir a una academia privada, así que tenía que esforzarme sola, y eso implicaba invertir más tiempo en los estudios que mis compañeros. Resolvía ejercicios matemáticos incluso en la calle o en el autobús. Ya sabes cómo fue mi época universitaria. Siempre estaba ocupada entre las clases, los trabajos a media jornada y la preparación para el mercado laboral. Para colmo, tras terminar la carrera tuve que pasar dos años estudiando para la oposición a bibliotecas públicas, y la situación tampoco mejoró después, ya que la falta de tiempo y los ajetreos se volvieron permanentes debido a los trabajos extra y en fin de semana.

Pero ahora me estoy permitiendo un merecido descanso para evaluar la vida que he tenido y planificar el futuro que está por venir, pensando más en mí y probando todo lo que quise hacer o conocer. No puedo ni quiero renunciar a ello. Te lo repito. No voy a tener hijos, y mucho menos los que siempre decías que querías: niños que se parezcan a ti, a los que llamabas Gang Hyeonnam Júnior.

Mis comentarios sobre nuestros potenciales hijos me los reservé al oírte hablar de la paternidad como algo natural en la vida. Preguntabas cuántos prefería tener, en vez de qué pensaba sobre ser madre. No querías saber si estaba dispuesta a hacerme cargo del cuidado de los niños, sino durante cuánto tiempo estaría en casa, dedicada a ellos. Cuando evitaba dar una respuesta con el pretexto de que nunca me lo había planteado en serio, me acusabas de vivir sin un plan. Ahora yo te pregunto: ¿con qué derecho hacías planes de tener hijos conmigo si no eres tú quien los iba a llevar en el útero durante nueve meses o quedarse en casa para cuidarlos? Quien vive sin un plan no soy yo, sino tú.

Cuando me propusiste matrimonio, no supe cómo reaccionar. Lo hiciste como si un tío le hablara a una sobrina, pues dijiste: «Ya es hora de que te cases, ¿no?». Pero es que esa frase me hubiera disgustado incluso viniendo de mi tío. Me aclaraste que no eras de esos hombres románticos que se arrodillan con un ramo de rosas en la mano para pedir en matrimonio y que lo tuyo era hablar a las claras, sin rodeos. Puede que al recordar ese instante te sientas orgulloso de ti porque a tu parecer sonaste muy macho, pero te equivocas. Tu proposición no me alegró nada. Para que lo sepas: cualquier propuesta, sugerencia o petición tienes que hacerla de manera que complazca a la otra persona. ¿No crees que solo de ese modo se puede obtener el sí?

Tampoco esperaba que el momento fuera especial o conmovedor. Tu propuesta no me alegró ni una pizca, porque me dio la impresión de que habías decidido casarte conmigo y que yo tenía que obedecer. Lo último que deseaba era dar tan importante paso forzada por las circunstancias.

Además, y aunque lo que voy a decir se desvía un poco del tema, no creo que lo romántico sea fútil. Desde que empezamos el noviazgo, nunca celebramos ocasiones especiales del tipo San Valentín o nuestros aniversarios. Es cierto que no sabemos cuándo comenzó nuestra relación. En cualquier caso, hubiéramos podido fijar una fecha y conmemorar aniversarios para de alguna manera añadir algo de chispa a lo nuestro, aprovechar esas ocasiones para disfrutar del noviazgo y expresar abiertamente lo que sentíamos.

Los mejores recuerdos que tengo de los años que pasamos juntos son los viajes que hicimos en bicicleta, casi la única afición que compartimos. Me acuerdo de los preciosos carriles bici que recorrimos en la costa este, en Chuncheon y en la isla de Jeju. Pero el paisaje que tengo grabado es el que vimos viajando por el carril bici a las orillas del río Seomjin. Los reflejos del sol sobre la superficie del agua, el viento que acariciaba el rostro, hasta el olor del aire... Lo recuerdo todo con claridad. En ese viaje vi por primera vez amapolas silvestres. Había un montón, y el rojo intenso de esas flores me maravilló. Y la comida local, ¡qué rica!

Por desgracia, esos son los únicos recuerdos que me quedan de nuestra relación. Es que la mayoría del tiempo parecíamos una pareja mayor cuyos días transcurrían sin grandes eventos, entre comidas ordinarias, paseos al cine, copas de cerveza, sexo y nada más. Hubo una época en la que llegué a sospechar que seguías conmigo para tener una pareja estable con quien satisfacer tu deseo carnal, aunque, pensándolo bien, creo que estaba equivocada, pues nunca fuiste bueno en la cama.

Como remate, me comentaste que querías vivir en Busan, que después de casarnos podríamos instalarnos allí y disfrutar de mayor estabilidad porque la vida es más barata que en la capital. Pero a mí no me asignaron un puesto en Busan, sino a ti. Tú te ibas a sentir estable con familia y con trabajo, pero yo no. ¿Que podría pedir un traslado a una biblioteca pública local? No sabes nada. Trabajar en el sector público no te garantiza los traslados al lugar que elijas, tenlo presente. Te lo digo porque ahora sé que me recomendaste la oposición a bibliotecaria pública por egoísmo, suponiendo que ese trabajo me permitiría seguirte dondequiera que tu empresa te asignase. ¿Acaso me crees uno de tus accesorios? Yo también tengo mi vida, y mi vida ahora está en Seúl, donde me estoy preparando para cambiar de trabajo e iniciar una nueva etapa. Pretendo quedarme aquí al menos hasta concluirla. Luego, seré yo quien decida dónde vivir, nadie más.

*

Creí que podría verme con amigas que no te caían bien sin avisarte. Traté de ignorar tus desplantes y pensé que lo mejor era no entrar en conflicto contigo, a pesar de que siempre te salías con la tuya, incluso a la hora de pedir en los restaurantes. Sin embargo, poco a poco empecé a dudar de que mantuviéramos una relación sana. Y las dudas fueron creciendo a medida que mi círculo social se ampliaba e iba acumulando experiencias, hasta que me di cuenta de que había perdido el control de mi vida.

Tras tomar la decisión de cambiar de trabajo e iniciar una nueva etapa, de repente me invadió un miedo terrible. Tampoco estaba segura de si decírtelo o no. Lo que despertó y disipó tanto mis dudas como mis inseguridades fue tu propuesta de matrimonio. Me pregunté si podría seguir ocultándote cosas e ignorando tus imposiciones y abusos una vez casados, como familia, con obligaciones y derechos para con el otro, compartiendo tiempo y espacio. Al imaginarlo, siento asfixia. No creo que pudiera soportar una vida así y no debería hacerlo.

Te lo digo con firmeza y por última vez: no me voy a casar contigo. Tampoco seguiré siendo «la mujer de Gang Hyeonnam». ¿Crees que te rechazo porque considero muy poco romántica tu proposición de matrimonio? No entiendo por qué insistes en eso, cuando ya te he dicho mil veces que no tiene nada que ver. Simplemente quiero vivir mi vida. No quiero casarme contigo y punto. Tu propuesta me abrió los ojos. Me hizo recapacitar y tomar conciencia de que, durante todo el tiempo que estuvimos juntos, nunca me respetaste como ser humano, además de controlarme y limitar mis acciones, hasta mi forma de pensar y mis sentimientos, con la excusa de que me amabas. Me hiciste creer que era una persona incapaz y dependiente.

Ahora sé que te comportaste así no para protegerme o ayudarme, sino para hacerme sentir inútil y manejarme a tu antojo. ¿Disfrutaste tratándome como a una muñeca? Gracias por proponerme matrimonio. ¡Gracias por despertarme de esta pesadilla, pedazo de desgraciado!

Noche de aurora boreal

Decidimos quedarnos cuatro días en Yellowknife. En estos momentos, la probabilidad de ver la aurora boreal ronda el noventa y ocho por ciento. Pero nadie sabe si la veremos. Son cosas de la naturaleza, una elección que solo puede tomar el universo que nos rodea. Probabilidad no es igual a promesa, aunque nos permite aventurarnos.

Me siento frente a la puerta de embarque. Mientras espero para subir al avión, me entra una fuerte sensación de realidad de que pronto comenzará el viaje, pero al mismo tiempo toda esta situación me parece un sueño. Mi compañera de viaje, que en el último minuto decidió acompañarme, observa la pista de despegue. Tiene los hombros muy estrechos y las muñecas demasiado delgadas. Me levanto y camino hacia la amplia ventana que deja pasar el sol de la tarde para colocarme a su derecha.

Un olor a piel familiar. Cabello fino, ondulado sin ton ni son, y ojos entornados por la luz. Mirada perdida. Mirada de alguien que parece haber renunciado a hacer planes, a preocuparse, a pensar. Mirada que a veces me agobia, pero otras veces me entristece. Siento el impulso de preguntarle en qué piensa, pero desisto. Lentamente, vuelve la cabeza hacia mí. Al cruzarse nuestras miradas, sonríe con naturalidad. Sonrío también. Fui yo quien la invitó a acompañarme.

¿Podremos hacer el viaje sin problemas? ¿Llegaremos a ver la aurora boreal? Cuando volvamos, ¿mantendremos esta relación y esta distancia entre nosotras?

Se oye el aviso de que, en breve, comenzaremos a embarcar.

*

Con el comienzo del segundo semestre académico, me vi inundada de trabajo. La docente que estaba de baja había prorrogado su permiso y faltaba apenas una semana para la reunión del consejo directivo del colegio, mientras el caso de unos estudiantes de primero que habían agredido a un chico de secundaria exigía convocar una sesión del comité contra la violencia escolar con carácter de urgencia. El padre de la víctima llamó a la dirección y hablamos durante una hora del tema. No busqué excusas para colgar, y traté de ser lo más amable posible. «Aún no me han informado de los detalles», dije para que se diera cuenta de que estaba haciéndole caso. Finalizada la comunicación, recordé un caso similar que había ocurrido el año pasado y saqué los expedientes. Mientras leía esos papeles, levantaba la cabeza cada tanto para descansar la vista. Vi que el cielo se oscurecía lentamente, como si alguien moviera un círculo cromático fuera de la ventana. Al fin, el sol se puso.

Comencé a sentir mareos al bajar las escaleras hacia el aparcamiento. Tuve un susto unos días antes, cuando me mareé y no veía bien al volante. Por eso decidí no conducir. Además, siempre había un par de taxis en la parada de la calle principal, a la que se llegaba caminando unos minutos desde el colegio.

Antes de llegar a la parada, me encontré con dos estudiantes y un exalumno. Uno me saludó con una rápida reverencia casi sin mirarme, por timidez. Otro, más extrovertido, se me acercó y me preguntó por qué me iba tan tarde a casa, si tenía mucho trabajo y si vivía cerca. Ambos me parecían cariñosos, por eso les acaricié la cabeza estirando el brazo todo lo que pude, ya que eran mucho más altos que yo. Leyendo los expedientes de casos de violencia escolar, pensé: «La juventud de hoy no es como la de antes». Pero viendo a esos chicos me parecía que, después de todo, no eran tan distintos.

Era de noche y estaba en una ciudad cualquiera en la que los coches se movían a una velocidad similar guardando la misma distancia entre sí, y los semáforos cambiaban de color con puntualidad. Al otro lado de la calle había un amplio local de Starbucks, pero estaba oscuro. Siempre derrochaba energía alumbrando como si fuera de día, pero esa noche las luces estaban apagadas, incluso la iluminación del cartel exterior. «¿Es que Starbucks cierra algunos días?». Era una noche especialmente oscura y desoladora. A unos pasos de la parada de taxis, miré al cielo. A lo lejos, vi unas ondas rojas.

Esas olas celestiales flameaban despacio de derecha a izquierda. Era un movimiento paulatino y cauteloso, como el de las faldas de unas cortinas pesadas que se levantan sin poder resistir el viento que insiste en mecerlas. Poco después, unas bandas de luz empezaron a dibujarse sin dirección ni patrones.

Llenaban el cielo en un plano horizontal, solapando unas bandas amarillas nítidas pero angostas, otras rosadas más fascinantes y también unas de color violeta muy anchas, aunque borrosas. ¿Qué serían? Estaba parada en la mitad de la calle viendo un cuerpo no identificado en el cielo nocturno que bien podía ser un fenómeno natural o producto de mi imaginación. En ese instante, me vino a la mente una imagen: la foto de la postal que me regaló una amiga del colegio.

No me acordaba de si me contó que se la había mandado un pariente que vivía en el extranjero o que su padre se la había traído de un viaje de trabajo. Lo que sí recordaba con exactitud era el olor a jabón que se esparció en el ambiente en cuanto sacó un set de diez postales de un libro de texto. Aquello no olía a papel. Eran tiempos en los que los viajes internacionales eran un lujo. Mi percepción del extranjero era como una pintura abstracta, nada realista e incluso absurda, donde se mezclaban escenas de películas estadounidenses dobladas y anécdotas de una de mis tías que inmigró a otro país. Al instante, eso que procedía de un lugar al otro lado del mundo y que emitía un aroma agradable me cautivó.

—¡Qué bonitas! ¿Pero qué son? ¿Ovnis?

—Es la aurora boreal.

—¿La aurora boreal no es blanca?

—¡Qué dices! Es así.

Ya había visto una foto de la aurora boreal. Aunque no tenía claro si la había encontrado en un libro de ciencias o en una enciclopedia, me acordaba incluso de la ubicación de la imagen, en la esquina inferior derecha de la página izquierda del libro. Una aurora boreal de color blanco que se dispersaba como humo o como una telaraña sobre un fondo negro. Pero pasando una a una las postales, me quedé casi hipnotizada por lo que veía. ¿Tan espectacular era? ¿Con tanta luz y tantos colores? Entonces ¿qué fue lo que vi en aquella foto? Después de un rato de confusión, me di cuenta de que el libro que había visto estaba impreso en blanco y negro.

Mi mente se iluminó. Esa foto no me había mostrado los colores de la aurora boreal, lo que me impidió conocer la belleza de ese fenómeno. Al final me quedé con una de las postales de mi amiga. Con el tiempo olvidé si me la había regalado o si yo se la había pedido. Lo que sí recordaba, y muy bien, era que tras poner mi amiga todas los postales sobre el pupitre, pude elegir la que más que gustaba, una que mostraba amplias ondas de luz verde, azulada, amarilla y rosada sobre unos árboles nevados.

Conservé la postal pegada en mi escritorio incluso después de graduarme en el colegio y en la universidad, incluso después de empezar a trabajar como profesora de matemáticas en un bachillerato privado. Soñaba con ver algún día la aurora boreal, anticipando que vivir la experiencia tan real y dinámica de presenciar esa escena podría ampliar mi visión sobre el mundo. Así, durante años, esa imagen me entusiasmó.

Por desgracia, ese «algún día» nunca llegó, porque seguía estudiando, porque no tenía dinero, por el embarazo o por mis obligaciones como madre. Y cuando pasaron todas esas etapas, porque no tenía tiempo. Entretanto, la postal se perdió en una de las tantas mudanzas que tuvimos que hacer en el colegio a causa de las reformas de las instalaciones del centro y por las que la dirección fue trasladada de un lugar a otro varias veces. Ahora, la escena de la aurora boreal que vi en esa postal solo estaba en mi memoria, todavía como la más resplandeciente y espectacular que guardo en la mente.

Lo que veía ondear en el cielo era, definitivamente, una aurora. ¿Se podían ver auroras en Seúl? ¿Acaso estaba en otra ciudad? ¿Era el único testigo de ese fenómeno? Mientras empezaba a perderme en una cadena interminable de preguntas, de pronto me espabilé y saqué el móvil del bolso. Con la cámara del teléfono, que tenía una pésima resolución, tomé fotos acercando y alejando con el zoom esa parte del cielo repleta de ondas de luz, y también grabé vídeos, pero en la pantalla solo veía cielos negros y nada que pudiera describirse como aurora boreal. En una de las imágenes se veían unas manchas rojizas, aunque podían ser reflejos de los carteles de neón de las tiendas o del alumbrado. Y tan rápido como aparecieron, las ondas de luz se desvanecieron.

¿Habría sido un sueño? ¿Un espejismo? Sin poder moverme, me quedé parada en medio de la calle mirando la foto de una aurora desdibujada, con una duda en la cabeza: «¿Podré ver la aurora boreal antes de morir?». Había viajado mucho con mi familia a países cercanos, como Japón, Singapur o Tailandia. También a Europa, continente que tuve la oportunidad de visitar durante una semana con un grupo de colegas aprovechando las vacaciones de verano. Pero nunca le hablé a nadie de mi deseo de ver la aurora boreal, ni mucho menos había pensado en invitar a alguien para que me acompañase en esa aventura, ya que los lugares desde los que se podía presenciar dicho fenómeno estaban demasiado lejos y hacía mucho frío. Descarté esa aspiración; y era así, procrastinando la satisfacción de mis propios deseos, como me había convertido en la persona que era: una mujer de cincuenta y siete años que no recordaba que el sueño de toda su vida había sido ver la aurora boreal y que, para no olvidarlo, había guardado una postal en su escritorio durante más de veinte años.

*

—¿Canadá? ¿Por qué quieres ir a Canadá?

Los labios de Jihye temblaban y su rostro mostraba confusión. Diversas emociones se mezclaban en su mirada: frustración y una gran decepción que no podía ocultar pero tampoco expresar del todo, y que por eso la afligían más.

Jihye quería que nosotras, es decir, mi suegra y yo, nos encargáramos de cuidar de Hanmin. Como el niño iba a la guardería, le pidió a mi suegra —o sea, a su abuela— que estuviera con él dos o tres horas todas las tardes desde las cuatro. Le dijo que el niño no le daría mucho trabajo porque almorzaba y se echaba la siesta en la guardería, y además era tranquilo. En sus hombros tensos se notaba que estaba nerviosa por si la mujer prefería no hacerle ese favor. Ante la petición, yo reaccioné antes que mi suegra:

—¿Dos o tres horas? ¿Puedes llegar tan pronto del trabajo?

—Bueno, mamá, como sales antes que yo, podrías encargarte de cuidarlo después, hasta que yo venga a recogerlo.

Esa vez mi suegra se me adelantó preguntando:

—¿Dices que sale pronto del trabajo? ¿Tu madre? En los treinta años que conozco a Hyogyeong, nunca he visto que llegue a esa hora.

—Siempre podía volver a casa pronto, pero no quería —murmuró Jihye tratando de no cruzar la mirada conmigo.

Mis consuegros ya estaban al cuidado de los primos de Hanmin y no podían ocuparse de otro niño. Aun así, tenía que ser clara, pues era peor titubear por sentirme apenada o por miedo a decepcionar a mi hija.

—Es difícil cuidar de un niño. Lo sabes mejor que nadie. Es duro incluso para una persona joven. ¿Cómo esperas que haga ese trabajo tu abuela? Y yo también soy mayor y llego exhausta del colegio. No estamos en condiciones de cuidar de Hanmin. Búscate otra alternativa.

—¡Lo dices tú, que me dejaste con ella para hacer lo que te daba la gana!

—Tus reproches ya no me hacen daño. Llevo oyéndolos toda la vida.

Hay palabras que son como una navaja que jamás pierde el filo. Y las de Jihye me destrozaban por dentro. Lo único que quedaba de mí era el cascarón exterior. Mi hija pequeña, ya una mujer, me apuñalaba preguntándome: «¿Cómo pudiste?».

«Jihye, a eso no puedo responder porque, si lo hago, incluso el cascarón hueco que a duras penas sostengo se resquebrajará y tu pregunta y mi respuesta se volverán contra ti como un bumerán». Esto lo dije hacia mis adentros, no llegué a pronunciarlo. Ante mi silencio, Jihye suspiró.

—¿Cuántos años te quedan para jubilarte?

—¿Unos seis?

—Entonces podrás ayudarme con Hanmin cuando empiece a ir al colegio, ¿no? Dicen que en primaria los niños necesitan más cuidados.

Tampoco contesté a esta pregunta.

Jihye puso un cartel en el tablón de noticias de su edificio para anunciar que necesitaba a alguien que cuidara de su hijo mientras ella trabajaba. Y así contrató a una niñera, un ama de casa que vivía en el edificio de al lado y que jamás había realizado otros trabajos aparte de criar a sus hijos y ocuparse de las tareas domésticas. Una mujer que vivía con su marido y su primogénita porque sus otros dos hijos ya se habían independizado, aunque la mayoría del tiempo estaba sola porque tanto su esposo como su hija estaban muy ocupados.

—La niñera me contó que su hija tiene la misma edad que yo, pero que no piensa casarse. Por eso siempre dice: «Cómo me gustaría que mi hija fuera como la mamá de Hanmin» o «Qué no daría por abrazar a un nieto...».

«Ahora otros se refieren a mi Jihye como "la mamá de Hanmin", y veo que mi hija tiene una persona más que la guía en su vida», pensé. Era duro saber que se esforzaba tanto o más que yo para no perder los estribos y para no perderse a sí misma. Para colmo, era evidente que la niñera y ella no pensaban igual. A Jihye le molestaba que, cuando el niño se ensuciaba las mejillas, ella le limpiara la porquería con su saliva, que en días calurosos le quitara los pañales y lo dejara corretear desnudo por la casa, o que se olvidara de darle sus medicinas cuando estaba enfermo. Venía a mí a quejarse de su conducta, pero el único consejo que podía ofrecerle era que debía aceptar las diferencias porque los demás nunca pensarían como ella. Entonces Jihye se revolvía el pelo por el agobio que llevaba.

—Lo sé. Pero el problema es que no le puedo decir nada. Ando de puntillas y con los nervios crispados para no incomodarla porque buscar una nueva niñera sería peor. Si pudiera, no dejaría al niño en manos de otra persona.

A menudo, Jihye hablaba de alguna de sus amigas que delegaba la crianza de los hijos casi por completo en sus padres y que solo se ocupaba de sus pequeños los fines de semana; de una compañera cuya madre renunció a su trabajo para ocuparse de sus nietos; y de una conocida cuyos padres, tías y hermanas se turnaban para echarle una mano con el cuidado de los niños. Decía que si alguien de confianza estuviera dispuesto a cuidar de su hijo, desearía que no fuera a la guardería, que se quedase en casa, y que despediría a la niñera.

Jihye esperaba ansiosa que empezaran las vacaciones en el colegio donde yo trabajaba. Sin ni siquiera consultarme, ya lo tenía todo planeado para cuando comenzasen mis vacaciones de invierno: dejaría a Hanmin conmigo, le daría al niño un descanso de la guardería y buscaría una nueva niñera. Lo daba tan por hecho que, antes de que me preguntara nada, la avisé de que pensaba viajar a Canadá durante las vacaciones. Se quedó boquiabierta y, tras unos segundos muda, me preguntó que por qué Canadá. En verdad no parecía tener curiosidad sobre el porqué de mi decisión, pero de todos modos se lo expliqué:

—Es un lugar que siempre he querido conocer. Está en mi lista de tareas pendientes.

—¿Lista de tareas pendientes? Qué vida, la tuya... —comentó Jihye lanzando un suspiro que sonó como una risa cínica, y no dijo nada más.

Se mordió el labio y dejó que su mirada se perdiera en un punto en el vacío. Por las ventanas abiertas del balcón se oía el graznido de un pájaro, quizá un cuervo o una urraca. Hubiera preferido que se enfadase.

A partir de ese día, mi relación con Jihye fue deteriorándose de forma irreversible. Ella se cerró en banda y no volvió a visitarme, escudándose en pretextos tan poco convincentes como la falta de tiempo o un malestar. Una vez fui a su casa con varios táperes de comida; los aceptó, pero no me permitió entrar, ya que, por lo que me dijo, estaba preparándose para salir.

Con dos bolsas vacías en las manos, volví a pie desde su apartamento hasta el mío. Por lo general, cogía el autobús, pero ese día no vi la parada. Cuando me di cuenta de que me la había pasado, ya estaba lejos, así que decidí caminar. Además, tampoco tenía prisa, de modo que seguí como si estuviera dando un paseo al lado del muro de una iglesia cubierta de hiedra, por donde se esparcía un nítido olor a tierra. Mientras, desde el complejo de edificios residenciales, soplaban vientos que traían el perfume de un verdor tardío. Todos se quejaban del gris urbano, pero había que reconocerlo: en las ciudades actuales no había muchos espacios con tantos árboles y flores como las urbanizaciones con jardines artificiales. Casi al llegar a mi apartamento, ya me sudaba la frente.

Mientras esperaba el ascensor en la planta baja, vi entrar en el edificio a una mujer joven —tendría la edad de Jihye— que llevaba un bebé. Miraba con ternura la cara del niño, que dormía con la boca abierta en su pecho, y en una mano sujetaba la factura del IBI. «Debe de ser propietaria», supuse. Como sabía que el precio de los pisos se había disparado en los últimos años, incluso en la periferia, se me despertó una curiosidad de lo más frívola: «¿Cómo una joven ha podido comprarse un apartamento en este barrio tan caro? ¿Se lo habrán regalado sus padres?».

Si Jihye hubiera sido bendecida con suficientes bienes materiales, tal vez estaría cuidando de su hijo con ternura, como esa mujer, y no se agobiaría tanto por los quehaceres cotidianos. Por desgracia, su realidad era otra. Decía que se le caían mechones de pelo, algo que no le había pasado ni durante el posparto, por el estrés del trabajo, de cuidar de su hijo y de pelearse con la niñera. Entendía su situación, ya que también me angustiaba y me cansaba tanto como ella cuando la dejaba con su abuela, mi suegra.

Pocos meses después de casarse, una noche Jihye vino a mi casa directamente desde el trabajo. Estaba a punto de preparar sujebi* con la masa que mi suegra había dejado reposando toda la tarde después de haberme oído decir la noche anterior que me apetecía comer ese plato. Me encantaba esa vida tranquila; podía pasarme el día preparando

---

* Sopa tradicional coreana con pasta de harina de trigo hecha a mano y verduras en caldo de anchoas secas o de ternera.

caldos con anchoas secas y algas. Cuando llovía, mi suegra y yo freíamos tortitas con verdura, amasábamos dumplings si el kimchi había alcanzado el punto ideal de fermentación, y cuando acababa la temporada de alguna fruta, la comprábamos en grandes cantidades a precio reducido para preparar mermeladas. Un fin de semana, mientras comíamos tostadas con mermelada de mandarina, mi suegra dijo que ese desayuno la divertía, no que estuviera bueno.

—Quién se lo iba a imaginar... Una anciana como yo desayunando tostadas con mermelada después de que toda la vida he tomado arroz y sopa caliente. Por eso digo que, cuanto más vieja, más tienes que esforzarte por imitar a los jóvenes. Si no lo hubiera hecho, me hubiera muerto sin probar esta delicia.

Mi suegra se divertía con todo, y me contagiaba su entusiasmo. Gracias a ella, disfrutaba de la vida, incluso me atrevía a probar lo desconocido: cogía las bicicletas públicas, iba a clases de pilates y horneaba pan. También veía series extranjeras y escuchaba audiolibros, aunque de esto mi suegra era más asidua seguidora que yo, pues comentaba que eran perfectos para ella, ya que cada vez veía peor. Poco después, no sé cómo, aprendió a hacer búsquedas hasta encontrar nuevos pódcast, por ejemplo, de lectura de cuentos infantiles, y empezó a escucharlos uno a uno.

Cuando la invité a comer sujebi con nosotras, Jihye sonrió de forma sospechosa y dijo que estaba dispuesta a comérselo todo. Su comportamiento me extrañó porque nunca había sido comilona, ni siquiera de niña. Siempre daba la impresión de que comía para sobrevivir. Apoyando la barbilla sobre las manos, con sus flacas muñecas a punto de romperse, me miró mientras estaba delante de la cocina, dándole la espalda.

Corté las patatas en trozos grandes y los metí en la olla con el caldo hirviendo. También troceé el calabacín en forma de media luna, y la cebolla y la zanahoria, en juliana.

La masa que acababa de sacar de la nevera estaba dura y fría, pero al darle unas palmadas se suavizó. La cogí con la mano izquierda, y con el pulgar y el índice de la derecha formé bolitas que iba añadiendo al caldo. A través del vapor que subía de la olla, vi cómo se ablandaban. Cuando ya había añadido la mitad de la masa, agregué las verduras para seguir con el resto. A medida que se cocían, adquirían un color más blanco y empezaban a flotar.

Las tres mujeres nos sentamos alrededor de la mesa y colocamos la olla de sujebi en el centro. En ese momento, Jihye lanzó la bomba:

—Mamá, ¡estoy embarazada!

La noticia no me alegró; me sentí como si me hubieran robado algo muy valioso. De pronto, oí la voz de mi suegra al felicitar a Jihye. No pude decir nada, solo repetirle que comiera, y le serví un bol lleno de sujebi. Oía como si fueran murmullos lo que contaba sobre su visita al ginecólogo y los latidos del corazón del feto que había escuchado en la clínica. La satisfacción plena que manifestaba su rostro no me resultaba familiar. ¿Era para ponerse tan contenta? ¿Tan orgullosa estaba de sí misma como para venir corriendo a contármelo? ¿Quién le había enseñado que debía sentir y reaccionar así cuando se quedase embarazada?

En realidad, no conseguía comprender si mi preocupación la provocaba mi inquietud de madre intranquila por las dificultades que pasaría su hija, tan débil físicamente, durante el embarazo, el parto y el posparto, y por la maternidad que experimentaría por primera vez; o mi reticencia a convertirme en abuela. A nivel emocional, estaba en un punto en el que veía desdibujarse mi relación con la hija que había dado a luz y criado durante décadas. Era un sentimiento de vacío que no había sentido ni cuando se casó.

Cuando faltaba más de un mes para la fecha estimada del parto, Jihye pidió la baja por maternidad. Por aquel entonces trabajaba en una editorial de libros de inglés para niños que, aunque pequeña, era estable y crecía a paso firme. Además, estaba ampliando sus perspectivas de negocio para no encasillarse en la editorial. Quería introducirse en el sector de las franquicias de academias de idiomas y en el de los jardines de infancia bilingües para la enseñanza simultánea en coreano y en inglés. En ese ambiente, las oportunidades de crecer para mi hija aumentaban, y tras trabajar un tiempo en el equipo de marketing fue trasladada al departamento de desarrollo de nuevos negocios. Respecto a solicitar relativamente pronto la baja por maternidad, Jihye afirmaba que no la perjudicaría, ya que en su empresa todas eran mujeres y la mitad había disfrutado ya de ese permiso. Cuando hice una broma sobre si no era inapropiado que la hija de una docente pública fuera una mujer de carrera exitosa en el mundo de la educación privada, se echó a reír recordando las veces que la había matriculado en una academia de apoyo escolar aunque yo era profesora.

Un día, cuando mi yerno se fue de viaje de negocios, Jihye vino a mi casa y se quedó a dormir. La aterrorizaba la idea de tener contracciones sola o de dar a luz en un taxi o en la ambulancia de camino al hospital. Incluso albergaba un miedo absurdo a tener al bebé mientras dormía.

—El parto se produce después de horas de contracciones y dolores. ¿Crees se puede dar a luz durmiendo? No digas tonterías.

—Es imposible, ¿no? Eso no pasa nunca, ¿verdad? Tú y yo, ¿durante cuánto tiempo sufrimos contracciones?

«¿Tú y yo?». Aunque parecía hablar dormida, le respondí muy seria que, cuanto la tuve, las contracciones me duraron un día entero, veinticuatro horas, incluso durante la noche. Sin embargo, debo confesar que es mínimo el recuerdo que guardo del nacimiento de Jihye. A pesar de que fue una de las experiencias más estimulantes de toda mi vida, como ha pasado tanto tiempo, no me acuerdo de ninguna escena concreta de aquel día. ¿Me pusieron el camisón del hospital? ¿Me cambié yo? Y si fue así, ¿cuándo?

¿Llevaba ropa interior debajo del camisón? ¿Me lo quité antes de que me llevaran a la sala de parto? Por mucho que tratara de rememorar lo que sucedió, lo único que me venía a la mente era el recuerdo de la cuchara.

Las enfermeras me dijeron que no tomara agua. Sin embargo, como las contracciones se prolongaron tanto, me moría de sed, así que le rogué a una enfermera que me dejase beber, aunque fuera solo un sorbo. Minutos después, alguien hizo correr agua por mi boca con una cuchara de acero inoxidable. Años más tarde le pregunté a mi marido si había sido él, pero me dijo que no, que tampoco había visto a otros hacerlo y que quizá lo había soñado, porque estuvo a mi lado en todo momento y porque yo estaba casi alucinando por el dolor. Pero ignoraba que, tras tantos años, seguía recordando con lucidez las sensaciones de ese día: el frío y liso tacto de la cuchara, cómo se pegó con suavidad a mi labio inferior seco y agrietado, y el sabor fresco y puro del agua que me mojó la lengua. El problema fue que nadie, ni mi marido ni mi madre, sabía nada de esa cuchara, de ahí que el asunto se quedase como un misterio sin resolver.

Jihye fue de acá para allá moviendo su vientre, ya bastante abultado; se volvió hacia mí y se levantó la camiseta de embarazada que llevaba para rascarse la barriga. Bajo la tenue luz de la habitación, su abdomen grande y blanco destacaba. No parecía el cuerpo de mi hija, sino una criatura ajena o un ente extraño que podía formar o no parte de Jihye, independiente pero conectado a su organismo. Su mano, que se rascaba la barriga, me parecía grotesca, así que se la sujeté.

—Te vas a hacer daño.

—Es que me pica muchísimo. Esta sensación me va a volver loca. Por eso pedí la baja tan pronto.

Cogí la vaselina del cajón de cosméticos. No había vuelto a usarla desde el invierno pasado, y alrededor de la tapa tenía una capa de grasa amarilla. Tomé una cantidad generosa de ese gel endurecido por el tiempo y lo derretí con el calor de las manos. En cuanto adquirió una textura suave, lo unté sobre su barriga, que se retorcía tenebrosamente y con lentitud. De pronto me di cuenta de que solo yo podría recordar ese momento. Aquella noche, acariciando el abultado vientre de mi hija dormida, supe que se cerraba otra etapa de mi vida.

*

El fenómeno de la aurora boreal se produce en una zona que se encuentra en latitudes entre sesenta y ochenta grados norte. En otras palabras, en regiones como Alaska, Groenlandia, Islandia y los países nórdicos, como Noruega, Suecia y Finlandia. Entre los europeos, el lugar preferido para presenciarlo es Noruega, pero para los coreanos el sitio más famoso es Yellowknife, en Canadá, al que se puede llegar en avión. Además, presenta condiciones climáticas favorables y el viaje y la estancia no son tan caros como otros destinos. Es más, por la alta afluencia de turistas coreanos a esa ciudad, el centro de información local cuenta incluso con un empleado coreano.

Un viernes sin trabajo extra después de las clases, salí antes del colegio y fui a la agencia de viajes en la que trabajada la hija de una amiga. Habían pasado casi cinco años desde la última vez que nos vimos en su boda. Durante ese tiempo se había convertido en madre de dos niños y en directora del equipo de planificación de nuevos paquetes turísticos de esa agencia. Antes la llamaba por su nombre; sin embargo, ya no me parecía propio tratarla de esa manera, por eso usé su cargo: directora Kim. Pese a que sus labores no incluían la atención al cliente o la recepción de reservas, era amable conmigo y contestaba a todas mis preguntas con muy buena disposición para ayudarme en lo que pudiera con los preparativos del viaje. Me trataba de usted, con un añadido de respeto por el simple hecho de que era amiga de su madre, y me hablaba con paciencia de los paquetes de viaje que ofrecía su agencia. Su conducta, en particular su atenta forma de dirigirse a mí, hizo que me preguntara si mi hija era tan amable o si yo había sido lo suficientemente cariñosa con mi madre. Y fue ella, la directora Kim, la que me propuso un paquete de viaje en grupo a Yellowknife.

Me informó de que el paquete incluía no solo una excursión para presenciar la aurora boreal, sino también recorridos por otras partes dentro y alrededor de la ciudad por las tardes, más transporte y guía. Aunque no me convencía al cien por cien la idea de seguir un itinerario diseñado por otros y las indicaciones de un guía turístico en un viaje para hacer realidad el sueño de mi vida, decidí no dar importancia a los detalles y le dije que su propuesta me gustaba.

—Lo único que deseo es ver la aurora boreal. ¿Cuántas veces más, en lo que me queda de vida, crees que podré hacer un viaje así? Tengo que verla porque puede que no haya una próxima vez.

No había garantía alguna de que pudiera presenciar la aurora. Las variables eran muchas. Podía nevar o aumentar la nubosidad, impidiendo la contemplación de dicho fenómeno luminiscente. Lo sabía, de modo que reiteré que no podría regresar a casa sin hacer realidad mi sueño. La directora Kim, algo presionada por mi insistencia, me sugirió que alargase de tres a cuatro noches la estancia en Yellowknife. Me indicó que, con tres noches, la probabilidad de ver la aurora boreal rondaba el noventa y cinco por ciento, pero con cuatro aumentaba a un noventa y ocho por ciento. A cambio de esos tres puntos más de probabilidad, decidí pagar un extra sin vacilar.

Pero hacer una reserva inmediata no era posible ya que Yellowknife no era un destino de viaje demandado y encima porque había que hacer cambios en el itinerario para alargar mi estancia en la ciudad. Quedamos por tanto en completar la reserva una vez fijado el precio definitivo del paquete, incluyendo los costes del vuelo, el hotel y las excursiones. La directora Kim me entregó un itinerario provisional, un folleto de información sobre Yellowknife, un kit de viaje con champú y pasta de dientes, una funda con cuerda para el pasaporte, un calendario con fotos de algunos de los destinos vacacionales más famosos del mundo y una agenda.

—Soy una mala hija —dijo de pronto con los ojos llenos de lágrimas.

Desde que era una niña se parecía mucho a su madre, pero en ese instante, con los mofletes desinflados por la edad y esforzándose por mantener los ojos muy abiertos para no llorar, era mayor la similitud entre ella y su progenitora. En más de una ocasión, su madre no pudo acudir a la reunión de amigas por estar cuidando de sus nietos, o sea, los dos hijos de la directora Kim, y yo sabía que su lamento estaba relacionado con aquella situación. Sin embargo, me reservé los comentarios porque pensé que no era prudente opinar sobre temas familiares. Ante mi silencio, la directora Kim inspiró hondo y dijo, tratando de sonar lo más alegre posible:

—Debería reservar un viaje para mi madre. Nunca lo he hecho, pese a trabajar en una agencia.

—La hubiera invitado a hacer este viaje juntas. Me sentiría menos sola.

—Pero aún tiene tiempo. Búsquese una compañera. Así el paquete le resultará más barato porque los precios tanto del hotel como de las excursiones son para dos personas, y si va sola tendrá que pagar un recargo. En el peor de los casos, puede que se vea obligada a compartir habitación con una extranjera.

En realidad, la soledad no era un problema para mí. De hecho, prefería viajar sola. Pero al saber que todos los precios eran para dos personas, pensé que no estaría mal tener a alguien con quien compartir tan inusual experiencia y acumular recuerdos conjuntos, porque a menudo los recuerdos que una se guarda para sí misma se evaporan sin poder seguir el ritmo de la vida, igual que las gomas para el pelo que se meten en el cajón del pupitre o que se pierden debajo de la cama. Una persona con quien compartir impresiones, diciendo al unísono: «¡Qué bonito!», «¡Es maravilloso!» o «¡Parece un sueño!», y con quien recordar lo vivido después de volver a la cotidianeidad en el momento menos pensado, como en mitad de una comida o al mirar de repente por la ventana desde una cafetería. Pero... ¿tenía yo en mi vida a alguien que pudiera ser esa persona?

Mis colegas docentes estaban todos demasiado ocupados preparando a sus estudiantes para la selectividad o investigando, mientras que mis amigas que no trabajaban tenían más obligaciones, ya que se ocupaban de cuidar de sus nietos o de sus padres enfermos, o de mantener el orden en el hogar porque sus maridos estaban ausentes la mayoría del tiempo. Así, después de descartar una a una a las candidatas a ser mi compañera de viaje, me quedé con dos: mi hija y mi suegra. Pero Jihye estaba resentida conmigo y excesivamente estresada por el cuidado de su hijo. Y mi suegra, aunque ya había viajado mucho, estaba a punto de cumplir los ochenta, una edad a la que no era fácil permanecer en un avión durante más de diez horas y soportar temperaturas de hasta treinta grados bajo cero, más allá de cuántos viajes hubiera realizado.

Estaba entrando en el aparcamiento con la bolsa de la agencia cuando me sonó el móvil. Era Jihye. «Mamá, mamá». Me llamó dos veces y se quedó muda. Le pregunté si pasaba algo.

—La maestra de la guardería me ha llamado para decirme que el niño tiene fiebre y está vomitando. Hay que llevarlo al hospital, pero la niñera me dice que se ha caído por las escaleras y se ha hecho daño. No puedo salir ahora de la oficina, y el padre de Hanmin está fuera por trabajo.

Inspiró hondo, soltó un largo suspiro y continuó:

—Mamá... ¿Podrías ir a recogerlo? Solo por hoy, por favor.

Se escuchaban ecos desde el otro lado de la línea. Estaría en el baño o en las escaleras de emergencia. Por último, agregó:

—Te prometo que nunca más te pediré que cuides al niño. Nunca, jamás.

—Está bien. Solo hoy —respondí esforzándome al máximo por contener las lágrimas.

Hanmin tenía gastroenteritis. Bastó una dosis de los medicamentos que le recetó el médico para que le bajara la fiebre y se le calmaran los vómitos. Hacia la noche, ya pudo comer. Lo bañé con el jabón para bebés que, no sé cuándo, alguien me regaló. Mientras le secaba el pelo con la toalla, llegó Jihye con una cesta de mandarinas.

—¿Ya hay mandarinas?

—Son del invernadero, las he comprado en el supermercado de enfrente. Ya no se puede hablar de frutas de temporada porque se consiguen de cualquier tipo todo el año.

—Y entre todas las frutas que hay, has comprado mandarinas...

—Ahí estaban, en el estante.

Era igualita a su padre. Habría podido decir que había comprado mandarinas porque sabía que me gustaban, expresar con franqueza sus sentimientos y hacer comentarios que pudieran agradar al otro, pero no. Era seca.

—Me gustan mucho las mandarinas —dije llevándome un gajo a la boca.

Jihye se comió la sopa de kimchi que había sobrado de la cena y se duchó. Entretanto, el niño se quedó dormido en mi pecho. Estaba exhausto después de sufrir el día entero de fiebre y vómitos. Sus mejillas suaves y blancas apretaban mi brazo. Eran como la masa de sujebi. Las toqué con cuidado para no despertarlo. El niño casi no reaccionó, solo hizo unas muecas con la boca. El día que Jihye escuchó por primera vez los latidos de Hanmin dentro de su vientre, le di de comer sujebi.

Jihye dijo que se quedaría a dormir. Por eso acosté al niño en mi habitación. En una esquina de la sala estaba, como si siempre hubiera estado ahí, la bolsa de la agencia de viajes. Jihye echó un vistazo a lo que contenía, me miró de reojo y sacó el itinerario y el folleto de información turística sobre Yellowknife. Fingiendo estar concentrada en la televisión, seguí sus movimientos con disimulo. No sabía por qué, pero estaba nerviosa. ¿Así se había sentido mi hija mientras revisaba su boletín de notas o su cuaderno de ejercicios de matemáticas?

Tras leer detenidamente el folleto, Jihye me preguntó sin apartar los ojos de una imagen de la aurora:

—¿Alguna vez has visto la aurora boreal?

No sabía por dónde empezar. Primero le hablé de las ondas de luz que había presenciado no hacía mucho. Luego, de la postal que guardé con especial emoción durante dos décadas y, al final, de la foto en blanco y negro que había visto de niña. Cuando le estaba contando mi experiencia más reciente, la de aquella noche en la que había presenciado lo que estaba segura de que había sido una aurora, Jihye abrió mucho los ojos, mientras movía los labios como si tuviera algo que decir.

Al terminar de escucharme, sacó el móvil e hizo una búsqueda en internet.

—¿Qué fecha era? —murmuró—. ¿Fue el 6 de septiembre?

—¿Cómo?

—El día que dices que viste la aurora.

—No recuerdo la fecha.

De pronto me acordé de que ese día había hecho fotos. Inmediatamente, saqué el móvil y busqué en la aplicación de imágenes. Ahí estaba esa foto del cielo nocturno con unas tenues manchas rojas. Me fijé en los detalles y comprobé que la había sacado el 6 de septiembre a las 20.21.

—¿Cómo sabes que fue el 6 de septiembre? —le pregunté.

Jihye se quedó pensativa. Minutos después, me respondió con otra pregunta:

—¿Eso era una aurora?

El departamento de desarrollo de nuevos negocios donde trabajaba Jihye pronto fue rebautizado como Dirección de Franquicias. Ya eran diez las academias franquiciadas, y el negocio prosperaba muy rápido, tanto que la empresa trataba de moderar el ritmo de expansión. También iban a redactar nuevos textos para reemplazar los libros de educación en casa, que usaban indistintamente en la franquicia de academias. Por ese motivo, Jihye se encontró con un exceso de trabajo al acabar la baja por maternidad y regresar a la oficina. Para colmo, eran cada vez más frecuentes sus fricciones con la niñera, por lo que había días en que se pasaba la noche llorando.

El 7 de septiembre estaba previsto un programa de formación para franquiciados. Sin embargo, la mañana anterior falleció de repente la madre del coordinador, y Jihye tuvo que ultimar los preparativos. Incluso le asignaron una presentación, de ahí que no pudiera ir al funeral, pues tenía que buscar documentación, ordenar el material para la charla y terminar el guion para el día siguiente. Pasadas las ocho de la tarde, le llegó al móvil una foto de Hanmin. El niño llevaba una toalla enrollada en la cabeza. Se la mandaba su marido con el mensaje de que no se preocupara y de que se concentrara en el trabajo, porque ya le había dado de cenar al bebé y lo había bañado.

Jihye salió al pasillo. Compró una bebida energética en la máquina expendedora y se la tomó de un trago. En realidad, el hecho de trabajar hasta tarde y no poder estar con su hijo no la inquietaba. Sin embargo, la foto y el mensaje tan cariñoso que su esposo le había mandado la incomodaron. En ese momento, vio el cielo por la ventana y se

152

percató de unas luces rojizas. Aunque no sabía qué eran, estaba segura de que no eran rayos solares ni reflejos de la luna. Inmediatamente, vio que esas luces empezaban a ondear. Era un paisaje insólito.

Quería grabar lo que estaba presenciando, pero no llevaba el móvil. En sus bolsillos solo había unas monedas. Su teléfono se había quedado en su mesa, pero cuando se dio la vuelta para ir a la oficina y cogerlo, las luces rojas empezaron a ceder, a alejarse. Entonces Jihye se acercó más a la ventana y decidió no ir a por el móvil para así poder asistir a tan inusual fenómeno, porque estaba segura de que si iba y volvía se perdería el final del espectáculo de luces. Se preguntaba qué podría ser. ¿Sería la Vía Láctea? ¿Un ovni? Por impulso, Jihye pidió deseos a esas luces rojas del cielo.

Antes de que acabara de contar su experiencia de aquel día, empecé a reírme con sonoras carcajadas.

—¿Pediste deseos? ¿Por qué? Si ni siquiera sabías lo que era...

—No sé por qué. Tal vez mis deseos se dirigían al universo, a la naturaleza, a las fuerzas misteriosas de este mundo o a un ser desconocido, pero por eso más poderoso...

Sin estar muy convencida de sus propias palabras, Jihye dejó escapar una risa cínica y se justificó confesando que, por costumbre, pedía deseos a cualquier cosa que brillara y que le pareciera bonita, como la luna, las estrellas y las velas en el pastel de cumpleaños. Dijo que de niña solía pedir deseos hasta cuando veía pasar un avión por el cielo de noche. Escuchándola, me surgió una duda: «¿Habrá gente que pida deseos a la aurora boreal?». Era una pregunta imposible de responder porque en Corea no se presenciaba ese fenómeno.

—¿Qué pediste?

Jihye no contestó y cambió de tema. Me avisó de que le había entregado la carta de renuncia a su jefe. En cierto modo, fue una decisión impulsiva, pero estaba cansada y quería tomarse un tiempo. No me sorprendió. Lo que sí me cogió desprevenida fue su comentario de que podríamos ir juntas a ver la aurora boreal. Que, como en adelante ella se encargaría del cuidado de su hijo, su marido no tendría inconveniente en hacerse cargo de él durante unos diez días y darle unas vacaciones adelantadas.

—No aceptaré negativas o peros porque quizá sean las últimas vacaciones de mi vida. Voy a viajar contigo a Canadá, pedir deseos a la aurora boreal y ordenar mis emociones para, cuando vuelva, ser la mejor madre para Hanmin.

Al final, el plan de viajar juntas se frustró. El día de la partida Jihye me llevó al aeropuerto, y durante todo el rato que empujó mi maleta no pudo borrar la decepción de su rostro.

—¿Qué deseos pensabas pedir a la aurora? Puedo pedirlos por ti.

—Me da vergüenza decírtelo a la cara. Te mandaré un mensaje, ¿vale?

—Como quieras. Prometo pedir tus deseos, si no me olvido.

Jihye me lanzó una mirada y me pasó la maleta.

Casi diez horas después aterricé en el aeropuerto de Vancouver. Encendí el móvil y el aparato empezó a vibrar sin cesar por la avalancha de mensajes que me estaba llegando: del Ministerio de Asuntos Exteriores, que daba indicaciones para un viaje seguro y datos útiles para turistas; y de mi operador, informándome del servicio de *roaming* que había contratado y de las tarifas. También me escribió mi hija por la app de mensajería instantánea. En nuestro chat había un último mensaje, que constaba de una sola frase. Por su foto de perfil, que mostraba la cara de Hanmin, parecía que me estuviera hablando el niño, no mi hija.

*

Mi esposo murió una noche de primavera, hace diez años, en un accidente de tráfico, cuando Jihye estaba estudiando en la universidad.

Volvimos a casa sobre las ocho de la tarde. El cansancio físico me abrumó más que la tristeza. Jihye se metió en el baño de visitas diciendo que quería ducharse, y mi suegra se acostó, cediéndome el baño del dormitorio principal. Con el agua de la ducha cayendo sobre el pelo, olí a incienso. No estaba segura de si estaba impregnada de ese olor típico de los tanatorios o si solo era una sensación. De pronto me asaltó un miedo inexplicable y no pude cerrar los ojos ni cuando el champú empezó a caerme por la frente. Eché agua para quitar el vapor del espejo al terminar de ducharme. Entonces vi que tenía los ojos rojos.

Me indicaron que, cuando la ambulancia fue a por él, su corazón ya había dejado de latir. «En ese caso, no debió de sufrir mucho», pensé. A partir de ahí se dibujó en mi mente una escena que desconocía por completo, al tiempo que empezaba a sentir un extraño calor en la nuca. El conductor iba borracho, con un grado de alcoholemia suficiente como para que le pusieran una sanción equivalente a la retirada del carnet, y el atropello se produjo sobre un paso de cebra con el semáforo en verde para los peatones. Una metáfora recurrente sobre desgracias inadvertidas o enamoramientos tan inesperados como intensos es la del accidente de tráfico. Cuando falleció mi marido, me di cuenta de lo cruel que era esa alegoría.

Apenas diez días separan el aniversario de la muerte de mi marido y el de mi suegro. No organizábamos ceremonias especiales para conmemorar su fallecimiento. Solo íbamos al columbario. Y cuando mi suegro murió, decidimos ir en una fecha intermedia aprovechando que las urnas cinerarias de ambos estaban guardadas en el mismo cementerio. Lo propuso mi suegra.

—Como es la primera vez que iremos juntas, hagámoslo en el aniversario de Juncheol.

Asentí con la cabeza. Pero al notar un incómodo silencio en mi suegra, le pregunté si se sentía insatisfecha con mi reacción.

—Sí —respondió.

Me tomó por sorpresa, por eso me sonrojé.

—¿Por qué me lo has preguntado, si no estabas preparada para oír mi respuesta? —quiso saber.

—Haré todo lo posible para evitarle resentimientos —dije sin ningún plan en mente, sin tener ni la mínima intención de organizar ceremonias conmemorativas en el aniversario de la muerte de ninguno de los dos porque, además, no estaba en condiciones de pasar días enteros metida en la cocina preparando comida para honrar a los muertos.

Mi suegra negó con la cabeza y dijo:

—Estoy triste porque mi vida sigue igual o incluso mejor, como si nada hubiera pasado. Todo lo que cocinamos me sabe delicioso y no sabes cuánto me divierto en el centro de día con los juegos de mesa y aprendiendo inglés. La verdad, no dudé de que seguiría con mi vida aunque muriera mi marido, pero nunca imaginé que podría vivir sin mi hijo.

Mi suegra describía su vida como ordinaria y aburrida. Nació como la tercera hija de una familia que esperaba con ansias un varón. Aunque a sus padres no les faltaban recursos, solo fue a la escuela primaria, como sus hermanas mayores. Luego se puso a trabajar en la tienda de un pariente y el dinero que ganaba se lo daba a sus padres. A los veinte se casó con un hombre que todos decían que era demasiado para ella, con un alto nivel educativo, que enseñaba matemáticas en bachillerato. Vivió con los suegros y estos le hicieron la vida muy difícil. Para colmo, su marido la engañó varias veces. Aun así no se rindió: su orgullo más grande, casi la única razón de su existencia, eran sus dos hijos. En particular, se apoyó en su primogénito, es decir, en mi marido.

Su mayor satisfacción era haber dado a luz a dos varones. Cuando su primer hijo entró en la universidad, se disipó la amargura que guardaba por no haber podido recibir toda la educación que hubiese querido, y le complació ver que la mujer que su hijo había elegido para casarse era, como él, profesora de matemáticas. Trató a la nuera con cortesía y clase. Por las tardes, mientras todos los miembros de la familia estaban trabajando, se metía en el despacho y leía textos escolares, así como guías didácticas para docentes. Cuando en la televisión veía noticias sobre educación o el ingreso universitario, prestaba mucha atención, e incluso tomaba notas.

—Quería demostrarle a mi marido que era una mujer inteligente con la que era posible hablar de todo a través de mi relación contigo, que eras profesora de matemáticas. Quería que supiera que era capaz de mantener una conversación con una persona educada. Ese deseo fue mi motivación, y gracias a él aprendí mucho, aunque a estas alturas pienso que todo fue en vano. ¿Acaso ganaba algo con el reconocimiento de mi esposo?

Estaba claro que no era como las suegras de su generación. Nunca deseó un nieto varón, ni que yo le diera a mi hija un hermanito o una hermanita. Me ayudó con el cuidado de mi hija, tratando a la niña —su única nieta— como el ser más precioso del mundo. Fue simplificando una a una las celebraciones o conmemoraciones familiares, como los cultos a los ancestros, los aniversarios de fallecimiento y otros tantos, hasta suprimirlas del todo tras la muerte de mi suegro, su esposo. Por supuesto, eso no significa que en nuestra relación no hubiera tensión o complicaciones. Las hubo, la mayoría de las veces por mi marido, el primogénito de mi suegra.

Si mi esposo enfermaba, no vestía la ropa adecuada o se saltaba una comida, mi suegra me lo decía. «Hyogyeong, ¿no crees que lo que lleva Juncheol es demasiado fino para esta estación?», «¿Le estás dando sus vitaminas?», «Dile que coma más», «Tíñele las canas»... Al principio traté de reaccionar con una sonrisa y recordarle de la mejor manera posible que su hijo ya no era un niño. Pero con el paso del tiempo, por impaciencia, empecé a ponerme seria y la desafiaba preguntándole por qué no se lo decía ella. Mi suegra, que siempre era una persona racional, no atendía a razones en este aspecto.

Lo mismo sucedía con las tareas domésticas. Si alguna vez mi esposo se ponía los guantes para lavar los platos, cogía la aspiradora o la cesta de lavandería, aparecía de no sé dónde y corría para quitarle lo que llevase en las manos. «¡Si no sabes nada de esto! —gritaba—. Dámelo y estate quieto, que así ayudas», le regañaba. Si mi marido, avergonzado, cedía a mi suegra la tarea que pretendía hacer, yo me interponía con sutileza y me encargaba de terminarla sin incomodar a nadie.

Sin mi marido, mi suegra y yo parecemos una pareja de bailarines que lleva años ejecutando la misma coreografía. Cada vez que comemos o cenamos, ella prepara la comida y yo lavo los platos. Si pongo las berenjenas a cocer, mi suegra las saltea; si ella lava la ropa y la tiende temprano por la mañana, yo la recojo y la doblo al volver del trabajo; si estamos viendo la televisión y comento que me apetece comer lo que muestra la pantalla, esa comida siempre aparece en la cena del día siguiente. Y si mi suegra comenta que ha llegado la temporada de flores o que las hojas de los árboles están a punto de cambiar de color, reservo el mejor sitio para disfrutar del paisaje otoñal.

Hasta ahora, nuestra vida ha transcurrido como una rueda sin grietas o fisuras, desgastándose de manera uniforme. Un día, mientras doblaba la ropa lavada con mi suegra, le comenté que pensaba viajar a Canadá durante las vacaciones de invierno. Añadí, intentando justificar mi plan, que, pese a mis dudas iniciales por ir a una zona tan fría, había decidido realizar el viaje antes de que fuera demasiado tarde porque era un deseo que tenía desde adolescente, y porque, si dejaba pasar más tiempo, las oportunidades se reducirían. Y continué justificándome, diciendo que iba a ser el viaje más largo de mi vida y bla, bla, bla.

—Has tomado la decisión correcta. Haz lo que te dé la gana mientras seas joven. Porque, con la edad, lo único que ganarás será cobardía y arrepentimientos.

¿Joven? ¿Yo? Sus palabras me dejaron perpleja. Dentro de poco iba a cumplir sesenta, y últimamente las expresiones relacionadas con la edad o la vejez eran un prefijo inseparable de todo lo que decía. Pero para mi suegra yo seguía siendo una jovencita.

—¿Se arrepiente de algo?

—De muchas cosas —respondió parando sus quehaceres, y continuó—: Cuando estabas en la escuela de posgrado, cuando Jihye era un bebé...

—...

—La verdad, me sentí muy ofendida.

—¿Por qué? ¿Porque no me ocupara de la casa y volviera siempre tarde de las clases?

—No. Porque tuvieras un mejor nivel educativo que Juncheol.

Nunca la había oído hablar de eso. Por entonces estaba desesperada. Quería ascender y enseñar en la universidad. Para ello, debía hacer un posgrado. Por eso, aun sabiendo que la presión me aplastaría, me matriculé en una escuela poco después de dar a luz. Mi suegra me animó. Me tranquilizaba diciéndome que no me preocupara por la niña y que me centrara en los estudios. Eso era lo que oía de ella, aunque en su conducta identificaba otras emociones mientras se volvía más exigente con las tareas del hogar o se ponía quisquillosa cuando mi marido y yo salíamos con Jihye. Mi conclusión sobre ese cambio era que se debía a la fatiga tanto física como psicológica que sentía al prolongarse y hacerse más pesado el trabajo de cuidar de la niña. Creí que si me esforzaba por complacerla, todo iría bien.

Entre semana, trabajaba de día e iba a clase de noche, y los sábados y los domingos me ocupaba de los quehaceres de la casa con Jihye cargada a la espalda. Preparaba tres comidas al día, lavaba los platos, fregaba el suelo del lavadero, limpiaba las ventanas y eliminaba el moho entre los azulejos del baño. Y lo hacía todo sola. Tanto mi suegra como mi marido sabían que me estaba esforzando demasiado, que estaba haciendo más de lo que podía, pero ni me ayudaban ni me paraban. Era como si pensaran que me lo merecía. Lo irónico era que yo también lo pensaba.

—Presumí mucho de ti. Incluso cuando salía a la tienda de la esquina para comprar, llevaba a la niña a la espalda y hablaba de ti, de mi nuera, que estudiaba un posgrado. No tanto porque me alegrase por ti, sino porque estaba orgullosa de mí, de ser una suegra moderna y de que la gente me viera de ese modo. Pero al mismo tiempo me retorcía por dentro porque no quería que mi hijo saliera mal parado.

Ante tanta franqueza, no pude poner cara de sorpresa ni reaccionar. Me quedé aturdida. Seguí doblando la ropa lavada casi como un robot, moviendo las manos con el cerebro entumecido, como si hubiera recibido un fuerte impacto. Pero ¿de qué estábamos hablando? ¡Ah! De sus arrepentimientos.

—Al final no me ha dicho de qué se arrepiente...

—Ya te lo he dicho.

—¿De permitirme estudiar el posgrado?

—No. De obstinarme en desaprobar tu decisión de estudiar.

Una de las toallas rodó y se desdobló. Mi suegra extendió el brazo para cogerla. Con total naturalidad, la enrolló de nuevo y la puso con el resto.

—Ahora te imito en todo. Es por ti que escucho audiolibros, hago ejercicio y voy al centro de día. Me arrepiento de no haberlo hecho por aquel entonces.

Tuve a Jihye a los veintisiete. Era demasiado joven. Como me lleva veinte años, se convirtió en abuela a los cuarenta y siete. Ahora sé que estaba en su plenitud.

—Me gusta mi vida. Estoy en mi mejor momento, y me siento satisfecha —dijo.

Yo me siento igual. Puede que la gente nos considere intachables, como las mujeres que aparecen en las series de época. Una familia compuesta por suegra y nuera, las dos viudas. Y puede que me retraten como a alguien con una gran devoción filial. Pero no. No tengo la más mínima intención de sacrificarme. Para mí, mi suegra es mi compañera de piso, la persona con la que vivo, mi última compañía. Cómo me alivia que ella sea la familia que me queda, ahora que no tengo ni tiempo ni disposición para adaptar mi personalidad, mis gustos, mi estilo de vida o mi actitud a los de otra persona.

A veces imagino cómo habría sido mi vida si mi marido estuviera vivo y si siguiéramos él y yo en esta casa. ¿Habría sido tan cómoda como la actual? ¿Podría estar envejeciendo como ahora, de una forma tan natural como fluye el agua del río, sin gastar mucha energía en vivir, sin que las tareas del hogar me agobiasen y sin buscar el reconocimiento o el entendimiento del «hombre de la casa»?

—También me siento plenamente satisfecha. Puede que no me crea, pero nunca me he sentido tan cómoda como ahora que vivimos juntas las dos.

—Eso es porque no está Juncheol. Porque ya no soy la madre de Juncheol, ni tú eres su mujer.

De repente, me sonó el móvil. Era un mensaje de la agencia avisándome de que ya todo estaba listo y que necesitaban una copia de mi pasaporte y de la persona que me acompañaría en el viaje. Llamé a Jihye para contárselo, pero lo que obtuve de ella fue una reacción inesperada. Por su titubeo, intuí que algo iba mal.

—Mamá, lo siento. No puedo acompañarte.

Después de colgar, pensé en consultar a la agencia si era posible viajar sola sin cambiar el itinerario, el vuelo o el hotel, pero desistí. En vez de ello, y por impulso, como cuando le había preguntado a mi hija si quería venir conmigo a Canadá, le propuse a mi suegra que me acompañase.

—¿Quiere viajar conmigo?

—¡Por supuesto! Me encantaría.

No preguntó a dónde, ni cuándo ni por qué. Y yo casi grité de la alegría después de que mi suegra aceptase mi propuesta sin vacilar.

—Sabe que la aprecio mucho, ¿verdad?

—Bueno, eso parece.

Me reí mostrando todos los dientes superiores por la felicidad.

*

El aviso de aurora volvía a estar en azul. BAJA. Percibí estas cuatro letras como una negativa tajante y desconsiderada. En realidad, nada podía hacer. Trataba de ser paciente, pero después de dos noches frustradas me sentía nerviosa y con ansiedad. Mi suegra preguntaba por el pronóstico de la aurora boreal, eso sí, sin exteriorizar expectativas ni decepción.

Al acercarse de nuevo la hora, puso agua en la tetera eléctrica como venía haciendo desde nuestra llegada a Yellowknife. Hervía agua antes de salir del hotel, al regresar y antes de dormir para tomar todo el día el té medicinal y el de cítricos que se había traído de Corea. Tomar té la ayudaba a mitigar el frío extremo, pues calentaba primero el estómago y luego todo el cuerpo. En un lugar donde la temperatura caía hasta treinta bajo cero y el viento no cesaba, aguantamos así, a nuestra manera, ese frío extranjero nunca antes experimentado.

Mi suegra se puso varias prendas de tela fina y, encima, un suéter. También varias medias. Y se pegó bolsitas isotérmicas en todo el cuerpo, desde las plantas de los pies hasta los hombros, para finalmente protegerse con una chaquetita de algodón y el abrigo largo Canada Goose que habíamos alquilado. Antes de salir del cuarto, se detuvo frente al espejo para probarse varios gorros y me preguntó cuál le quedaba mejor. A ella le gustaban los gorros y, en invierno, se ponía cada día uno de entre los que ella misma tejía con lana. En ese viaje, se llevó diez en la maleta. Aunque hablar de opciones carecía de sentido porque siempre llevaba el mismo abrigo, la misma bufanda y las mismas botas por el frío, escogí uno de color hierba.

—Presiento que hoy podremos ver la aurora. ¿Qué le parece este gorro verde?

—Me fiaré de ti. Tienes muy buen gusto.

Me abrigué tanto como mi suegra. Al terminar de ponernos el abrigo, nos sentíamos tan pesadas que no podíamos movernos a una velocidad normal, pero no estábamos cansadas ni tristes. Desde que me casé, dos constantes en mi vida fueron la presión de que tenía que velar no solo por mi vida, sino por las vidas de otras dos personas, y la fatiga que me producía la carga que me había impuesto. Esa presión y esa fatiga llegaron a un nivel máximo cuando mi hija era pequeña. Ahora que solo tengo que preocuparme por mí, la vida no podría ser más sencilla y ligera.

A unos treinta minutos en autocar desde el hotel se encontraba la Aldea de la Aurora, un lugar con una infraestructura óptima para presenciar el fenómeno, pues contaba con veintiún tipis indios gigantes para refugiarse del frío, una tienda de recuerdos y un restaurante. La noche anterior habíamos cenado allí costillas de cerdo al estilo búfalo. La comida era regular, pero no salió muy cara. Aunque por un segundo me sentí estafada, mi disgusto duró poco al ganar mi optimismo, ya que, considerando que se trataba de una experiencia única en la vida, el precio no estaba tan mal. Y me consolé convencida de que todos los turistas debían pensar lo mismo que yo.

El autobús de enlace no llegaba hasta el hotel, por eso tuvimos que caminar hasta otro que estaba a cinco minutos. Debido a la nieve, no se distinguía la acera de los carriles. A mitad del camino nos detuvimos para admirar el escaparate de una tienda de recuerdos. De pronto, vimos pasar rápidamente una bola grande y amarillenta. ¿Qué era? Miré a mi alrededor y mi suegra señaló un punto al otro lado de la calle. Era un zorro, con una cola peluda de un color entre amarillento y marrón claro, similar al del perro que teníamos en casa cuando era niña.

Dos mujeres jóvenes salieron de la tienda. Mi suegra tocó el brazo de una de ellas y le dijo, señalando al animal:

—Es un zorro. *Fox.*

—*What a brave fox!*

Por suerte, a las mujeres no les molestó aquel inesperado contacto físico, sino que actuaron con cortesía y cordialidad. Entonces mi suegra continuó:

—¿Tú Yellowknife?

Quería preguntarles si eran de allí. Mi suegra saludaba primero a los extranjeros que salían de excursión con nosotras para ver la aurora boreal. Estaba claro que, pese a estar en un entorno desconocido, no se dejaba intimidar. «*Hi, konbanwa*», decía sonriendo. Incluso mantenía breves diálogos con las pocas frases que sabía decir en inglés, como «*I am from Korea*» o «*Very cold*». Pero a aquellas mujeres era la primera vez que las veía, de ahí mi sorpresa al verla hablando con ellas de una forma tan natural.

—*No, I'm from New York* —contestó la mujer con una pronunciación lenta y clara.

—*Very cold Yellowknife. You okay?*

—*I'm not okay. New York is very cold in winter, but not this much* —dijo la mujer fingiendo tiritar, y preguntó—: *Did you come to see the aurora?*

—*Yes. I want aurora.* Pero, jovencitas, no vais lo suficientemente abrigadas. *Careful, not cold. More clothes.*

El consejo de mi suegra, que hacía el gesto de ponerse el abrigo sobre los hombros, las hizo reír.

—*You're so sweet. Thank you.*

—Yo os doy el *thank you.* Que os vaya bien. *Goodbye!*

—*I hope you can see the aurora. Goodbye!*

Las mujeres se alejaron despidiéndose con la mano. Pese a entenderlas mejor que mi suegra y a haber estudiado inglés mucho más que ella, no pude decir nada. Solo me quedé admirando su audacia.

El zorro estaba bajo la luz de un pub al otro lado de la calle y nos contemplaba sin moverse. La oscuridad y la distancia dificultaban reconocer con nitidez la cara del animal, pero estaba segura de que nuestras miradas se cruzaban. Ahí estaba yo, en una ciudad con un zorro delante, rodeada de desconocidos. Era como si estuviera viviendo un sueño.

El turista chino y el japonés con los que compartimos el autocar de enlace el día anterior ya habían llegado al vestíbulo del hotel. Con naturalidad, nos saludamos con la mirada. Al instante entraron cuatro mujeres que no había visto hasta ese momento. Por los abrigos Canada Goose que llevaban, supuse que irían a la Aldea de la Aurora, y antes de que empezaran a hablar supe que eran coreanas. Allí me di cuenta de que los coreanos tenían algo peculiar que los diferenciaba de los de otras nacionalidades y era fácil distinguirlos, al menos para una coreana.

La única excursión que hicimos fue una visita a un museo y al Edificio Legislativo de los Territorios del Noroeste. La mayoría del tiempo dábamos paseos por nuestra cuenta, pues no nos atrevíamos a participar en otras actividades para turistas, como viajes en trineo tirados por perros o toboganes de nieve. Si hubiera ido sola, tal vez hubiera probado alguna. Sin embargo, para mi suegra gran parte de la oferta turística local era demasiado arriesgada.

Y tan importante como ver la aurora boreal era que dos mujeres mayores culminaran ese viaje sanas y salvas, cuidándose la una a la otra. Comer bien, relajarnos y disfrutar de paisajes exóticos por la ventana era suficiente para mí; aun así, el cansancio me venció y me quedé dormida en el autocar.

Al llegar a la Aldea de la Aurora, las cuatro mujeres coreanas corrieron hacia el cartel de WELCOME TO AURORA VILLAGE para sacarse fotos. Me reí al ver que, sin decirse nada, posaban exactamente igual frente a la cámara. Siempre había pensado que era ridículo tomarse fotos con algo tan turístico. Pero aquella escena no me lo parecía. Al contrario. Me deslumbró la hermosa simplicidad de ese rótulo gastado, la suave iluminación que caía sobre él y las finas capas de nieve encima de los árboles. Mientras esas mujeres estaban revisando la foto, el guía nos indicó el número del tipi en el que debíamos esperar la aurora.

Los tipis estaban encarados hacia un amplio lago, y detrás se alzaban cinco colinas bautizadas con nombres de animales. El día anterior nos había tocado uno justo al lado del agua. Desde ahí caminamos sobre una superficie congelada sin darnos cuenta de que estábamos encima del lago. Era de noche, y la nieve nos llegaba hasta los tobillos. El guía nos informó de que, en verano, el reflejo de los tipis y la aurora boreal en el lago era espectacular.

La tercera noche nos asignaron un tipi que estaba frente a la colina del Búfalo. No nos dimos cuenta de que íbamos suspirando a cada paso que dábamos hasta que el guía coreano que justo en ese momento pasaba a nuestro lado nos preguntó si estábamos bien. Desde ese momento empezamos a quejarnos en broma, exagerando, de cómo nos dolían las rodillas y las piernas. Al tercer día nos familiarizamos con esa aldea que las noches anteriores nos había dado miedo por aquella negrura que reducía la visibilidad y aumentaba el riesgo de tropezarse con algo o perderse.

En el cielo oscuro había un montón de estrellas que parecían bolitas de luz. Cada una refulgía con intensidad propia, mientras que, en conjunto, formaban como una pintura gigante. Eran únicas, pero formaban parte de un todo, similares y distintas al mismo tiempo. Si agachaba la cabeza, veía campos nevados de color blanco infinito que también brillaban, aunque con timidez, como si alguien hubiera esparcido purpurina. Allí caminaba concentrándome en la sensación que notaba en los pies. La nieve congelada en capas de la Aldea de la Aurora no sonaba al pisarla. Por eso me sentía como si flotara.

En nuestro tipi nos encontramos a las cuatro mujeres coreanas. Al ver a mi suegra, todas corrieron hacia ella para recibirla. Habían conversado durante todo el viaje en autocar, mientras yo dormía. Lo único que calentaba el interior de la tienda era una estufa de leña, diminuta, para atajar el frío que calaba hasta los huesos. Como la entrada era la zona a la que llegaba menos el calor, nos sentamos lo más lejos posible de allí, alrededor de la mesa más próxima a la estufa.

Las cuatro mujeres eran amigas del colegio y una se iba a casar en primavera. Se veían cada vez menos porque todas trabajaban, de ahí que decidieran viajar juntas como fuera, anticipando que, después de la boda, el embarazo y la llegada de los hijos tendrían menos tiempo para reunirse. «Bien hecho», dije sin filtrar mis pensamientos. Quizá porque las cosas a las que ellas temían eran justamente lo que me había obligado a retrasar durante décadas el viaje tan soñado en busca de la aurora boreal.

—¿Pero en serio fueron compañeras de posgrado? ¿Y por qué la trata de usted?

¿Lo había oído bien? Miré a mi suegra perpleja, pero ella respondió a la pregunta como si nada:

—Le llevo varios años. Soy bastante mayor que ella, y por eso no me puede decir «tía», pero también demasiado joven para que me trate como a una abuela. Supongo que por eso al principio no pudo tutearme. Es más, casi todos mis compañeros me tratan de usted.

No la contradije. Al contrario, confirmé su explicación con una gran sonrisa. La mujer que había preguntado le dio un codazo a la amiga que estaba a su lado, expresando con ese gesto que ella tenía razón. Era evidente que entre ellas se había desatado un debate sobre la veracidad de esa mentira tan absurda de mi suegra.

—Es que ella dijo que parecían madre e hija.

—Se parecen muchísimo.

—Pero nadie trata de usted a su madre, ¿no?

—Pueden ser suegra y nuera. Muchas nueras tratan a sus madres políticas de usted.

Entonces la mujer que pronto se casaría interrumpió a sus amigas:

—¡Imposible! Nuera y suegra no pueden viajar juntas. Su relación no lo permitiría jamás. No lo sabéis porque no tenéis experiencia.

Todas se rieron, pero la que lo hizo más fuerte fue mi suegra, incluso aplaudió.

Tomamos chocolate caliente mientras consultábamos la app de pronóstico de la aurora boreal. El nivel de actividad ascendía y con ello aumentaban también las expectativas, aunque eso me ponía aún más nerviosa. Tomé hasta la última gota de chocolate de mi vaso echando para atrás la cabeza. Incluso lamí el polvillo pegado al fondo. Las cuatro mujeres salían y entraban al tipi impacientes.

Estaba sofocada por haberme acercado demasiado a la estufa, así que yo también salí para respirar aire fresco. Hacía tanto frío que el vapor que emanaba de mi boca hubiera podido congelarse al instante y esparcirse en forma de polvo por el aire. Caminé a paso lento mirando a mi alrededor. Los tipis emitían una sutil luz amarilla, mientras que por las chimeneas salía un hilo gris dibujando curvas en el cielo nocturno. La escena era como un hermoso cuadro.

Dentro de cada tipi se tejían pequeñas y grandes historias originadas en diversos universos individuales. La pareja japonesa con la que me topé el día anterior en el autobús de enlace estaba de luna de miel. Contaban que los japoneses creían que el niño concebido una noche en la que se ve la aurora boreal nace genio.

Frente a ese panorama, no me di cuenta de que el lugar era muy hermoso, aunque no pudiera ver un fenómeno luminiscente. No me percaté porque solo esperaba la aurora boreal.

Subí la colina del Búfalo dando palmadas por delante y por detrás de mí con los brazos estirados, siguiendo las indicaciones del guía, que nos advirtió que podrían aparecer animales salvajes porque el entorno estaba muy oscuro y había un silencio extremo, así que nos aconsejó que hiciéramos ruido por si acaso.

—Para la seguridad tanto de los humanos como de los animales —dijo el guía.

Avisar de que existo, de que me voy acercando y de que se aleje, si quiere. Es indispensable para mi seguridad y para la del otro.

La colina era relativamente elevada; desde la cima se podía disfrutar de una vista panorámica. A sus pies se extendían vastos bosques de coníferas. Silbé volviendo la cabeza de izquierda a derecha y viceversa. En algún lado había oído que los aborígenes silbaban para invocar la aurora boreal. En realidad, no sabía silbar. Por mucho que frunciera los labios, pusiera firme la lengua y dejara escapar el aire por la boca, siempre fracasaba. Lo que sí podía hacer era producir un sonido similar al inspirar muy rápido, en vez de expulsar el aire, aunque de esa forma no parecía un silbido sino un pito, porque salía entrecortado y no se podía interpretar una melodía. Aun así, inhalé con ganas.

De pronto, oí algo. Quizá nieve cayendo de un árbol o un pájaro alzando el vuelo desde una rama. Asustada, volví la cabeza, pero no vi nada. Enseguida percibí un sonido de aire entrecortado y sin melodía, como mi silbido. Podía ser el viento. Pero volví a escucharlo al bajar despacio por la colina para volver al tipi. Entonces, sin saber por qué, miré el cielo en vez de volverme hacia ese cuasisilbido.

Luces. Había luces, aunque débiles. Sobre el negro del cielo nocturno con un montón de estrellas blancas se trazaba una línea de luces azules y amarillas mezcladas, sin un patrón visible. A partir de ahí, la línea empezaba a multiplicarse y ensancharse hasta formar bandas, creando grandes olas lumínicas. Lo que presenciaba era similar a las luces que había visto ondeando en el cielo en Seúl, pero más brillantes, más fuertes, más dinámicas. Parecía como si algo o alguien levantara banderas gigantes o como si abriera poco a poco la ventana del espacio. Algo con vida o alguien, tal vez un ente intelectual que actúa con intención y planes. Miraba esas luces sin parpadear cuando sentí que me ahogaba. Entonces me di cuenta de que estaba llorando. Las lágrimas caían por mis mejillas sin tiempo de congelarse.

Me flaquearon las piernas, me senté en el suelo nevado y levanté la cabeza hacia el cielo. En esa posición, me eché a llorar como una niña. Nunca había llorado de esa manera, sin esconderme y tan fuerte, una vez cumplida la mayoría de edad. Lo mío habían sido siempre los sollozos en silencio. Jamás un llanto consolador o purificador, sino de dolor, resentimiento, angustia y arrepentimiento. Pero esa vez era distinto. Con las lágrimas, salió de mi cuerpo y de mi alma todo lo viejo que acumulaba en mi interior. «He vivido para este momento —grité para mis adentros—. ¡Estoy viva así, aquí, ahora!».

La exaltación se percibía en el ambiente. La gente empezaba a subir las colinas para ver la aurora más de cerca.

—¡Mira!

—¡Es la aurora boreal!

—¡Bailan las luces!

Entre gritos y exclamaciones en distintos idiomas, oí con claridad unas frases en coreano. Me acerqué y allí estaba mi suegra, sacándose fotos con las cuatro mujeres como si fueran amigas. «Pónganse juntas, que les saco una. Tengo las manos calentitas, creo que la aurora genera calor, no noto frío...», decía.

Corrí y me tomé una foto con ella. También intenté captar el cielo lleno de luz, pero apenas pude sacar unas cuantas instantáneas porque el móvil se quedó sin batería. Alguien me indicó que, si lo calentaba, podría volver a encenderlo, pero no le hice caso. Lo metí en el bolso. Decidí ver la aurora con mis propios ojos, y no a través del teléfono.

Mientras tanto, la aurora boreal tomó el cielo como su escenario. Las luces ondeaban, unas veces como si bailaran alegres y otras como música interpretada por un virtuoso del piano, mientras se volvían aún más espectaculares, pasando del verde azulado al multicolor con matices púrpuras. Muchos gritaban asombrados. Mi suegra y yo, como empezaba a dolernos el cuello de tanto mantener la cabeza levantada hacia el cielo, decidimos acostarnos sobre la nieve. No fuimos las únicas.

Acostada, estiré el brazo y le cogí la mano, aunque en realidad lo que hice no fue tanto cogérsela, sino colocar mi guante sobre el suyo porque nos habíamos puesto dos para no congelarnos, y así era imposible sentir el calor de la otra. De todos modos, al percibir que algo le aplastaba la mano, mi suegra se volvió hacia mí. Apenas podía ver sus ojos porque tenía la cara cubierta con una bufanda, pero pude reconocer que sonreía con hielo en las pestañas.

Era inmensurable la distancia desde donde estaba hasta el cielo o hasta la aurora boreal. Por un momento la veía muy lejos, pero de repente parecía estar tan cerca que creía poder tocarla. Al contemplar las olas de luz sin moverme, sentí que algo bullía dentro de mí, y me di cuenta de que, de nuevo, estaba llorando. Las lágrimas me caían hacia las sienes, se me metían en el gorro y me mojaban la nuca. Al notar que casi me ahogaba por el llanto, mi suegra alargó la mano para acariciar la mía. Sorbiéndome los mocos y las lágrimas, le dije:

—¡Pidamos deseos!

—Está bien. Tú primera.

En ese instante, una tormenta de luces cubrió el cielo y se impuso sobre nosotras. Me quedé muda ante tan impactante espectáculo, para volver a llorar de emoción y gritar mis deseos:

—No quiero cuidar de Hanmin. En serio, no quiero. No voy a cuidarlo ni en vacaciones, ni después de que empiece en el colegio.

Qué vergüenza. Una abuela que llora a mares porque no quiere cuidar de su nieto. Pero lo decía en serio. Entonces ni yo estaba segura de si lloraba por la emoción de ver la aurora boreal o porque no quería hacerme cargo del niño. Mi suegra se rio rodando sobre la nieve.

—Ahora, estos son mis deseos —dijo tras tumbarse recta y aclararse la garganta—. Quiero vivir por muchos años más. Que me pongan respiradores artificiales y lo necesario para mantenerme con vida. ¿Qué diablos ganaré viéndome guapa al morir? No quiero ser guapa. Lo que deseo es tener una vida larga, respirar el aire de este mundo maravilloso todo lo que pueda.

Esa vez fui yo la que me reí rodando sobre la nieve. Era el deseo perfecto, considerando cómo era mi suegra. Su nuera estaba a punto de cumplir los sesenta y a ella le faltaba poco para llegar a los ochenta. Ambas terminaron viviendo juntas por las circunstancias de la vida y ahí estaban, pidiendo deseos tan infantiles que las hacían ruborizarse. Para nuestra tranquilidad, la aurora boreal los absorbió con rapidez e hizo que se desvanecieran en lo alto del cielo.

Ese día, durante toda la tarde, las probabilidades de verla se habían mantenido en niveles mínimos. Mi suegra y yo habíamos recorrido medio planeta y estábamos tratando con todas nuestras fuerzas de aguantar el frío con bolsitas isotérmicas, pese a que nos dolían todos los músculos y las articulaciones. No pensábamos volver a casa sin ver la aurora. Por eso me planteé cambiar el itinerario de vuelo y alargar nuestra estancia en Yellowknife, aunque implicara gastos adicionales. De todas maneras, fuimos precavidas. Nos abrigamos, comimos bien y preparamos la cámara. Horas después, estábamos tumbadas bajo el gran espectáculo de luces de la aurora boreal.

Existen situaciones que escapan al alcance de los seres humanos. Y ante esta verdad irrefutable solo podemos esperar, prepararnos para el futuro, no caer en la desesperación y aceptar humildemente todas las oportunidades, dando gracias a la vida sin soberbia.

Cesó el llanto.

Mi suegra se puso enferma. De madrugada, de vuelta en el hotel tras ver la aurora, la fiebre le subió hasta treinta y nueve, incluso hasta cuarenta grados, y además empezó a sentir escalofríos y dolores musculares. Por suerte, los medicamentos contra la gripe y los antitérmicos que habíamos traído de Corea surtieron efecto, aunque los dolores no se le quitaron del todo. Mi suegra, sentada en la cama y cubierta hasta arriba con la manta, decía que ya no le dolía la cabeza ni le picaba la garganta ni tenía mocos, pero los dolores musculares en brazos y piernas seguían.

—Creo que me irá bien tomar esa sopa picante que tomamos una vez en el restaurante de la primera planta.

Era un plato que no estaba incluido en la carta del servicio de habitaciones, pero la administración del hotel comprendió la situación y nos trajo la sopa y unos espaguetis con albóndigas. Mi suegra se acercó a la mesa del cuarto con la manta sobre los hombros y, después de devorarla, volvió a la cama arrastrándola por el suelo. Jihye también se comportaba como una niña cuando se ponía enferma. Frente a la bola de mantas que era mi suegra, me acabé los espaguetis.

—Puedes ir sola, ¿no?

—¿Por qué me lo pregunta?

—Creo que hoy me quedaré en el hotel. Menos mal que pudimos ver la aurora anoche. ¿Puedes ir sola?

—¿Puede usted quedarse sola?

—Te llamaré si empeoro.

—Está bien.

Volvió a acostarse después de tomar unas pastillas contra la gripe y un té medicinal.

La aurora boreal de mi última noche en Yellowknife me emocionó igual que la primera vez que se me apareció, aunque no lloré. De regreso en el hotel, me duché con agua caliente. Mi suegra me preguntó cómo había ido. Le conté que la aurora había sido igual de preciosa, pero no pude seguir porque, de pronto, sentí un nudo en la garganta y tuve que callarme para no romper a llorar.

—Qué bien. Yo ya no tengo dolores musculares. La fiebre ha desaparecido y tampoco tengo tos. Creo que me he recuperado. Cuando lleguemos a Vancouver, podremos ver juntas la ciudad.

—Cuánto me alegro.

Esa noche soñé con la aurora boreal. No recuerdo si la vi, la perseguí, me subí a ella o me absorbió. En realidad, no me acuerdo de casi nada. A la mañana siguiente, cuando desperté, todo lo que había visto en el sueño se me borró como si alguien hubiera pulsado un botón en mi cerebro. Lo único que sabía era que había soñado con la aurora boreal. Era una sensación extraña.

Recordé un poema de mi poeta favorito sobre el origen del surco nasolabial. Según sus versos, los ángeles enseñaban al feto todas las verdades del mundo mientras estaba dentro del vientre materno, y después ponían el índice sobre sus labios para callarlo y para que naciera sin recordar nada. Ese gesto dejaba una marca, y esa marca era el surco nasolabial. Toqué el mío con la mano, segura de que había estado en un mundo diferente de este, aunque no recordase esa experiencia. Segura de que las luces de ese mundo permanecían dentro de mí.

*

Siguieron días templados. No parecía invierno, por eso mi suegra tejía gorros de lana cada vez que la temperatura caía de golpe. Daba la impresión de que hubieran pasado años desde nuestra estancia en Yellowknife o de que todo lo vivido allí hubiese sido un sueño.

Creí que mi vida daría un giro de ciento ochenta grados tras ese viaje. El documental que había visto antes de partir hacia Canadá para informarme sobre viajeros en busca de la aurora boreal presentaba a personas cuyas vidas cambiaron de rumbo después de ver dicho fenómeno luminiscente, como aquel que renunció a su trabajo y se convirtió en fotógrafo astronómico u otros que cambiaron de grado o estudiaron algo muy distinto a su profesión a partir de esa experiencia.

En la vida había muchos caminos posibles que costaba identificar si nos sumergíamos en la cotidianeidad. Para los protagonistas del documental, la aurora los iluminó para encontrar uno nuevo. Creí que me pasaría lo mismo, y más porque había soñado durante mucho tiempo con encontrarla.

Sin embargo, todo siguió igual. Pasé el resto de las vacaciones de invierno asesorando a estudiantes, participando en programas de formación pedagógica y yendo a sesiones de pilates. Las vacaciones eran siempre demasiado cortas y, al pensar en el nuevo semestre académico, se me aceleraba el pulso, ya fuera por las expectativas o porque me entraba ansiedad.

Le enseñé a mi hija todo lo que había comprado en Canadá: un frasco de sirope de arce, una placa de matrícula de Yellowknife en forma de oso polar, imanes para la nevera y llaveros con dibujos de perros con trineos y hojas de arce, postales con imágenes de la aurora boreal, figuras de *inuksuk* y cremas de manos. Jihye, después de inspeccionarlo todo con mucho cuidado, cogió el sirope de arce y una crema para las manos.

—Llévate más. He comprado mucho.

—No necesito más. No quiero llevar cosas que luego se convertirán en basura.

—Basura... ¿Cómo puedes hablar así?

Reaccioné de esa manera, pero en el fondo no me sentía frustrada ni resentida con ella. Si por momentos me costaba creer que la hija que creció dentro de mí y que di a luz era tan distinta a mí, siempre me resignaba tratando de convencerme de que nuestras diferencias eran obvias, ya que después de vivir en mi vientre nueve meses, la niña había crecido fuera durante décadas hasta convertirse en mujer. Tendía a tratarla como mi otro yo, pese a que éramos personas diferentes. Los padres, si no se mantienen alerta, suelen actuar como sabelotodos respecto a los hijos.

—¿Cómo fue el viaje, abuela?

A la pregunta de la nieta, mi suegra comenzó a pensar mirando al vacío. Cerró los ojos despacio y dijo con voz clara:

—Si cierro los ojos, siento que las luces bailan justo delante de mí. Me envuelven y me llevan al espacio. Ahí me doy cuenta de que no soy más que una partícula de polvo en este universo infinito. No soy nada.

—¿No habrás vuelto convencida de la futilidad de la vida y de que nada tiene sentido?

—Para nada. Me he convencido de que debo dar el cien por cien en cada momento. Porque, si existo, aunque sea una insignificante partícula de polvo en este universo, por algo será. Así que debo amarme. Debo apreciar la vida que me ha tocado vivir para que no pierda su sentido.

Jihye asintió sin decir nada e hizo lo mismo cuando le pregunté si le iba bien en el trabajo. Y luego negó con la cabeza cuando me interesé por si le gustaba la nueva niñera.

Cuando se planteó acompañarme en mi viaje a Yellowknife, Jihye había pensado dejar a su marido al cuidado de su pequeño hijo. No había problema. Su esposo le dijo que no se preocupara y que, en cuanto a la guardería, podían buscar otra con tiempo. Pero al final le preguntó:

—¿Pero por qué de repente quieres ir a ver la aurora boreal?

—Para pedir deseos.

—¿Qué deseos?

Jihye no supo contestar a esa pregunta. Quería decirle que deseaba seguir trabajando sin preocupaciones, pero no pudo porque sonaba absurdo. Ya había decidido renunciar, y era un sinsentido decir que lo que quería pedir a la aurora boreal era seguir trabajando. Si a eso aspiraba, no necesitaba irse tan lejos. En vez de ir a Canadá, debía quedarse en Corea y seguir trabajando. Así, en vez de dar una respuesta, le hizo una pregunta a su marido:

—¿Por casualidad viste auroras en verano?

—¿Auroras? ¿De qué me estás hablando, si no hemos salido de Seúl?

—Digo en Seúl. La noche del 6 de septiembre. El día que tuve que trabajar hasta tarde. Un día antes de la formación de las franquicias. ¿No te acuerdas? Ese día vi auroras por la ventana de la oficina.

—Hum… Ese día estuve muy ocupado cuidando de Hanmin y no tuve tiempo de ver el cielo.

Su marido no la miró extrañado ni se rio de ella. Prestó atención a lo que le decía y le respondió con seriedad. Jihye pensó en los días en los que se había visto obligada a salir pronto del trabajo porque no contaba con nadie que la ayudase con el niño y las horas que pasó mirando por la ventana

177

para alejarse de sus deberes como madre aunque fuera por un rato. ¿Quién era la persona indicada para cuidar del niño, quien no tenía tiempo ni para mirar por la ventana por estar cuidando de su hijo o quien pasaba horas con la vista fija en un punto perdido en el vacío mientras estaba con él? Entonces se dio cuenta de lo que quería.

—Lo tengo claro. No quiero quedarme en casa cuidando del niño.

—Ya me lo imaginaba —dijo su esposo sin enfadarse, como si hubiera anticipado las palabras de su mujer.

Jihye decidió seguir trabajando. Su jefa trató por todos los medios que desestimasen su carta de renuncia.

Durante la baja que había pedido, su marido se encargó de buscar una nueva guardería para el niño, de llevarlo al pediatra y de contratar a otra niñera. Por eso era él quien trataba con la chica; si bien al principio le resultaba incómodo hablar con un hombre, acabó acostumbrándose. Antes, cuando no le gustaba lo que hacía la primera canguro, el esposo vertía todas sus quejas sobre Jihye. Pero cuando la situación se invirtió, fue ella la que se dedicó a hacer lo mismo con él.

—Sé que no debería hacerlo, pero en un rinconcito dentro de mí me sienta bien devolvérsela.

Cuando leí su mensaje en el aeropuerto de Vancouver, me entraron ganas de llorar. A los diez años, Jihye me dijo que lo último que deseaba era ser una trabajadora asalariada, que le parecía lo más aburrido del mundo y que su sueño era ejercer un oficio al que la gente se refiriera con un nombre más atractivo. Entonces sus aspiraciones como profesional autónoma cambiaban cada dos por tres. Un día quería ser diseñadora, al otro piloto, mientras profesiones como médica, cantante y jugadora profesional online también figuraban en su lista. No le aclaré que hay diseñadores que trabajan para una empresa y que cobran un salario, pilotos empleados de aerolíneas y médicos que forma parte del personal de un centro sanitario. Solo la animé a que siguiera soñando con lo que le diera la gana. Su forma aún unidimensional de ver el mundo y sus sueños poco realistas me provocaban ternura.

Seguir nuestro camino con tenacidad. Sé que las acciones que realizamos a diario nos sostienen en la vida. Por eso son importantes y valiosas, aunque algunos no pueden llevarlas a cabo sin luchar. Jihye superó la primera dificultad gracias, insisto, a que no me olvidé de pedir sus deseos a la aurora boreal.

Mi suegra y yo fuimos a ver la aurora, pero lo que cambió fue la vida de Jihye. Cambió al no cambiar lo que iba a cambiar, y quizá ese fue el mayor fruto de nuestro viaje. Reflexiono sobre lo que puedo hacer, lo que no deseo y los cambios que pueden darse con ello en mi vida y en la de mi hija. También sobre el tiempo que le queda a mi suegra.

Mi suegra ahora come menos, pero hace ejercicio y duerme más. Incluso se echa siestas de unos cuarenta minutos. Miro al cielo más a menudo. ¿Fue una aurora lo que vimos Jihye y yo esa noche de verano en Seúl? ¿En qué punto del espacio estarán los deseos que le pedimos en Yellowknife? ¿Y de qué forma se nos manifestarán de vuelta?

Y la niña creció

Tenía una herida de unos dos centímetros desde la comisura derecha de los labios. Una línea recta como dibujada con una regla y, a lo largo de ella, puntos rojos, marcas de los puntos de sutura.

Al oír el chirrido de la pesada puerta de la cafetería, de repente me acuerdo de aquella escena. Me arde la boca y un fuerte dolor de cabeza me nace desde lo más profundo de la sien derecha. Me tapo la boca con la mano para bloquear cualquier sonido que pudiera emitir.

Entonces estaba en el segundo año de secundaria, o sea, tenía la edad de Juha. Cuando la señora ya no estaba en casa, mi padre preguntó por la cicatriz. Mi madre le contestó con voz seca, revisando si los pestillos estaban colocados correctamente:

—La amenazó con que le arrancaría la boca si la abría una vez más y al parecer volvió a hablar...

—Eso es un sinsentido. Tiene la cicatriz como si le hubieran cortado con una tijera. ¿Es posible que no se moviera mientras le hacía eso?

—¿Te extraña que la cicatriz sea tan recta? ¿Eso te parece un sinsentido? ¿Y no resulta extraño que el marido, no conforme con pegar a su mujer hasta romperle las costillas y dejarle la cara llena de moretones, le corte la boca? ¿Eso sí te parece lógico?

Al instante, sentí el pinchazo de algo frío y afilado rozándome la boca. Y eso fue el comienzo.

La madre de Hyeonseong me llamó porque quería verme y contarme algo.

—Te lo digo a ti y a nadie más. Esa muchacha, Eunbi, no parece una buena chica. ¿Sabías que tu hija anda con ella? Seguramente no, porque siempre estás ocupada.

Tanto la madre de Hyeonseong como las de Seho y Seonwu me tratan como a una mamá novata, pese a que tampoco son tan expertas o saben mucho más que yo sobre la crianza o la educación de los hijos. En el fondo quiero gritarles: «¡He dado a luz sufriendo los mismos dolores y he criado a mi hija durante quince años! ¿Qué me hace inferior a vosotras?». Pero no, prefiero callarme, mantener con ellas una relación ni muy cercana ni muy distante, y hacerles caso o fingir hacerlo para recibir su ayuda cuando la necesite.

Juha no me comentó nada sobre que se iba a convocar una reunión del comité de violencia escolar. Me sorprendió que hubiera ocurrido un caso de acoso sexual entre estudiantes de secundaria que no tienen ni quince años; sin embargo, no presté atención cuando dijo que Hyeonseong era uno de los agresores. Es un chico popular entre sus compañeros, buen estudiante, excelente deportista y un muchacho alegre que cae bien a todos. De pequeño, jugaba mucho con mi Juha, aunque con el tiempo empezaron a distanciarse. Creí que se debía a la adolescencia o que aquello formaba parte del crecimiento, pero últimamente mi hija fruncía los labios cada vez que yo lo mencionaba. Por eso hace poco le pregunté por qué de repente le caía tan mal.

—Es un mierder —respondió.

Sé que criticar cada palabra que pronuncia o cada acción que realiza una hija en plena adolescencia, más aún si es para corregirla, es como iniciar una guerra sin fin. Por eso, pese a tan insatisfactoria respuesta, esa vez solo le aconsejé que no usara esa clase de expresiones para referirse a un amigo. Pero cuando después se lo conté a mi marido, me comentó que no debería haberle dicho eso, que aunque no era necesario acceder a todas las exigencias de los hijos, sí había que reconocer su estado emocional y esforzarse por entenderlos.

—¿Entonces debí reaccionar diciéndole: «Ay, hijita mía, así que Hyeonseong te parece un mierder...»? ¿Eso me estás diciendo?

Mi esposo se rio a carcajadas desde el sofá. ¿Qué le divertiría tanto?

Una vez, cuando estábamos viendo un programa de humor que le gustaba mucho a él, le pregunté qué era lo que le provocaba tanta risa, porque a mí aquello no me hacía ninguna gracia. La respuesta que obtuve fue que todo en general. Para mí era incomprensible que el programa entero le pareciera gracioso. ¿Cómo era eso posible? Entonces, leyéndome la perplejidad en la cara, agregó:

—Tenemos sentidos del humor diferentes.

En realidad, tenemos muchas diferencias, diferencias que parecen no tener importancia y que por eso dejamos pasar. Puede que no solo nuestros sentidos del humor sean incompatibles. Tal vez, aunque llevamos juntos más de diez años y dormimos en la misma cama, vivamos en mundos diferentes.

A Juha no volví a preguntarle sobre la reunión del comité de violencia escolar. La verdad, hace tiempo que ya no le hago preguntas sobre cómo le va en el colegio, qué tal se lleva con los compañeros, si tiene dificultades para estudiar. Es decir, que no le pregunto por las horas que pasa cuando no está conmigo, esperando que algún día venga ella primero a contarme, a abrir su corazón, aunque ahora le fastidie cualquier comentario que le hago.

Y por eso no me enteré.

No había necesidad de subirse la falda del uniforme porque ya la llevaba corta y ajustada, como el resto de las adolescentes. Ese día, Eunbi se sentó sobre las taquillas de los chicos. La falda se le subió aún más y le dejó las piernas al descubierto, y ella no paraba de estirarlas y doblarlas. Columpiaba los pies y las pantorrillas, un movimiento que a veces revelaba sus muslos. Hyeonseong se acercó con otro muchacho a las taquillas para sacar los libros.

Era la hora del almuerzo. Había un runrún tranquilo, como en la sala de espera de un hospital o en un banco, y cada estudiante estaba concentrado en lo suyo. De repente, Eunbi pegó un grito, rompiendo aquella ruidosa tranquilidad:

—¡Pervertido! ¿Qué diablos estás haciendo?

Hyeonseong le apuntó a las piernas con su móvil y ¡clic!, sonó la cámara. Las alumnas que estaban alrededor los abuchearon a él y a su amigo. Pero los dos chicos no se dejaron intimidar. Es más, se rieron y burlaron de la seriedad de sus compañeras, diciéndoles que no fueran tan quisquillosas y que solo se habían hecho un selfi. Fue ahí cuando dio comienzo una fuerte discusión, con insultos y todo, hasta que Hyeonseong extendió su teléfono:

—Aquí tienes. Comprueba si hay fotos tuyas.

—No me hace falta. Puedo revisar lo que has hecho en el mío —dijo Eunbi con frialdad, cruzada de brazos.

Porque alguien había grabado la escena con el móvil de la chica, y ese alguien era Juha, que permanecía sentada de espaldas en el último asiento de la fila de la ventana.

Los muchachos, pobrecitos, no supieron cómo reaccionar. La chica se chivó al jefe de estudios y convocaron una reunión del comité de violencia escolar para la semana siguiente.

Son buenos chicos, y mejores estudiantes que Eunbi; sin embargo, de tanto que los profesores los están citando para tratar este asunto no se están pudiendo concentrar en los estudios. Lo peor que puede pasar es que tengan que presentar una disculpa por escrito y que el incidente suponga una falta disciplinaria en su expediente académico, porque si eso ocurre no podrán acceder a un instituto de bachillerato de prestigio. Las chicas, después de insultarlos también, al parecer hicieron un pacto y están contando versiones idénticas. Las muy listas se quedarán sin castigo y solo sancionarán a los pobres muchachos. Esta es la versión de la madre de Hyeonseong sobre lo que pasó ese día en el colegio.

—¿Qué opinas?

Su pregunta me desconcierta. ¿Qué opino de qué? La única duda que tengo es para qué me habrá llamado a esta hora, pero no digo nada. Solo sonrío. La madre de Hyeonseong afirma que, igual que su hijo, mi hija Juha también es una víctima, porque Eunbi la utilizó para perjudicar a unos compañeros que sacan mejores notas que ella. Y al final va al grano: me pide que convenza a Juha para que diga la verdad ante el comité de violencia escolar.

—¿La verdad?

La verdad de la que ella habla es que todo fue un complot de Eunbi, que además manipuló a Juha para que grabara a escondidas a los chicos.

—¿Estás insinuando que mi Juha hizo de cámara oculta?

—En el vídeo la situación parece muy natural. Como si las chicas se grabaran por diversión, porque se las oye hablar en voz alta de cómo hay que sostener el móvil para que las piernas parezcan más largas o de la buena resolución de la cámara. Por eso necesito que alguien diga qué pasó realmente.

Si ella misma afirma que la situación parece totalmente normal, ¿en qué se basa para decir que grabaron el vídeo adrede? ¿Y por qué piensa que Eunbi manipuló a Juha? ¿Puede que de verdad utilizara a su amiga?

—Me estoy enterando ahora de lo que pasó, así que no sé qué decir. Déjame hablar primero con Juha.

La madre de Hyeonseong inspira hondo, como si intentara reprimir las ganas de decirme algo, y exhala un largo suspiro.

—Entiendo que si no estabas al tanto, para ti debe de ser difícil darme una respuesta ahora mismo. Habla con Juha. Te llamo mañana.

Después de despedirnos, me quedo sola en la cafetería. Termino de tomarme el café y me levanto lentamente. Al empujar la puerta con pesadumbre, me sobreviene ese dolor que no sentía desde hace tiempo.

*

Mi madre enfriaba los guisantes con vaina hechos al vapor en una esquina de la sala. Comer guisantes de esa manera en verano, en vez de echárselos sueltos al arroz, era una tradición familiar, y una de las cosas que más recordaba de mi niñez eran esas noches de verano en que toda la familia se sentaba alrededor de una cesta llena y nos los comíamos entre todos.

—Ya venden guisantes. He comprado un saco porque tenían buen color y olían bien.

Saqué unos de la vaina y me los metí en la boca. Estaban a temperatura perfecta, además de tener una dulzura muy distinta a la del azúcar, una llena de vida y energía. Al verme comer sin parar, mi madre se rio.

—¿Por qué te ríes?

—Una madre es feliz solo con ver comer a su niña.

—Voy a casarme —declaré sin cambiar de postura, y seguí como si nada desvainando los guisantes con la misma expresión en la cara. Me metí varios de golpe en la boca. Entonces, cayó agua de una de las vainas y me chorreó por la muñeca y el antebrazo. Mi madre me dio un golpe en la mano y del impacto se me escapó un guisante de los dedos, cayó al suelo y rodó alejándose unos centímetros de mí.

—¿Estás loca?

En mi memoria, esa imagen de mi madre y yo sentadas cara a cara se conserva como una escena sacada de una telenovela.

—¿Y con quién, si se puede saber? ¿Con ese hombre que tiene ocho años más que tú? ¡Pero si no os habéis visto ni diez veces!

—Hemos tenido siete citas.

No me enamoré a primera vista de mi marido. No era un hombre adinerado o sobresaliente, así que tampoco se trataba de un matrimonio de conveniencia. En esa época estaba cansada de todo. Sobre todo, me costaba soportar los sentimientos encontrados que tenía por mi madre. La admiraba y me daba rabia al mismo tiempo. Quería tener una mentalidad y una actitud completamente diferente de las que había tenía hasta entonces, y vivir lejos de mi familia. Quería, en el fondo, hacerle daño.

—No te cases, al menos por ahora. Apenas tienes veinticuatro años y toda la vida por delante. ¿Vas a renunciar a lo que te queda por disfrutar?

—¿Por qué dices eso? ¿Es que si me caso tendré que renunciar a mi vida? Yo voy a hacer todo lo que quiera aun casada.

—¿Y crees que va a salir todo como planeas? ¿De veras crees que una mujer puede vivir la vida que desea teniendo marido e hijos?

—Tú no deberías hablar así.

—Es la realidad, y como la realidad es así, existen personas como yo.

Mi madre inauguró hace treinta años un centro de atención a la violencia doméstica en una localidad de lo más conservadora. Otra persona y ella pusieron dinero de su bolsillo para habilitar la oficina en un local de menos de diez metros cuadrados. Según contaban, cuando instalaron el cartel Centro de Atención a la Violencia Doméstica recibieron innumerables quejas de hombres que, alegando que ya no había maridos que pegaran a sus mujeres, las culpaban de estropear la imagen del lugar o las advertían de que no se metieran en asuntos familiares. Desconcertaba ver que eran hombres normales y corrientes, y si bien era cierto que se quejaban, no estaban ebrios y la mayoría eran educados: ni insultaban ni se ponían violentos. Su propósito era enseñarles que cometían una gran imprudencia como caballeros por no conocer bien la realidad, ya que estaban convencidos de estar en lo cierto. Ese año una mujer asesinó a su marido después de que él la golpeara brutalmente; le rompió los intestinos e hizo que se pusiera de parto: el feto nació muerto.

Ya con el centro en marcha, a menudo venían a casa mujeres desconocidas. Unas parecían nerviosas e irradiaban una intensa aura de rabia contenida, mientras que algunas eran más recatadas y hablaban con cierta clase, y otras charlaban sin parar con mi madre como si fueran amigas de la infancia. Cuando estaban en casa, mi padre se iba al piso de mi abuela, su madre, que vivía en la primera planta, y mi hermano y yo nos abrazábamos en la cama para calmar un miedo que sentíamos sin saber por qué. Aún hoy me acuerdo de cómo le olía la coronilla, a ácido y tostado a la vez.

También había ocasiones en que a mi madre la agredían hombres desconocidos. Los policías locales nunca acudían para ayudarla en esas situaciones; sin embargo, registraban de cuando en cuando nuestra casa y el centro de mi madre porque, según decían, habían recibido denuncias de maridos que alegaban que sus mujeres estaban encerradas. Y es que la mayoría de las personas desaprobaban las actividades de mi madre. La mitad afirmaba que creaba problemas donde no los había y que eso los incomodaba, y la otra mitad era gente escéptica, que decía que ella sola no iba a conseguir cambiar el mundo. Mi abuela, aunque jamás presionó a mi madre para que dejara el centro, hacía a menudo comentarios incisivos:

—Y eso que haces, ¿es un trabajo o qué? ¿Te pagan?

—Sí, la sede central en Seúl me manda lo necesario para cubrir los gastos básicos del centro.

—¿Cómo es eso? ¿No te pagan un salario? No entiendo.

Mi madre decía que ese tipo de comentarios o dudas no la afectaban. Pero cuando las mujeres golpeadas por sus maridos regresaban con sus agresores después de refugiarse unos días en la casa, caía enferma. Un día, otra mujer volvió con su marido tras haber pasado una semana escondida en la casa. Entonces mi padre, mostrando perplejidad por la situación, se preguntó en voz alta que para qué acudían al centro, si al final terminaban regresando con sus maridos. Ante esa opinión que a mi madre le pareció demasiado gratuita, explotó:

—¿Piensas que ha vuelto a su casa porque quería? Ha sido porque no le quedaba otra. Porque no tiene dinero, ni unos padres en quienes apoyarse. Y encima la están esperando sus dos hijos. No hables mal de ella. Nadie en este mundo tiene derecho a criticarla.

Mi madre, para quien el centro había sido su vida, renunció a él de un día para otro. Lo hizo para ayudarme con Juha, porque me quedé embarazada poco después de casarme y, como ella me había advertido, era demasiado joven y me quedaban muchas metas por alcanzar. No pudo ignorar a su hija, que iba de aquí para allá, agobiada por la doble tarea de cuidar a la niña y trabajar, y yo me esforcé por creerme lo que me decía, que ella ya tenía pensado tomarse un descanso, que no había sido por mí o por Juha.

*

Un fuerte dolor de cabeza no me deja caminar. Entro a la primera tienda veinticuatro horas que veo y compro una botella de agua y unas pastillas para el dolor. Me la tomo al momento y espero, sentada a la entrada de un local, a que me haga efecto. Por un momento pienso en llamar a mi marido, pero lo descarto porque, aunque venga a recogerme, el dolor de cabeza no se me va a quitar ni él se va a ofrecer a llevarme cargada sobre la espalda. La calidad del aire no es muy buena, pero la brisa nocturna es más o menos fresca y eso me ayuda a despejar la mente.

Llego a casa mucho más tarde de lo previsto y oigo que de la habitación de mi hija sale el sonido de unas clases online. Juha, que al pasar de primaria a secundaria detestaba ir al colegio, a tal punto de llegar a rogarme que la desescolarizara, estos días está empecinada, casi obsesionada, con mejorar sus notas, tanto que hasta me preocupa. Cada poco dice que los va a superar a todos y que no va a dejar que la menosprecien. Me alivia que sea responsable, sin embargo, no me gusta que tenga una actitud tan competitiva.

Preparo una tostada para llevársela. Al percatarse de mi presencia, presiona el botón de «Pausa» del ordenador y se gira para mirarme.

—Si tienes algo que decirme, dilo.

Tengo que escucharla. No conviene hacer caso omiso de un asunto como ese, hacer como si nada hubiera ocurrido. Pero tengo la cabeza enredada por todo lo que me ha contado la madre de Hyeonseong. Me humedezco varias veces los labios para decir algo, pero no sé cómo empezar. De repente, dejo escapar una risa corta. Una risa. Es lo que siempre hago para disimular la timidez, el desconcierto o la incomodidad. También para que los demás no noten que algo me fastidia o me irrita. En realidad, de pequeña no era una niña risueña. En los álbumes de fotos, aparezco frunciendo los labios casi en todas. Me contaron que por mucho que me pidieran que sonriese para la foto, no lo hacía. Mis amigos de la universidad me llamaban «la directora» por eso, por lo seria que era y porque solía analizar lo que decían los demás, hasta comentarios que el resto se tomaba a broma. ¿Qué me habrá cambiado?

Respiro hondo y pregunto sin que mis intenciones, prejuicios o juicios de valor se entrometan:

—¿Puedes contarme qué pasó con Hyeonseong?

Juha tiene la cara inexpresiva. Ha salido a mí.

—Unos chicos de mi clase acosaron sexualmente a una chica, y Hyeonseong es uno de ellos.

Juha muerde la tostada. Un sonido crujiente se esparce por el aire.

—¿Eso es todo?

—Sí.

—¿No tienes nada más que decirme? Podrías contarme las razones que debieron tener los chicos para hacer tal cosa, y cómo llegó el asunto al comité de violencia escolar...

—Ojalá supiera por qué lo hicieron. No es la primera vez y el ambiente de mi clase es pésimo.

Juha da otro mordisco a la tostada, pero esta vez no suena porque el pan está reblandecido.

—Has quedado con la madre de Hyeonseong, ¿no?

Auch. Otra vez ese dolor. Rápidamente me tapo la boca con la mano y presiento que va a volver a dolerme la cabeza. Sin darse cuenta de mi malestar, Juha continúa:

—No hace falta que me digas nada, intuyo cómo te habrá contado las cosas. Pero te digo: su versión no es verdad y ella lo sabe. Lo que pasa es que no quiere creer que su amado Hyeonseong fuera capaz de hacer algo así.

El dolor de cabeza me empieza a entumecer. Nunca había tenido la misma sensación dos veces, en un periodo tan breve. Me es imposible seguir con la conversación, no puedo ni pensar bien. Pospongo la charla con Juha y salgo de su cuarto, recomendándole que no se quede despierta hasta tarde. No tengo fuerzas ni para ducharme, por eso me tumbo directamente en la cama.

Llego al trabajo y justo al sentarme en el escritorio suena el teléfono. Es la madre de Hyeonseong.

—¿Hablaste con tu hija?

—Pues... no, porque Juha estaba un poco indispuesta.

—Pero esto es urgente. No tenemos mucho tiempo. Habla con ella hoy, ¿vale? Por favor.

—Lo haré. Te llamo luego.

¿Dijo que la reunión del comité de violencia escolar era el próximo martes? Siento lástima por ella, porque seguramente no habrá podido conciliar el sueño de tanta angustia. Pero al mismo tiempo me cabrea. ¿Cómo es posible que ni pregunte cómo se encuentra Juha, si le he dicho que estaba indispuesta?

Dicen que el ser humano madura del todo con la paternidad. Antes estaba de acuerdo con ese dicho, pero ahora ya no tanto. Las personas, cuando llegan a una determinada edad, después de experimentar lo suficiente el mundo que las rodea y de entablar diversas clases de relaciones sociales, aprenden a asumir las desventajas de algo o incluso los sufrimientos para alcanzar un objetivo más grande. La mayor parte del tiempo actúan con sentido común y mantienen un juicio racional, con cierta conciencia moral, sentimiento de justicia y espíritu de sacrificio. No obstante, pierden la objetividad si los problemas a los que se enfrentan tienen que ver, aunque sea lo más mínimo, con sus hijos.

Esa dualidad la vemos en los padres de violadores adolescentes, que son capaces de perseguir a las víctimas para convencerlas o presionarlas para que retiren la denuncia contra sus hijos. En quienes protestan para que no construyan un colegio para jóvenes discapacitados al lado de la escuela a la que van sus niños. En profesores universitarios que incluyen los nombres de sus hijos como coautores en su tesis, aun siendo nula su participación. En aquellos altos cargos que, abusando de su poder, ejercen presión sobre otros para que contraten a sus hijos. Casos similares aparecen todos los días en los telediarios y me animan a comprometerme conmigo misma, a no convertirme en una madre egoísta que solo piensa en sus hijos, aunque también me hacen dudar de si podré proteger bien a los míos sin ser egoísta.

La fatiga emocional tiene repercusiones físicas, y eso explica mi cansancio en estos momentos. Estoy tratando de tomar menos café, pero ahora no podría sobrevivir sin cafeína. Por eso cojo la cartera y salgo de la oficina sin que nadie se dé cuenta. Todavía faltan diez minutos para que empiece la jornada. El viaje de ida y vuelta a la cafetería de la entrada no me llevará mucho tiempo. Aun así me doy prisa, pero el sonido del móvil me detiene. Es mi marido.

—¿Qué hacemos? Estoy yendo a una fábrica fuera de la ciudad. Creo que volveré a casa mañana, de madrugada.

—¡Pero si ya te dije que hoy tenía actividades programadas con mis colegas hasta tarde!

—Es que ha habido un accidente. Parece ser que alguien se ha hecho algo grave. Si buscas en internet verás un montón de noticias al respecto.

—Está bien. Hablamos luego.

A estas alturas, la cafeína no es insuficiente para calmarme la ansiedad. Necesito alcohol. Había sugerido a la empresa que hiciera en un solo día las tradicionales actividades de *team building*, que antes implicaban un viaje y una estancia de dos días y una noche, y les había parecido bien. Propuse ver una película y cenar juntos, y yo me encargué de elegirla y hacer las reservas. Y suponiendo que terminaría tarde, mi marido aceptó volver temprano a casa para darle de cenar a Juha.

Por supuesto, mi hija ya puede estar en casa y comer por su cuenta, pero más allá de lo que ahora sea capaz de hacer, no me tranquiliza dejarla sola hasta muy tarde. No confío en el mundo en el que vivimos, ni tampoco en mi propia hija, en plena adolescencia. Sin más alternativa, llamo a mi madre para pedirle que por favor se vaya con ella esta noche.

—No puedo. Tengo clases.

¡Ah! Me había olvidado de que los jueves mi madre tiene clases en la escuela de posgrado.

—¿Te pasa algo?

—No, no te preocupes.

Sin querer, dejo escapar un largo suspiro. Tenía que ser el jueves, me lamento por dentro. La única opción que me queda es cenar rápido y encargarle a una compañera que pague con la tarjeta de la empresa. Pienso en Yunjin, a quien reemplacé el día después del puente del Año Nuevo Lunar. Pero no me atrevo a preguntarle, sobre todo porque hace unos minutos he visto cómo llegaba a la oficina toda sudada, justo después de llevar a su niño a la guardería. Dudo aún más cuando veo que sigue con la respiración agitada de tanto correr.

De nuevo suena el móvil. Esta vez es el tono que avisa de que tengo un nuevo mensaje. Es mi madre. «Se han cancelado las clases. Me encargo de Juha, así que haz lo que tengas que hacer y no te preocupes».

Escribo en la pantalla: «¿De verdad te las han cancelado?». Pero no puedo apretar el botón «Enviar». Aunque sé que es demasiada casualidad que justo ahora le hayan cancelado las clases, escojo una vez más no leer entre líneas. Así, borro la pregunta y le mando un mensaje muy breve: «Gracias».

*

En febrero, cuando mi hija iba a empezar la secundaria, me enteré por Juha de que se había matriculado en una escuela de posgrado.

—Eso es imposible. Tu abuela tiene más de sesenta años.

—¿Acaso la edad es un impedimento a la hora de estudiar?

—No. No lo es...

Mi madre comenzó a estudiar un máster en Asesoría Psicológica. Su intención era echarles una mano a las activistas del centro donde había trabajado. Le comenté si no iba a tardar una eternidad en terminarlo, obtener el permiso para ejercer como asesora psicológica y llegar a ayudar en el centro. Lo dije sin pensar, y por eso sentí un poco de pena por ella.

—La verdad, no necesito un máster y un permiso para prestar atención a las víctimas. Hasta ahora, muchas mujeres acuden a mí para desahogarse. Pero no quiero consolarlas sin más, sin plantearles soluciones más realistas. Por eso quiero estudiar.

Definitivamente, mi madre era una gran mujer, y en nosotras no se cumplía el refrán «de tal palo, tal astilla». Era más que consciente de ello, pero jamás dejé que esa idea diera pie a más reflexiones. Había aprendido a hacerlo con los años: a medida que pasaba de ser la niña que no sabía nada sobre el trabajo de su madre a la adolescente resentida porque su madre siempre estaba ocupada y no tenía tiempo para ella, y, ya al final, a la mujer adulta que se enorgullecía de su madre y que a la vez se menospreciaba a sí misma comparándose constantemente con ella.

La estantería de mi madre estaba llena de libros sobre violencia intrafamiliar y sexual. Cuando iba al colegio, solía leer los ejemplares encuadernados con los casos que se habían tratado en el centro de mi madre como si fueran los clásicos de la literatura universal. Era una adolescente que al mismo tiempo leía cómics románticos y revistas feministas. Mi madre también me llevaba a proyecciones de documentales o películas animadas sobre cómo evitar la violencia doméstica, y también participaba en campamentos juveniles de educación de género y derechos sexuales.

En la universidad, quise unirme a algún club o grupo de estudio relacionados con estos temas, pero no encontré ni uno. Y eso que por entonces había pasado ya una década desde que mi madre abriera el centro. No podía creer que las cosas fueran así, y por eso decidí fundar uno yo misma. Empezó siendo un club de lectura. Abrí un foro en internet para compartir allí las fechas de las sesiones, el calendario de actividades, fotos y opiniones. Además, imprimí anuncios con la dirección web del foro y mi número de teléfono para pegarlos por el campus. Para mi sorpresa, mucha gente me llamó para decirme que quería unirse al club, y me llegaron incluso más solicitudes para convertirse en miembros del foro, aunque también recibía mensajes con insultos y amenazas. Por suerte, no me intimidaron, porque tenía el ejemplo de mi madre. Lo que sí me dejaba perpleja era que esas personas no se avergonzaran de sus acciones, porque ni siquiera se tomaban la molestia de ocultar sus números de móvil.

Al cabo de unas cuantas reuniones, se definieron las miembras regulares, la frecuencia ideal con la que debíamos quedar y el método de organización. Las regulares eran seis, de las cuales cuatro estábamos en primer año. Nos hicimos amigas muy rápido. Las cuatro hacíamos todo juntas, y de este modo nos adaptamos con mucha facilidad a nuestra nueva vida universitaria.

Como estaba siempre con mis amigas del club, fue hacia finales de semestre cuando volví a asistir, después de bastante tiempo, a una quedada de estudiantes de mi carrera. No tenía muchas ganas de ir, pero una compañera insistió. Como casi no participaba en las actividades del departamento, no conocía a nadie y me estaba muriendo de aburrimiento. No había nada que hacer aparte de beber cerveza. En ese momento, el compañero que estaba sentado a cierta distancia en diagonal a mí, un total desconocido, me llamó en voz alta, pronunciando muy claramente mi nombre.

—Guau. ¿A quién tenemos aquí? ¿Las feministas también beben?

Empezó a trabársele la lengua. Era evidente que estaba pasado de copas. En efecto, alrededor suyo había una botella de soju y varias de cerveza. El compañero que había sentado a su lado añadió:

—No seas bruto. Las feministas beben de los barriles y son fumadoras empedernidas. Tú también fumas mucho, ¿no?

No me sentí intimidada ni nerviosa. Al contrario, me parecían unos perdedores. Pero de todos modos aquella situación me molestó, y al no poder gestionar ese sentimiento decidí salir de ahí. Compré un paquete de tabaco y un mechero en una tienda veinticuatro horas. Encendí un cigarro mientras caminaba. Inhalé hondo el humo. Fue el primer y último cigarrillo de mi vida, pero no me acuerdo de su sabor ni de su olor, ni de cómo la nicotina me fue afectando al organismo. Lo único que recuerdo de esa noche es una farola rota que titilaba en la oscuridad, emitiendo el suave sonido de algo que se estaba quemando.

Mis años en la universidad transcurrieron sin eventos reseñables. El mismo año que me gradué conseguí un puesto como funcionaria pública y me casé. El año siguiente di a luz a mi hija. Trabajé sin parar, y la única vez que me alejé del mundo laboral fue durante la baja de un año que cogí para cuidar a Juha, cuando estaba en primero de primaria. La verdad, no imaginé que trabajar sería tan duro. Volvía a casa muy tarde y cuando llegaba la niña ya estaba dormida. Los fines de semana que tenía que trabajar para llevar a cabo alguna actividad extraordinaria, me metía en el baño a llorar de lo mucho que la echaba de menos. A la vez, envidiaba a mis amigas solteras, que viajaban o se iban a estudiar al extranjero con total libertad, y me hacía composiciones mentales de cómo hubiera sido mi vida si no me hubiese casado y tenido a Juha.

Mi madre me aconsejaba que descansara o cambiara de trabajo, sin entenderme al cien por cien. Decía: «¿De qué te quejas, si me encargo yo de cuidar a Juha y también te ayudo con las tareas de la casa? ¿Crees que es normal tener un trabajo en el que puedes cogerte un año de baja para cuidar de los hijos? ¿No te dije que no te casaras?».

—Dices que tu trabajo es duro, pero no te imaginas cómo era el mío. El miedo que me daba el viaje a pie desde el centro hasta casa, por esas callejuelas en zigzag que hay detrás de la farmacia. Me aterrorizaba la idea de que alguien pudiera atacarme y morirme ahí mismo. ¿Acaso estoy haciendo una comparación sin sentido?

—Sí. No tiene sentido que compares tu trabajo con el mío, y me molesta.

Sabía que su vida había sido una continua lucha. Pero no por eso eran menores mis dolores y menos graves las injusticias que me agobiaban.

*

En la cama de Juha están dormidas ella y mi madre, abrazadas. Una de las largas y blancas piernas de mi hija, que dejan al descubierto sus pantalones cortos, está encima de su abuela, vestida con un chándal mío. Es una escena familiar, que veo desde hace años las noches que regreso tarde del trabajo. Claro, han cambiado muchas cosas. En lugar de la colchoneta con personajes de dibujos animados en la que Juha solía dormir de niña, ahora hay una cama. Y mi hija, que era tan pequeña como una cachorrita, se ha hecho más grande que su abuela. Al sentirme allí, mi madre se despierta. Con mucho cuidado, retira la pierna de su nieta y se levanta.

—Creo que a Juha la ha llamado la madre de un amigo.

¡Ah! ¡La madre de Hyeonseong! Tengo en el móvil dos llamadas perdidas suyas, más un mensaje pidiéndome que la llame cuando pueda. Con todo, me parece muy poco prudente que haya llamado a Juha. Se me escapa una risa cínica.

—Pero esa mujer... ¿Es que no tiene vergüenza? El chico se acerca con la cámara muy descaradamente.

¿Muy descaradamente?

—Mamá, ¿has visto el vídeo?

—¿El que grabó Juha? ¿Tú no?

Cuando le pregunté a Juha sobre los debates en el comité de violencia escolar, solo me comentó que unos compañeros de su clase habían cometido acoso sexual. De que

Hyeonseong enfocó con la cámara de su móvil las piernas de Eunbi, ya fuera por diversión o con mala intención, y que Juha lo grabó todo, manipulada por su amiga, solo me enteré por la versión de la madre del muchacho. Y mi hija, que a mí no me quería contar nada, se confesó ante su abuela. Hasta le enseñó el vídeo en cuestión, cuando yo ni siquiera me había enterado de que lo tenía. De pronto siento que el alcohol se me sube y me enciende la cara.

Juha sigue dormida sin moverse. La tenue luz que entra de la sala le cae en la barbilla, lo que hace que sus mofletes parezcan más carnosos de lo habitual. También se le ven más redondas las fosas nasales. Juha tiene la nariz pequeña y redonda. No le gusta, por eso con frecuencia me avisa de que se operará cuando cumpla veinte años. Mis cumplidos sobre que tiene una nariz muy bonita no la convencen, ni tampoco mis comentarios sobre su apariencia: no necesitas maquillaje, te queda muy bien el pelo recogido, no tienes que ponerte pendientes para estar más guapa, tu nariz es perfecta, así que no pienses en operarte... Ella se pinta los labios de rojo, se deja el pelo suelto hasta la cintura incluso en verano y ya tiene tres agujeros en cada oreja.

—Dices que estoy igual de guapa sin hacer esto o aquello. Eso implica que una, en principio, debe ser guapa. ¿Es posible que alguna vez me digas que no soy guapa o que no necesito serlo?

Pero para mí eres la niña más guapa del mundo y me encanta tu nariz, aunque seguramente terminarás operándote algún día. Ver a mi hija, tan parecida a mí y tan diferente a la vez, me entristece. Hasta me siento impotente en ocasiones. Tiene el móvil debajo de la almohada, pero no me animo a tocarlo. Entre que me quedo mirándole la cara y su teléfono, Juha se despierta frotándose los ojos.

—¿Mamá?

Se levanta tambaleándose y va al baño. Camina con tal ligereza que parece que estuviera sobre las nubes. Enciende la luz y cierra la puerta. Suena el chorro de orina que cae por el inodoro, la descarga de la cisterna y el agua del lavabo en el que se lava las manos. Desde la cocina, me concentro en todos esos sonidos que hace mi hija.

Juha sale del baño y viene hasta donde yo estoy para sacar una botella de agua del frigorífico. La levanta para beber directamente de ella, pero sin tocar el morro. Traga haciendo ruido con la garganta.

—¿Has bebido mucho? —me pregunta sentándose en una de las sillas de la mesa del comedor.

—¿Te ha llamado la madre de Hyeonseong?

Juha no contesta. Ante su silencio, cojo la silla de enfrente y me siento ahí. Mi madre, como si quisiera ignorar la situación, se acuesta en el sofá dándonos la espalda.

—A mí también me llamó. Me pidió convencerte para que dijeras la verdad en el comité de violencia escolar. Sabes que Hyeonseong se está preparando para acceder a un instituto especializado en ciencias, ¿no?

—Yo no me quiero meter.

—Pero grabaste tú el vídeo. Ya estás metida.

—¿Y? ¿Me estás pidiendo que mienta para que ese pueda ir al instituto de ciencias?

—No, no te estoy pidiendo nada. Solo quiero que seas sincera conmigo para que yo te pueda proteger.

—Ya te lo dije. Hyeonseong acosó sexualmente a Eunbi al acercar la cámara para grabarla por debajo de la falda.

—¿Pero eso lo hicieron aposta? Me refiero a con intenciones sexuales. ¿No se estaban divirtiendo solo? Los hombres son así, muy poco delicados. Pueden llegar a hacer cosas absurdas para chulearse.

Juha está enfadada. Se le nota en la cara. Pero yo debo zanjar esta conversación con ella, por eso la cojo de la muñeca cuando empuja violentamente la silla y se levanta para volver a su habitación. Quiero preguntarle si las chicas tenían todo planeado de antemano para que ella grabara la escena, pero no me atrevo.

—¿No fue Eunbi... la chica que le pidió salir al mejor estudiante de la clase y luego cortó con él cuando sacó malas notas...?

Tartamudeo al tratar de desviarme un poco del asunto del vídeo, pero Juha me interrumpe:

—Lo vienen haciendo desde hace mucho. Acercan la cámara a las piernas o al pecho de las chicas y cuando los pillan cambian al modo selfi y se hacen fotos riendo, burlándose de todas. Disfrutan más cuando las chicas se asustan y gritan. Son unos pervertidos. A mí también me pasó. ¿Te haces una idea de lo asquerosa que es esa situación?

Juha frunce el ceño cerrando los ojos.

—¿Y? ¿Por eso grabaste el vídeo? ¿Por eso planeasteis tenderles una trampa?

—¡Mamá! Eres igual que esas señoras.

—¡No, no soy igual! ¿Te acuerdas del entorno en el que crecí? Iba desde que tenía tu edad a campamentos sobre derechos sexuales. Te conté lo del club de lectura que organicé en la universidad, ¿no?

La risa que suelta Juha es cínica. Es cínica e hiriente.

—Por supuesto que me acuerdo. Pero eso fue hace veinte años. Ahora eres igualita a esas señoras. Escúchate, por Dios. Me estás diciendo que los hombres son todos iguales y que nosotras debemos entenderlos. Que se divierten haciendo fotos de cuerpos ajenos. Que hay chicas que seducen a chicos para desconcentrarlos y para que saquen malas notas. Ponte al día, mamá.

Sí, eso fue hace veinte años. ¿Qué me ha pasado en estos veinte años? Miro al vacío atontada, confusa al pensar en mi situación actual. Entretanto, Juha pone su móvil sobre la mesa.

—El vídeo está en la galería de imágenes. Velo si quieres. Y la razón por la que Eunbi cortó con ese chico fue porque le quería meter mano sin siquiera lavársela.

Juha, furiosa, se mete en su habitación y pega un portazo. Hija mía, ¿entonces está bien que le meta mano si se la lava antes? ¿Tú también se lo permites? ¿Sueno muy anticuada? Me tumbo sobre la mesa. Empiezan a caerme lágrimas por las mejillas cuando siento una mano sobre el hombro.

—¿Qué le pasa a tu hija? ¿Por qué hace sufrir tanto a la mía?

Ah, mamá. Levanto la cabeza y noto que tiene los ojos tan enrojecidos como yo.

—Guau. Eunbi tiene móvil nuevo. ¡Qué buena resolución tiene!

Es la voz de Juha. La chica de sonrisa transparente debe ser Eunbi. De solo verle la cara parece una niña de primaria con mirada lánguida, lo que la hace parecer aún más ingenua. Le pide que la grabe desde un ángulo en el que las piernas se le vean largas, salta y se sienta sobre las taquillas. Me hace reír la manera en que balancea las piernas, cortas y gorditas. Ahí aparece Hyeonseong junto con un muchacho que no conozco. Se hablan al oído y enseguida Hyeonseong saca su móvil del bolsillo y estira el brazo para enfocar la cámara hacia Eunbi.

—¡Hala! Se ve superbién. Hasta muy lejos.

Suena la cámara. De repente la imagen tiembla, mientras la cámara hace zoom y se aleja una y otra vez. Escucho la voz de Juha y otra que no logro reconocer.

—Juha. ¿Estás bien? ¿Te ocurre algo?

—No. Estoy bien. Es que se me nubla la vista cuando escucho el clic de una cámara.

—¿De veras? ¿Por qué?

—No sé. Me pasa como si alguien me hubiera activado el flash justo delante de los ojos. También me duele la cabeza.

De fondo se escuchan risas burlonas, abucheos e insultos. «¿Acaso no puedo hacerme un selfi?». «¡Pero si la cámara me enfocaba a mí!». «¿A esas piernas cortas que tienes? Sí, anda». «¡Pervertido!». «¡Gorda!». «¡Hija de...!». El vídeo termina ahí.

Retrocedo un poco para escuchar lo que dice mi hija. Hasta la parte en la que dice que no ve bien y que le duele la cabeza. Sus palabras, que suenan casi como murmullos, me conmocionan más que los insultos y los gritos de los cerca de quince adolescentes que se oyen en el vídeo. Y es que los síntomas que menciona son los mismos que tengo yo. A mis quince años, aunque la larga y nítida cicatriz de aquella mujer me aterrorizó, fingí que no me afectaba. Ignoré mis miedos y ansiedades, engañándome con que estaba bien, puesto que había visto situaciones similares miles de veces, viviendo con mi madre. A partir de ahí me comenzaron a doler las comisuras de la boca, las sienes y la cabeza.

La cara de mi hija, que contaba con el ceño fruncido que también había sido víctima, sigue grabada en mi cabeza.

Dejo pasar un día para llamar por la mañana a la madre de Hyeonseong. Le digo que Juha no podrá declarar ante el comité de violencia escolar, que ya de por sí está en una situación incómoda y que no quiero empeorarla. No recibo reacción alguna de ella hasta que la llamada se corta.

*

Llega el día de la reunión del comité de violencia escolar y me entero en el trabajo de que ordenaron a los estudiantes agresores presentar una disculpa escrita, además de imponerles sanciones disciplinarias. También estableció una nueva regla interna para confiscar los móviles de todos los alumnos por la mañana y devolvérselos al terminar las clases, una medida que en algunas aulas ya había empezado a implementarse. Sin embargo, a raíz del caso de Eunbi se incluyó en el estatuto de la escuela.

Juha no pudo ir al colegio a causa de unos fuertes dolores de cabeza. No tuvo que declarar, ni presentar un testimonio por escrito. Eunbi entregó el vídeo al comité como prueba. Pero claramente se la veía incómoda, quizá porque se sentía como una traidora por no haber podido acompañar a su amiga en aquel momento. Esa incomodidad se hizo evidente en sus síntomas, ya que por la mañana vomitó las pastillas que había tomado la noche anterior para calmar los dolores. Y eso que descansó lo suficiente, porque se acostó mucho más temprano de lo normal. No quise obligarla a ir al colegio en ese estado. Por eso le pregunté si podía quedarse sola. Juha asintió con la cabeza.

—No comas fideos instantáneos.

Eso era lo único que le podía decir a mi hija, que estaba atravesando una seria crisis.

Tras terminar el trabajo de la mañana, alrededor de las once, la llamo. Tiene la voz ronca, como si estuviera todavía medio dormida. Con esa voz me dice que se encuentra mejor, para tranquilizarme, y yo le repito que coma bien. A las doce y media, me manda una foto por el móvil de lo que está comiendo: arroz con la guarnición que había dejado en el frigorífico. «Comiendo bien», escribe con sequedad.

Por la tarde olvido por completo que Juha está sola en casa; primero, porque gracias a su foto ya no estoy inquieta, y segundo, porque tengo mucho trabajo. Cuando le escribo un mensaje para preguntarle qué quiere cenar, me contesta que su abuela está preparando algo. ¿La habrá llamado Juha? Siento pena por mi madre, pero al mismo tiempo tranquilidad.

De vuelta en casa, la mesa ya está servida. Pero encuentro solo tres guarniciones para compartir y tres boles, uno para cada una.

—¿Qué es?

—Arroz con aguacate y huevas de abadejo.

—Cuando Juha me dijo que estabas preparando la cena, imaginé una muy tradicional. Con arroz y sopa de kimchi o algo parecido.

—No me gusta que la ropa y el pelo me huelan a kimchi. Seamos más modernas de ahora en adelante.

Juha levanta el pulgar hacia su abuela como gesto de aprobación. El plato nuevo que ha preparado mi madre está tan bueno que no puedo soltar la cuchara.

—Lo grabamos a propósito. Lo planeamos todo de antemano porque sabíamos que los chicos se acercarían si Eunbi se sentaba sobre las taquillas. Incluso lo ensayamos —dice Juha sin dejar de comer.

La verdad es que ya lo sabía. Mi hija ha crecido más de lo que yo quisiera y debo reconocer que ya no es una niña. Mi madre, sin embargo, como ni siquiera se había planteado que su nieta fuera capaz de tal cosa, la mira con reproche y desconcierto y pronuncia su nombre con fuerza, con tono de regaño. Por un momento pienso en si debería reprenderla también, pero al final decido ser su cómplice.

—No se lo cuentes a nadie. Que sea un secreto entre nosotras y Eunbi.

Juha asiente con la cabeza.

—¿Y la jaqueca?

—Ya no tengo. No me di ni cuenta de que se me había quitado.

Juha revuelve con los palillos lo que tiene en su bol para comerse nada más que los trozos de aguacate. Como no le recrimino por comer solo lo que se le antoja; en lo que a alimentación se refiere, aún es una niña. Pero está creciendo sana. No tiene problemas de salud. Puede que mi insistencia en que siga una dieta equilibrada sea una obsesión mía, producto de mis ansiedades e inseguridades de madre. Bajo la cuchara y cojo también los palillos para comerme solo el aguacate. Los pedazos perfectamente maduros me resbalan por la garganta, incluso antes de masticarlos del todo. Juha debe de estar percibiendo lo mismo que yo: el paladar deleitándose por el rico sabor y la suave textura.

Un trozo de aguacate permanece en el bol de Juha. Me recuerda al guisante que hace tiempo se me escapó de los dedos. ¿Recordará mi hija este momento que estamos compartiendo como la escena más inolvidable de una telenovela? Me pregunto qué fruta exótica estará servida sobre su mesa entonces.

Primer amor, 2020

Seungmin se le declaró el último día de clase de cuarto de primaria. En cuanto Seoyeon llegó al edificio 401, donde vivía, el niño le bloqueó el paso.

—¿Qué quieres?

—Ven conmigo.

Seungmin la llevó al jardincito con flores entre el edificio 401 y el 402. La niña intuía lo que quería decirle.

Habían sido amigos durante todo el año. Sus compañeros solían reírse de ellos porque, a esa edad, las niñas tienden a relacionarse con niñas y los niños solo se juntan con chicos. «¿Sois novios?», «¿Te gusta?», «Cuchi, cuchi...». Seoyeon restaba importancia a esos comentarios. Seungmin, por su parte, decía que sus amigos eran unos inmaduros, aunque en realidad le afectaban sus comentarios, pero no quería dejar plantada a Seoyeon negando u ocultando sus sentimientos para eludir sus burlas. Y después de disfrutar de su compañía durante un año entero había llegado a la conclusión de que debía declararse.

Pese a que antes de repartir la agenda la profesora dijo una y otra vez que no miraran las de los otros, la asignación de las clases para el nuevo año académico que aparecía en la primera página corrió por toda el aula como la pólvora. Tanto Seungmin como Seoyeon irían a quinto A. La niña se alegró y el niño se emocionó al presentir que el destino los unía. En ese momento fue cuando decidió declararse.

Mientras golpeaba el suelo con la punta de la zapatilla, tras toquetearse la mascarilla durante un rato, Seungmin dijo:

—Esto... en clase se preguntan si somos novios o si nos gustamos, ¿no? A mí... pues... me gustas un poco.

—¿Un poco?

—¡No! Quería decir mucho.

—Ah...

—¿Quieres ser mi novia? —le preguntó Seungmin al tiempo que, nervioso, se arrancaba algunos padrastros.

La niña no contestó. Se limitó a mirarlo fijamente. A Seoyeon también le gustaba Seungmin, pero no sabía qué era ser novia de alguien. Se preguntaba qué cambiaría en su relación si eran novios, si sin serlo jugaban en el recreo y volvían juntos a casa en cuanto acababan las clases. Mientras se prolongaba el silencio de Seoyeon, el niño se arrancó el pellejo de una uña más de lo debido. Una gota roja brotó de la diminuta herida, y Seoyeon se asustó.

—Estás sangrando...

—Sí, soy un hombre de sangre caliente.

La respuesta de Seungmin la hizo reír.

—Está bien. Acepto ser tu novia.

—¿De verdad? Te escribo más tarde, ¿te parece?

El niño se alejó del jardín de flores con las orejas rojas y la niña salió de allí a paso lento.

Se intercambiaron el horario de clases de las academias de apoyo a las que asistían. Como los lunes y los miércoles se solapaban la clase de inglés de Seoyeon y la de matemáticas de Seungmin, quedaron que saldrían temprano de casa para verse un rato en el parque del barrio. Los jueves dijeron que se llamarían por teléfono mientras Seoyeon salía de matemáticas y Seungmin iba a clase de redacción. Además, siempre podían enviarse mensajes. Así acordaron pasar las vacaciones de primavera, ya que en dos semanas empezaba el semestre y podrían verse a diario. Se prometieron volver a casa juntos, igual que habían hecho en cuarto. Eso sí, pactaron mantener su noviazgo en secreto. No querían sufrir por comentarios tontos y fuera de lugar.

Todas sus expectativas caducaron en una semana. A finales de febrero, ante el explosivo aumento de contagios por la COVID-19, se retrasó el inicio de las clases y las academias cerraron temporalmente. Los flamantes novios no pudieron verse ni en el colegio ni entre sus clases de refuerzo de inglés y matemáticas. Para colmo, era difícil hablar por teléfono, pues al contrario que Seoyeon, que podía meterse en su cuarto, la madre de Seungmin no le dejaba cerrar la puerta de su habitación. Le decía que podía hablar por teléfono cuanto quisiera, que no le preguntaría quién estaba al otro lado de la línea y que no se sintiera incómodo, pero cada vez que le sonaba el móvil, ella dejaba lo que estaba haciendo. La aspiradora se silenciaba, el agua dejaba de correr por el fregadero o bajaba el volumen de la radio. A Seungmin le era imposible hablar desde casa.

Por eso empezaron a mandarse mensajes. «¿Qué estás haciendo?», «¿Ya has comido?», «Me aburro», «Mi madre es muy pesada», «Mi hermana no deja de hablar», «Estaba viendo la tele», «Me he levantado tarde», «Estaba con un videojuego», «Mi madre me está llamando para comer», «Me han echado la bronca por usar tanto el móvil», «Me cepillo los dientes y vuelvo...». En medio de un constante intercambio de mensajes retransmitiendo información sobre la cotidianeidad que estaban viviendo sin poder verse, Seoyeon fue la primera en escribir: «Te echo de menos».

Sujetando el móvil con las dos manos, la niña clavó la mirada en la pantalla. Nada. Sin respuesta de su novio. Era imposible que no lo hubiese visto porque estaban escribiéndose. ¿Qué estaba pasando? ¿Se le habría estropeado el teléfono de repente? Seoyeon desactivó la función de mensajes para reactivarla segundos después por si le había llegado alguno. Nada. Lo último que veía en la lista de enviados y recibidos era el «Te echo de menos» que había escrito ella. «Hubiera sido mejor no decirle nada», pensó. ¿Se sentiría presionado? Mientras pulsaba cualquier botón por si podía borrar el mensaje ya enviado, el móvil vibró. Era la respuesta de Seungmin. Decía: «¡Qué bonita eres!».

A Seoyeon se le aceleró más el pulso que cuando se le había declarado, y se sonrojó. «Le parezco bonita. Bonita...». Abrazó el móvil y empezó a rodar por el suelo de felicidad. De pronto su hermana abrió la puerta de la habitación sin llamar antes.

—¿Qué diablos haces? ¿Te has vuelto loca?

—¡Llama antes de entrar! Pesada.

—Estás loca, ¿no? Mamá dice que vengas a comer. ¿No la has oído?

—¡No! No la he oído.

—¿Tienes COVID?

—¡Qué bestia eres! No debes hablar del COVID tan a la ligera.

—Cállate y ven a comer.

La hermana de Seoyeon salió de la habitación y cerró la puerta, así que ella le escribió a su novio que tenía que irse a comer. Un nuevo mensaje le llegó enseguida, pero no era de él.

[Enviado desde la web] (LG U+) Ya ha usado todos los SMS y las llamadas gratis (20.200) de su tarifa, LTE Ring 19.

Desanimada, a Seoyeon le temblaron las piernas. ¡Maldita sea!

Era un móvil viejo. Uno plegable, un modelo que había salido hacía tiempo, sin acceso a internet ni conexión wifi. Hasta segundo de primaria llevaba uno para niños y, desde tercero, otro que había sido de su hermana. Ese se lo dieron cuando ella se compró un smartphone. Seoyeon rogó a sus padres para que le compraran uno a ella y les hizo toda clase de promesas: se esforzaría por ser la presidenta del consejo estudiantil del colegio, no volvería a pelearse con su hermana, comería bien... Nada sirvió.

Para Seoyeon, ese viejo teléfono era su tesoro, lo único que la conectaba con el mundo mientras no podía salir de casa por la pandemia. Pero ya no le quedaba saldo y no tenía wifi, así que no podía acceder a las aplicaciones de mensajería ni a las redes sociales. En otras palabras, solo podía recibir llamadas y mensajes hasta que el saldo se renovase a primeros de mes. Lo que hubiera dado por tener un smartphone y mandar todos los mensajes que quisiera con una aplicación de mensajería instantánea...

Seoyeon se tragó una cucharada de arroz y se tomó la sopa directamente del plato. Su madre, feliz al verla comer tan bien, le puso un rollo de huevo encima del arroz. La niña lo devoró. Sabía mejor que nadie que la mayor preocupación de su madre era la alimentación de su hija pequeña, a la que no le gustaba comer. Por eso, cuando la vio sonreír, Seoyeon le devolvió la sonrisa y le habló con ternura:

—Mamá. Sabes que en marzo paso a quinto, ¿no?

—Por supuesto. Ya eres muy mayor. Pero es una lástima que las clases sigan suspendidas. Incluso dicen que quizá se cancele la ceremonia de bienvenida a los estudiantes de secundaria de tu hermana. ¡Qué pena!

—Y recuerdas que me prometiste que me comprarías un smartphone cuando estuviera en quinto, ¿verdad?

La madre de Seoyeon se quedó atónita. Era evidente que no lo recordaba. Entonces la niña volvió a preguntar con discreción, fijándose en el cambio de actitud de su madre:

—Como no queda casi nada para que comiencen las clases, ¿qué tal si vamos hoy a comprarlo?

—¿No ves que lo han suspendido todo por la pandemia, hasta las clases en el colegio y en la academia? Salir no es prudente. Nos arriesgaríamos yendo a una tienda —dijo la madre tratando de persuadirla, y puso otro rollo de huevo encima de su arroz.

Pero Seoyeon insistió:

—¿Podemos comprarlo por internet?

—Hagámoslo con calma. No hay prisa, ¿o sí? ¿Qué necesidad hay de que tengas ya un smartphone, si para lo que no puedes hacer con tu móvil, es decir, jugar a los videojuegos o ver YouTube, usas el mío? Esperemos a que la pandemia ceda un poco.

«¿Será que andamos mal de dinero?», se preguntó. El padre de Seoyeon tenía una pequeña agencia de viajes especializada en paquetes turísticos a Japón, pero el negocio atravesaba el peor momento de su historia. Las dificultades que habían empezado con el boicot a Japón por parte de los consumidores coreanos cuando empeoraron las relaciones entre ambos países se agravaron con la pandemia. Seoyeon se enteró al oír por casualidad lo que comentaban sus padres mientras veían las noticias. Para colmo, desde ese fin de semana, su madre tampoco tendría trabajo. Era guía histórico-cultural para niños, y su labor consistía en organizar grupos de estudiantes de primaria, llevarlos a museos o a galerías de arte los sábados y domingos e informarles sobre las colecciones que se exhibían. Las visitas que coordinaba eran muy populares tanto entre los niños como entre los padres, así que no había ni un fin de semana que no trabajara. Sin embargo, tuvo que cancelarlas todas por la pandemia.

«¿Le pido que me recargue el saldo del móvil?», pensó Seoyeon, pero desistió. Durante toda la tarde recibió mensajes de Seungmin preguntándole qué hacía, por qué no le respondía, si estaba ocupada..., hasta que el impaciente novio la llamó. Ella, que no se había apartado del móvil ni un instante, contestó antes de que vibrara.

—Perdona. Se me ha acabado el saldo. En marzo ya podré mandar mensajes porque se renueva cada mes.

—Sería bueno que usaras una app de mensajería instantánea. ¿Tampoco puedes acceder desde el ordenador?

—Es que mi madre y yo compartimos portátil.

—Ah...

—¿Y tú? ¿Cómo es que me llamas? ¿No me dijiste que no podías porque tu madre te vigilaba?

—Ha salido a tirar la basura. ¡Ha vuelto! Tengo que colgar.

Seoyeon oyó al otro lado de la línea el sonido de la cerradura electrónica y la llamada se cortó. Ante el silencio del móvil, se acurrucó, abrazándose las piernas, y dejó caer la cabeza sobre las rodillas.

Poco a poco, la frecuencia de los mensajes disminuyó. No había novedades, la rutina no variaba. Desde marzo, la academia de inglés de Seoyeon activó un sistema de clases online por Zoom y la de matemáticas le enviaba cuadernos de ejercicios por correo electrónico. Seoyeon pasaba más tiempo con los juegos del móvil de su madre y se peleaba más a menudo con su hermana.

Aunque las clases escolares se aplazaron dos semanas más, las academias privadas a las que iba su hermana reactivaron sus programas de estudios presenciales. La escasez de mascarillas no permitía comprar más de dos por persona a la semana. Como la hermana de Seoyeon tenía clases a diario, no tuvo otra alternativa que usar la misma varias tardes. Al tercer día, cuando la mascarilla ya olía a saliva, dijo que no quería ir porque le daba asco ponérsela. Pero no había otra opción. Además, hacía caso omiso a los consejos de Seoyeon, quien había visto un vídeo de YouTube para confeccionarse una casera, de uso provisional, con una servilleta y dos gomas elásticas.

Seungmin también volvió a la academia, aunque sentía envidia de su novia, que seguía con las clases por Zoom.

—Tengo un montón de deberes. Ayer tuve que quedarme casi dos horas más en la academia porque no aprobé el examen de matemáticas.

Seungmin comenzó a asistir a clases avanzadas en tercero de primaria, y ahora que estaba en quinto ya estaba aprendiendo matemáticas y álgebra de primero de secundaria. En la academia, todos los alumnos debían superar un examen al terminar la clase y, si suspendían, tenían que quedarse en el aula hasta obtener una nota superior a la mínima permitida por los profesores. Seungmin contaba que, el día que su madre y él fueron a matricularlo, el empleado de administración les advirtió que, si empezaba a recibir clases allí, era mejor que no programara otras para ese día porque nadie podía asegurarle a qué hora saldría.

Seoyeon le mandaba mensajes como «¡Qué duro!» o «¡Ánimo!» para alentarlo, aunque no comprendía por qué tenía que esforzarse tanto. Además, no podía evitar compararlo con ella, que iba a una academia de matemáticas desde el segundo semestre de cuarto. Antes de eso resolvía en casa los cuadernos de ejercicios que su madre le compraba en la librería. Era ella la que se encargaba de revisar si lo había hecho bien y de explicarle por qué se había equivocado. El problema fue que llegó un momento en que no entendía los problemas que le explicaba su madre y esta, ante su confusión, cada vez alzaba más la voz. Entonces la hermana de Seoyeon le recomendó la educación privada.

—Mamá, es mejor que la matricules en una academia. Las fracciones no las podrá entender.

Seoyeon iba a la academia dos veces por semana. Allí recibía clases durante una hora y resolvía problemas matemáticos del mismo nivel o de un nivel parecido al que se impartía en la escuela. No era mala estudiante. Al final de cada lección, en los exámenes, siempre obtenía más de noventa puntos sobre cien, y al terminar el segundo semestre de cuarto su maestra le puso MUY BIEN en todas las pruebas. Para Seoyeon eso era suficiente, de ahí su desconcierto ante el esfuerzo de su novio. Al mismo tiempo sentía ansiedad.

En abril, la academia de inglés de Seoyeon reanudó su programa de estudios presenciales, y el día 16 de ese mes reabrió la escuela, aunque a distancia. Lamentaba el final de esas vacaciones prolongadas por fuerza mayor, aunque se alegraba de volver a su vida normal, y al mismo tiempo tenía curiosidad por saber cuánto habrían estudiado sus compañeros durante aquellos meses sin clases, sintiéndose un tanto insegura ante la posibilidad de quedarse rezagada.

El miércoles 1 de abril, Seoyeon se encontró con Seungmin en el parque antes de ir a clases de inglés. Habían pasado un mes sin verse. El niño tenía los ojos risueños, como dos lunas crecientes sobre la mascarilla que le tapaba media cara, pues al reír se le cerraban los ojos. Seoyeon se burlaba de él y sacudía la mano con varios dedos levantados cerca de su cara para preguntarle si sabía cuántos eran. Pero lo hacía con cariño porque, por graciosos que le parecieran, aquellos ojos bondadosos le gustaban mucho.

Hablaba sin parar, como si quisiera sacar todo que llevaba en su interior. De su conducta era posible deducir cómo lo había pasado durante el mes de marzo y su angustia. Al decir que tenía muchas ganas de volver a ver a sus amigas y jugar con ellas, mencionando el nombre de cada una, se emocionó tanto que tuvo que morderse el labio para no llorar. Suerte que llevaba la mascarilla. Su perspicaz novio, como si hubiera leído sus sentimientos, lanzó una risa exagerada para que ella no se abochornara. Le recordó que la falta de clases no había estado tan mal, porque los había librado de deberes y exámenes. Seoyeon, sabiendo lo que intentaba Seungmin, lo riñó en tono juguetón por inmaduro.

—¡Nos vemos el lunes! —exclamó Seoyeon antes de despedirse, pero Seungmin hizo el gesto de acordarse de algo y dijo que no podrían verse ese día.

—Desde este mes tengo clases de ciencias los lunes, antes de matemáticas.

—Ah...

—Matricúlate tú también allí. Estudiaremos juntos.

—Tengo que preguntárselo a mi madre.

—¿Y puedes cambiar de academia de matemáticas? Ven a la mía. No tienes que matricularte en clases avanzadas. Acaban de abrir un grupo que sigue la guía docente del colegio. Junsu, que va a otra academia de cursos intensivos, está asistiendo en paralelo.

Aprovechando la falta de clases escolares, en el mercado de la educación privada aparecieron muchos programas de apoyo para atraer a estudiantes y a padres. Se crearon diversos cursos para complementar la ausencia de la educación formal y planes de exámenes personalizados que permitían conocer el nivel de cada alumno. Además, surgieron grupos que enseñaban lo mismo que en el colegio, como los que acababan de abrir en la academia de Seungmin, y este ya se había matriculado para estudiar matemáticas de quinto, mientras seguía en las clases avanzadas de matemáticas y álgebra de primer año de secundaria. Por lo que contaba, todos los chicos de esas clases avanzadas asistían también a las normales.

—La directora de la academia dijo que, en cuanto acabe la pandemia y todo vuelva a la normalidad, la brecha de rendimiento entre los estudiantes será enorme. A los rezagados les costará alcanzar el nivel del resto.

Seoyeon le repitió que se lo preguntaría a su madre. La verdad, no había dejado de ir a la academia de matemáticas para asistir a una nueva o a otra mejor.

Desde primeros de año, el padre de Seoyeon se había visto obligado a despedir a sus empleados, y en ese instante trabajaba solo, aunque lo único que hacía era cancelar paquetes turísticos y devolver a los clientes el dinero que habían pagado al reservar viajes con su agencia. La situación era dura, pero se esforzaba por mantener su negocio a flote. Sabía que el mercado estaba en un momento de transición. No había tanta demanda de viajes grupales, pues la mayoría de los consumidores buscaban itinerarios que les permitieran viajar solos, con su pareja o en familia, incluso cuando contrataban paquetes para sus padres mayores a destinos sin tanta actividad, como a esos pueblos japoneses famosos por sus aguas termales. Por eso, el padre de Seoyeon pensaba aprovechar la crisis para desarrollar nuevos productos. Le costaba mantener la agencia porque las ventas habían caído en picado. Por suerte, pudo acceder a las ayudas que ofrecía el Gobierno al microcomercio y al sector turístico para paliar el impacto de la pandemia, y encima había cogido otro trabajo en un almacén de paquetería.

Seoyeon se enteró del estado de la empresa de su padre a través de su hermana. Cuando su madre le dijo que dejara de ir a clases de matemáticas porque estudiaban demasiados niños en una misma aula, supuso que era por la pandemia. Y creyó que, al igual que ella, su hermana no iría a la academia de matemáticas ni a la de arte para evitar el contagio. Dio por hecho que la razón por la que su padre volvía tan tarde a casa eran los trabajos extra de la agencia, y no dudó de su madre cuando le dijo que trabajaba como voluntaria en el centro comunitario. Por eso le disgustaba comer lo que su madre había dejado servido por la mañana, porque no podía borrar de su mente la imagen de ella sirviendo comida recién preparada a otros niños. En ningún momento se imaginó que sería un trabajo a tiempo parcial. Como no lo sabía, Seoyeon le pidió que le comprara un teléfono nuevo y por eso su hermana la regañó:

—¿Cómo has podido pedirle un smartphone cuando no hay dinero ni para nuestros estudios porque el negocio de papá está a punto de quebrar?

Seoyeon rompió en llanto por miedo, por tristeza y porque sentía lástima por sus padres.

—¿Crees que podremos seguir yendo a la academia de inglés?

—Sí, porque he dejado las clases de arte. No intentaré entrar en el instituto de bellas artes.

No había hecho nada malo, pero Seoyeon se sentía culpable, como si una pesada carga la aplastara. Durante varias noches soñó que su familia escapaba de algo. No podía dormir, por eso no tenía fuerzas ni para discutir con su hermana. Su madre, al verlas tan decaídas, dijo que era mejor que se pelearan. Quería desahogarse con Seungmin, para que la consolase, pero contarle todo lo que le estaba pasando por mensaje le resultaba imposible.

Un día, Seoyeon se estaba levantado del banco en el que se había sentado para ir a la academia cuando Seungmin le entregó un sobre.

—¿Qué es?

—Un regalo.

—¿Puedo abrirlo?

—Claro.

Eran mascarillas. Cinco de tamaño mediano. A la niña le temblaron las manos, como si hubiera recibido un anillo de compromiso.

—¿Dónde las has conseguido?

—Las he ahorrado usando una mascarilla durante varios días a escondidas de mi madre.

Pese a que la enmudeció un nudo en la garganta, consiguió darle las gracias, eso sí, en un susurro. Los novios cruzaron el parque cogidos de la mano. En cuanto salieron, se soltaron y fueron en direcciones opuestas, hacia donde debía ir cada cual.

Esa fue la última conversación decente que mantuvieron. Seungmin siempre estaba ocupado. Los lunes tenía clases de ciencias y los miércoles, deberes, exámenes o asignaturas complementarias. Por supuesto, se desvaneció la promesa inicial de encontrarse en los ratos libres. Ya no podían ver ni la cara medio cubierta con mascarilla del otro. Cuando se mandaban mensajes, Seungmin reiteraba una y otra vez que le gustaría que Seoyeon fuera a la misma academia que él o que pudiera usar una app de mensajería instantánea, y eso empezaba a incomodarla.

Un día, mientras Seoyeon volvía a casa una hora más tarde de lo habitual de unas clases extra de inglés, se encontró con Seungmin delante de la tienda veinticuatro horas del barrio. Se alegró de verlo, pero percibió una extraña distancia entre los dos. La niña saludó primero levantando la mano y el niño la imitó. Entonces ella pasó a su lado con una sonrisa en los labios. Tardó bastante en darse cuenta de que Seungmin no debió percatarse, ya que iba con mascarilla. La idea de que podía haber malinterpretado su gesto la inquietó, pero no lo lamentó. «Ya no hay nada que hacer», se dijo.

Seoyeon volvió al colegio el 5 de junio, después de que a mediados de mayo se reanudaran las clases presenciales, primero para los estudiantes del último curso de bachillerato y sucesivamente para el resto. Por fin, el 1 de junio regresaron a las aulas los alumnos de primero de secundaria, y de quinto y sexto de primaria. Pero iban solo una vez por semana, ya que así lo dispuso el Ministerio de Educación para reducir el número de estudiantes, y a Seoyeon le tocaba ir los viernes.

Los libros, los cuadernos, los subrayadores, los colores, las tijeras, el pegamento, la cinta adhesiva, el papel higiénico, las toallitas húmedas, el desinfectante de manos, hasta las zapatillas, que en circunstancias ordinarias hubiera guardado en el casillero, tuvo que meterlos en la mochila. Apenas pudo cerrar la cremallera y, por el peso, le dolían tanto los hombros que tenía que sujetar las asas de la mochila con las manos mientras caminaba hasta el colegio. En la puerta principal del centro vio una pancarta: ¡BIENVENIDOS! ¡OS HEMOS ECHADO DE MENOS!

Seoyeon cruzó el vestíbulo del colegio, donde habían instalado una cámara termográfica para el control de la temperatura corporal. Subió al aula, se quitó los zapatos y se puso las zapatillas para entrar. Ahí estaba la maestra, que hasta ese día solo había visto por la pantalla del ordenador a través de Google Meet. Era raro, como si fuera una famosa de la tele. La saludó y se presentó. «Me alegro de verte, Seoyeon», dijo la maestra anotando su temperatura corporal en la libreta y apretando un tubo de gel hidroalcohólico que le cayó en la mano.

Los pupitres estaban separados por la distancia de un brazo. Encima de cada uno había mamparas de metacrilato.

En una esquina habían pegado una etiqueta con el nombre del alumno o alumna correspondiente. Seoyeon se sentó en el que llevaba su nombre y, desde ahí, miró a su alrededor. No había ni un compañero sin mascarilla, aunque pudo reconocerlos a todos, menos a Jiyu, que antes de las vacaciones de invierno se había cortado el pelo a la altura de los hombros, pero ya lo tenía largo, hasta la mitad de la espalda. Los niños se saludaron sin moverse de sus pupitres, levantando la mano.

Mientras estaba sacando el estuche, el cuaderno de ejercicios y el libro de lengua de la mochila, alguien tocó dos veces la mampara de su pupitre. Primero vio una mochila Nike negra. Era Seungmin, y ese fue todo el saludo que pudieron intercambiarse. Los recreos eran cortos y no podían levantarse de la silla si no era para ir al baño. A la salida de clase, debían caminar en fila guardando las distancias hasta la puerta de la calle. Tres metros separaban a los novios.

Esa mañana de la tercera semana de clases, la compañera de al lado se detuvo mientras metía los libros en la mochila y puso encima del pupitre todo lo que llevaba dentro. Rebuscó entre sus cosas, como si hubiera perdido algo valioso. A ella, desconcertada y con el ceño fruncido, le preguntó Seoyeon:

—¿Qué se te olvida?

La compañera, que estaba a la distancia de un brazo, detrás de una mampara y con mascarilla, respondió:

—Agua sí que llevo.

—¿Cómo?

—Que llevo agua.

—No. Te preguntaba qué se te olvida.

—Ah. Mi estuche. Creo que me he dejado el estuche.

Tras vacilar unos segundos, Seoyeon sacó un lápiz con goma y se lo ofreció. La otra se quedó mirándolo. Al darse cuenta de sus dudas, Seoyeon limpió el lápiz con una toallita húmeda, lo agarró con ella por la punta y se lo pasó. «Gracias», dijo su compañera al cogerlo.

El aula era un lugar relativamente seguro. Nadie corría, nadie se hacía daño y nadie se peleaba. Durante el recreo, los niños formaban pequeños grupos y hablaban en voz baja. Se reían si alguien daba una respuesta incoherente a la pregunta de la maestra durante las clases. Incluso hacían actividades físicas sencillas, como voleibol con globos o apilar vasos, aunque no podían correr por el patio. Sin embargo, a la salida, Seoyeon sentía asfixia. Nunca había experimentado ese estado, aunque llevase la mascarilla varias horas en la academia o en el supermercado, cuando iba de compras con su madre. Por extraño que pareciera, el sofoco la atacaba solo cuando caminaba en fila desde el aula hasta la puerta del colegio.

Un día llegaron a casa de Seoyeon unos paquetes de alimentos con kimchi y verduras como ayuda por la COVID-19 para los niños escolarizados, uno para ella y otro para su hermana. Su madre se alegró de ahorrarse aquella comida. Le hizo mucha ilusión ver que cada caja contenía un saco de arroz de ocho kilos y que esa ayuda gubernamental incluía puntos en una tienda online que podía usar como dinero. Con ellos pensaba comprar fruta. Si bien con el paso de los días empezaron a aburrirle el sofrito de raíz de bardana y las tortitas con setas que su madre les servía, se enorgullecía al oírla decir que, gracias a sus hijas, no faltaba comida en casa.

Al acabarse las raíces, su madre empezó a preparar si-raegi.* Nunca lo había hecho porque la abuela de Seoyeon se encargaba de cocer los tallos de rábano y enviarlos en raciones para que su madre las congelase y las usara justo en la cantidad necesaria. La casa se llenó de un olor extraño, similar al que emitían las toallas sin secar en temporada de

---

* Alimento típico de la gastronomía coreana que consiste en tallos de rábano secos. Se usan en sopas o sofritos después de remojarlos y cocerlos en agua para suavizar su textura.

lluvias, el mismo que entraba a menudo por las ventanas. ¿Estarían todos cociendo siraegi del paquete de alimentos?

Para escapar del olor, Seoyeon salió de casa con una cuerda para saltar. Frente a su edificio, se topó con Subin, una compañera de su clase de cuarto. El año anterior habían sido muy amigas, pero tras comenzar el semestre de quinto no tuvieron oportunidad de verse. Subin le contó que, desde abril, iba a la academia de matemáticas de Seungmin, y le preguntó:

—Seguís en la misma clase, ¿no?

—Sí.

—Es un chico simpático —dijo Subin con una sonrisa pícara.

—¿Tú crees?

—Nos vemos cada día porque vamos a la misma academia de matemáticas y de inglés. Y nos escribimos mensajes instantáneos. Ya veo por qué te gusta...

—No me gusta.

—Pero ¿no sois novios?

—¡Qué dices! Estoy harta de esos rumores.

Ella y Seungmin habían prometido guardar su noviazgo en secreto. Aun así, le remordía la conciencia, pues no tenía que haber negado tan fuerte que le gustaba y que eran novios. En realidad, ya no estaba segura de si seguían siendo novios. Seoyeon le escribió un mensaje a Seungmin desde el ascensor. Le preguntó si le había ido bien en la academia. El otro contestó con un simple «Sí» y la conversación terminó ahí, como siempre, breve.

Ese viernes, la hora de inglés en el colegio tampoco terminó pronto. Seoyeon le hizo un gesto a Seungmin para indicarle que quería hablar con él. El pasillo estaba vacío porque, como el horario obligaba a los alumnos a turnarse para asistir, solo estaban allí los niños de su clase. Lo recorrieron juntos y subieron por las escaleras de al lado de la biblioteca.

—Rompamos.

—Seoyeon...

—He querido decírtelo a la cara en vez de por teléfono o por mensaje. Creo que es mejor que terminemos con lo nuestro.

Seoyeon se dispuso a bajar las escaleras, pero Seungmin la cogió por la muñeca.

—¿Qué te pasa?

—Se ha acabado el recreo. Entremos.

Seoyeon se soltó y bajó las escaleras deprisa. Seungmin corrió tras ella, llamándola desesperado: «¡Seoyeon! ¡Espera! ¡Oye! ¡Choi Seoyeon!». La maestra los vio al salir del despacho de dirección: una niña con la mirada tan fría que hacía estremecer y un niño que la seguía con actitud vacilante, sin saber qué hacer. Ya en el aula, advirtió el temblor en los hombros de ese niño a través de la mampara de metacrilato. No era normal ver a un chico de quinto llorando delante de sus compañeros. La maestra intuyó que algo iba mal. En el peor de los casos, podía tratarse de una situación de acoso escolar o de algo parecido. «¿Quién será la parte agresora y quién la víctima?», se preguntaba.

Al acabar las clases, la maestra llamó a Seoyeon y a Seungmin.

—Sabéis que, si no es para ir al baño, debéis quedaros en el pupitre incluso durante la hora de recreo, ¿verdad?

Sin esperar ni dos segundos, la niña respondió afirmativamente, pero el niño seguía mudo, con la cabeza gacha. De pronto, rompió a llorar. Seoyeon sabía que era sensible, pero jamás imaginó aquel sollozo delante de la maestra. Suspiró.

La profesora le preguntó a Seungmin si se encontraba bien, pero él no contestó. Al no obtener respuesta, cambió la pregunta y se la hizo a los dos:

—¿Os habéis peleado? ¿Qué pasa aquí?

Como era raro decir que no habían reñido con Seungmin llorando de esa manera, Seoyeon respondió que sí.

—Hemos discutido, pero no es nada. Haremos las paces.

—¡Ya no quiere ser mi novia! —gritó de pronto el niño, interrumpiéndola.

—¡Oye! —Seoyeon alzó la voz contra su ex con los ojos muy abiertos por la sorpresa.

—Me dijo que quería romper... Ni siquiera pudimos vernos por la pandemia, y yo no he hecho nada malo.

Tan inesperada situación aturdió a la maestra, pero no tardó en recuperar la calma y decir:

—Como no sé lo que ha pasado entre vosotros, no puedo hacer comentarios. Lo único que os puedo decir es que ahora la prioridad es respetar las normas de prevención...

Los niños no la escuchaban. Seoyeon retó a su exnovio, mirándolo a los ojos:

—Como dices, no podemos vernos por la pandemia. Entonces ¿qué sentido tiene que seamos novios? ¿Qué podemos hacer?

—No tengo la culpa de eso. Y tú, ¡no quisiste matricularte en la misma academia que yo! ¡Ni tienes aplicaciones de mensajería instantánea!

—Yo también quiero estudiar contigo y hablar por mensajes instantáneos, pero no puede ser. Por eso es mejor que rompamos.

—Si es tu última palabra, devuélveme las mascarillas que te regalé.

—Me das pena. Está bien, te las devolveré la semana que viene. Y se ha acabado nuestro noviazgo. Nunca dijimos que éramos novios; por tanto, tampoco estamos rompiendo. Simple y llanamente, esto no ha existido.

Seoyeon se despidió de la maestra con una reverencia y salió corriendo del aula. Lágrimas calientes corrieron por las mejillas de Seungmin, empapando su mascarilla. La profesora cogió una nueva del cajón de su escritorio y se la dio.

—No soy quién para enseñaros cómo empezar o terminar un noviazgo. Pero... hum... Creo que te has pasado al decirle que te devuelva las mascarillas que le regalaste.

Seungmin se quedó sin palabras.

—Siento que no haya salido bien. Es por la pandemia —agregó la profesora.

—¿Por qué se disculpa?

—No lo sé, pero lo siento.

Por la ventana vieron a Seoyeon de espaldas, cruzando la puerta del colegio. Comparada con su pequeño cuerpo, la mochila parecía demasiado grande y pesada. Seungmin, sorbiéndose los mocos y secándose las lágrimas con las manos, la siguió con la mirada hasta que desapareció entre los edificios.

Nota de la autora

Empecé a escribir «Ausente» en 2010, después de que mi padre falleciera. Me extrañó y me atormentó al mismo tiempo el hecho de que la ausencia de mi padre o la muerte de alguien reuniera a la familia, algo que no ocurría muy a menudo, porque cada quien tenía su vida; y obligara a sus miembros a compartir tiempo en un espacio limitado. Completé el primer borrador sin ordenar mis emociones, ni sobre la pérdida, ni sobre aquellas situaciones poco naturales que se dan después de la muerte de un ser querido. A partir de ahí retoqué el texto una y otra vez. Como resultado, de esa versión original quedó solamente el detalle de la tarjeta de crédito, en concreto el de un padre de edad avanzada que después de irse de casa usa la tarjeta de su hija.

«Lo que sabe la señorita Kim» es el primer cuento que publiqué. Lo escribí en 2012, cuando albergaba recuerdos y sensaciones mucho más nítidas sobre la experiencia de trabajar todos los días de nueve a seis, así como un cuestionamiento más intenso sobre los entornos laborales opresivos y discriminatorios. Pero como había situaciones que no se ajustaban tanto a la actualidad, y mi forma de pensar y de ver la sociedad había cambiado, omití unas partes y reescribí otras. Es la obra cuyo proceso de revisión más disfruté.

En origen, «Para Hyeonnam (Estimado ex)» formó parte de una antología de cuentos feministas, publicada por la editorial Dasan Books. Diseñé los personajes tomando como referencia el libro *Efecto luz de gas*, de la doctora Robin Stern. Las anécdotas contadas en el cuento, por otra parte, se basan en libros y reportajes de entrevistas a mujeres menores de veinte años.

Mientras escribía «Y la niña creció», me empapé de los documentos almacenados en la página web del Archivo del Movimiento por los Derechos de la Mujer,* creada por Korea Women's Hot-line, una organización de Corea que brinda ayuda y asesoría a mujeres víctimas de todo tipo de violencia. Por supuesto, los personajes del cuento no guardan relación con personalidades o entidades de la vida real.

Los cuentos «Noche de aurora boreal» y «Bajo el ciruelo» están conectados. El punto de partida de ambos es el canal de YouTube *Korea Grandma*, cuyos vídeos me hicieron reflexionar por primera vez en serio sobre cómo es y qué significa envejecer como mujer en nuestra sociedad. Antes de empezar a escribir «Noche de aurora boreal», vi diversos documentales relacionados con este fenómeno y tomé como referencia los libros y el blog del fotógrafo Kwon O-chul. En el caso de «Bajo el ciruelo», leí con especial interés *Ser mortal*, de Atul Gawande, 작별 일기 [*Diario de despedida*], de Choi Hyun-sook y 잃었지만 잊지 않은 것들 [*Lo que perdí pero no olvidé*], de Kim Sun-young. Estos libros me ayudaron a ordenar los pensamientos, al igual que los ensayos escritos por cuidadores profesionales de pacientes y de ancianos, o por personas que alguna vez se ocuparon del cuidado de otros familiares enfermos o de edad avanzada.

Los hechos descritos en «Intransigencia» no nacen todos de situaciones que yo haya vivido.

Por último, «Primer amor, 2020» lo escribí en verano de 2020, cuando una pandemia mundial puso patas arriba nuestro día a día. Fue una época en la que me inquietaba profundamente la realidad de los niños, que ante la suspensión de las clases y la paralización del sistema público de cuidado infantil estaban aislados, sin poder corretear, hablar y reírse con sus amigos cara a cara, y la incertidumbre de no saber hasta cuándo persistiría tal situación. Mi intención inicial era crear un cuento más corto y escueto,

---

* http://herstory.xyz

pero al final terminó siendo un relato largo y con muchos detalles. Parece que eran muchas más las cosas de las que quería hablar.

Desde «Ausente» hasta «Primer amor, 2020» transcurrieron diez años. Nunca imaginé que estos cuentos, escritos a lo largo de toda una década, pudieran ser publicados en una antología. No lo planeé. Revisándolos y retocándolos para compilar este libro, tuve la oportunidad de rememorar qué motivaciones y reflexiones me habían traído hasta aquí. Fue una experiencia algo embarazosa, pero de gran valor.

Doy las gracias a la editorial Minumsa y a la editora del libro, Park Hye-jin, por darme la oportunidad de seguir escribiendo, estar conmigo en los procesos de revisión y edición de cada una de mis obras, y preocuparse más que yo misma de que pudieran ser publicadas y llegar a los lectores. Finalmente, quisiera agradecer también a la crítica de literatura Kim Mi-hyun el comentario que acompaña a este libro.

Este libro se terminó
de imprimir en
Móstoles, Madrid,
en el mes de
enero de 2024

«Para viajar lejos no hay mejor nave que un libro».
EMILY DICKINSON

Gracias por tu lectura de este libro.

En **penguinlibros.club** encontrarás las mejores
recomendaciones de lectura.

Únete a nuestra comunidad y viaja con nosotros.

penguinlibros.club

Penguin
Random House
Grupo Editorial

 penguinlibros